LA VIE D'UNE AUTRE

DU MÊME AUTEUR

La Valse renversante, Sauret, 1995.
Je porte un enfant et dans mes yeux l'étreinte sublime qui l'a conçu, Actes Sud, 2007.
La Vie d'une autre, Actes Sud, 2007.

© ACTES SUD, 2007
ISBN 978-2-7427-7580-4

FRÉDÉRIQUE DEGHELT

LA VIE
D'UNE AUTRE

roman

BABEL

A Jackye,
pour son regard bienveillant
sur la tribu.

I

PENDANT LONGTEMPS j'ai cru que je rêvais. J'allais me réveiller, la gorge sèche, la bouche pâteuse et une soif d'eau pour éteindre l'incendie d'une cuite mémorable !

Non. Il faut que je m'en tienne à ce qui vient de l'enfance. Il me faut rester lucide, rattachée au début de ma vie. J'ai été élevée par ma grand-mère. Elle croyait en tout. En Dieu d'abord. Au diable ensuite, à ses saints, à ses agents secrets, aux signes du ciel, aux superstitions les plus diverses, aux insinuations de la voisine et au baratin du marchand de fromages. Autant dire qu'une vie dans un tel village avec une grand-mère remplie de foi n'aide pas à faire la part des choses.

Passons rapidement sur les premières années avec ma grand-mère, une mère toujours en voyage, un père disparu dans

la nature. Ensuite il y a les études supé-
rieures d'histoire, la thèse, la peur terrible d'être enseignante, la terreur du
miroir, se voir vieillir dans les yeux de
ses étudiants. Le rapport au temps…
Déjà ! Etre à l'école sur un banc puis sur
la chaise d'en face de peur d'être trop
dépaysée par la vie ! J'ai attrapé le
premier bus quittant le campus et j'ai
réintégré la vie presque normale des tra-
vailleurs de l'entreprise. Me voici parta-
geant chaque jour l'ambiance fascinante
de la machine à café, les obsessions des
supérieurs, la flagornerie des inférieurs
et la comédie des réunions du début de
la semaine. Je me trouvais la plupart du
temps dans des services de communication. C'était la mode. On avait besoin
de "communicants", autant dire de mu-
tants… Après avoir traversé un certain
nombre d'entreprises aussi modernes
que vides, je commençai à chercher un
travail qui puisse me plaire, voire me
passionner. Quel âge pouvais-je bien
avoir à ce moment-là, vingt-quatre ans,
vingt-cinq ?

Les événements allèrent plus vite que
prévu. Par l'intermédiaire d'un ami, je
rencontrai une société de production
spécialiste en création de télévisions lo-
cales. L'économie des télévisions repo-
sait justement sur les relations avec les

entreprises. Une nouvelle façon de communiquer par le biais de l'image. Avec ce que je venais d'expérimenter, il ne me déplaisait pas de me retrouver de l'autre côté de la barrière !

Le soir même de mon engagement, quelques amis m'emmenèrent fêter mon nouveau départ dans un restaurant marocain. Il y avait là une ambiance comme seule l'alchimie de certains jours peut la créer. D'autres tables aussi joyeuses que la nôtre déjà joviale se mêlèrent à la fête, nous dansâmes une sorte de danse orientale mâtinée de rock et je rencontrai Pablo. Curieusement, je ne le remarquai pas tout de suite alors qu'il était assis presque à côté de moi, à la table voisine. Quand il se leva pour danser, il me fut impossible de ne pas le voir. Il me tendit la main et je le rejoignis, ravie d'être invitée par un jeune homme dont la grâce était infinie. Rien à voir avec la plupart des Européens qui ne savent rien faire de leur corps dès que la musique s'en mêle.

J'appris bientôt qu'il était né d'une mère russe et d'un père argentin. D'elle, il avait les yeux clairs, les pommettes hautes, de lui les cheveux noirs, la peau mate, un air latin indéniable. L'addition des deux cultures donnait à l'ensemble beaucoup de charme. Je lui trouvais un regard et un sourire prometteurs d'un au-delà mystérieux. J'ai l'air d'exagérer, mais je n'étais visiblement pas la seule à le dévorer des yeux. Par bonheur, j'avais la chance d'être la jeune femme qu'on fêtait ce soir-là.

En général, je bois peu, ce qui donne aux soirées où je bois des conséquences irréversibles. Très vite je me retrouvai dans les bras de Pablo, dans ses baisers, il dansait comme un Argentin mais buvait comme un Russe, dans son appartement et probablement dans son lit mais c'est une partie de l'histoire qui reste très confuse dans mon esprit. Ce n'est d'ailleurs pas la seule comme on pourra en juger par la suite.

Je me souviens aujourd'hui de l'adéquation de nos corps et de l'impression de découvrir un être connu depuis fort longtemps. Je me souviens d'avoir cheminé dans ses idées comme si elles étaient les miennes. Je revois nos regards de complicité, nos doigts entrelacés dans un même trait d'humour. Les réflexions semblaient nous venir d'un même élan et déclenchaient nos rires à partir d'un rien. Le désir et la gourmandise nous animèrent toute la nuit.

En ouvrant les yeux je vois les yeux rieurs et verts de Pablo qui m'observent. Quel amour s'en dégage ! Je remarque sur sa tempe une petite mèche grise qui ne m'a pas frappée la veille. Un soupçon de maturité. Il me paraît un peu plus âgé dans la lumière du matin. Sa chambre est belle, je lui trouve même des côtés féminins. Une tenture asiatique, des pans de voilages blancs, un lit balinais. Sa chambre est un voyage.

— Les enfants sont en train de déjeuner, ton café est prêt. Je n'ai pas le temps de les accompagner. Est-ce que tu peux t'en occuper ?

Après un silence, et un nouveau sourire, il ajoute :

— Quelle nuit, quelle amoureuse tu es ! Quelle amante ! Douze ans après notre première nuit, je suis toujours aussi ébloui. Tu me crois, n'est-ce pas ?

Il dépose un léger baiser sur mes lèvres et sort. Est-ce que j'ai bien entendu ? Les enfants ? Quels enfants ? Combien d'enfants ? Les siens ? Moi je n'ai pas d'enfants. Je suis abasourdie, perdue.

— Pablo, dis-je comme si je murmurais "Au secours".

— Au revoir, mon amour, me crie-t-il avec le petit accent charmant qui m'a tant séduite hier soir.

C'était hier soir, me dis-je, je n'ai pas le temps de me lever, de me glisser sous l'eau froide. Deux petits êtres se jettent sur moi. Bonjour maman, tu viens déjeuner avec nous ?… Maman ? Il exagère ce type de me laisser ses gosses et de quel droit m'appellent-ils maman ? Moi j'ai déjà fini mes céréales, me crie celle qui doit être la plus jeune. L'autre est un garçon d'environ huit ans, enfin j'imagine. La plus jeune a peut-être quatre ans, je ne sais pas. Qu'est-ce que je connais à l'âge des enfants ? Le garçon me regarde avec gravité. Tu sais, maman, il ne faut pas traîner, sinon nous allons être en retard à l'école. Bien sûr, bien sûr. Je me lève d'un bond, et de mauvaise humeur. Je cherche mes habits de la veille sur le sol. Mais ils ne sont pas là. A leur place, une robe que je ne connais pas, déposée sur un fauteuil de la chambre. A tout hasard, j'ouvre l'armoire. Tu vas prendre un tee-shirt à papa ? questionne la petite blonde avec sa voix fluette. Peut-être, je ne sais pas, dis-je en ouvrant l'autre porte qui, à mon grand soulagement, semble être celle qui cache des vêtements de femme. J'enfile un jean et un tee-shirt vert pâle inconnu, et je suis les enfants dans la cuisine.

Je vais sûrement me réveiller, ce n'est pas possible. Je ne suis pas folle. J'ai rencontré Pablo hier, nous n'avons pas d'enfants. Je vais me sortir de mon cauchemar après le café. Tu mets du sucre, maintenant ? remarque le garçon. Oui, pourquoi ? Parce qu'avant, tu n'en mettais pas. Exaspérée par la bêtise de mon rêve ou de mon aventure, je ne sais pas encore, je soupire. Je les regarde. Ils sont très beaux. Le garçon est le portrait de Pablo, et la petite fille a des cheveux comme les miens et les yeux de Pablo.

A partir de là, les événements s'enchaînent. Je laisse partir les enfants juste devant moi, espérant qu'ils vont ainsi me guider jusqu'à l'école. Ils me mènent tout droit à la maternelle où nous déposons la sœur du garçon. Et là, on me salue comme une habituée. Je ne me réveille toujours pas. Est-ce que Lola restera à la cantine aujourd'hui ? me demande la maîtresse qui s'est plantée devant moi avec un gentil sourire. Oui, maman, dis oui. Je veux manger avec ma copine. J'acquiesce d'un signe de tête, cela m'arrange. Il me faudra sans doute du temps pour savoir et comprendre. Voir un médecin, peut-être. Ensuite, nous reprenons le chemin vers une autre école et je propose un jeu au garçon dont je ne sais pas le prénom. Voici les règles, nous nous rencontrons dans la rue pour la première fois, et tu me dis ton prénom, tes activités, ce que tu aimes. D'accord et toi aussi… Il s'appelle Youri. Il va à l'école du cirque tous les mercredis, et il est amoureux de Laura, sa voisine de classe de CE2. Mais par-dessus tout, il m'aime, moi. Nous sommes arrivés devant la porte de l'école primaire, sans avoir le temps d'aborder ma vie. Demain c'est à toi, d'accord ? Il me quitte en me plaquant un baiser sur le côté gauche de la lèvre avec dans les yeux la même flamme coquine que son père et je me retrouve seule dans la rue. J'entre dans le café le plus proche, je commande un double expresso. J'ai hésité avec le double whisky et je réalise que je n'ai pas les clés de l'appartement. Je m'effondre en larmes sur le bord de la table. Le patron du café s'approche : Eh bien, ma petite Marie, ça ne va pas aujourd'hui ? Qu'est-ce que je peux bien répondre ? Alors si ça ne va pas, le café sera pour moi. Tant mieux, je n'ai pas d'argent non plus. A pas lents, je me dirige vers l'immeuble, en espérant que la gardienne aura un double des clés. Il faut que j'arrive à rentrer dans l'appartement, que je trouve de l'argent, des indices pour comprendre comment j'en suis arrivée là. Douze ans plus tard, a dit Pablo. Je jette un coup d'œil au journal en passant. Vendredi 12 mai 2000. Je reste longtemps hébétée devant le présentoir du kiosque. Prends-le Marie, tu me le payeras plus tard, me crie une grosse bonne femme en sortant une pile de magazines d'un emballage en plastique.

Hier soir, nous étions encore en 1988. Jeudi 12 mai. Un jour de décalage. C'est noir sur blanc, et ça veut dire que douze années se sont écoulées. En 1988, où je crois être encore, je viens de rencontrer Pablo. Mais en 2000, où je viens d'arriver, nous avons deux enfants. Mais moi, où suis-je dans tout ça ? Je ne me souviens de rien… Sinon du septième étage d'une rue de Montmartre. Je revois Pablo m'emmenant sur le balcon admirer le Sacré-Cœur. Pablo, la tête enfouie dans mon corsage, hurlant au milieu des fleurs qu'il me désire. Pablo qui, pour l'instant, est mon seul lien avec la veille.

Que s'est-il passé pendant douze ans ? Ai-je toujours une mère ? Ai-je toujours les mêmes amis ? Ai-je toujours un boulot ? Un boulot… Peut-être qu'on m'y attend. Mais où ? Qu'est devenu mon appartement ? A qui parler de ce qui m'arrive ? Je me heurte au code de l'immeuble. Quelqu'un sort et me salue. Bonjour, madame de las Fuentes, vous allez bien ? Allons bon, je suis mariée. Je lâche un "Très bien, merci", en me glissant dans l'entrebâillement de la porte. La gardienne est dans l'escalier et, le

17

cœur battant, je lui demande si elle a bien le double des clés de l'appartement. Oui, oui, madame, votre mari me l'a rendu hier. Merveilleux Pablo. Et vos clés sont restées là-haut ? Vous n'étiez pas bien réveillée, ce matin ? Si elle savait à quel point je dors encore !

En rentrant chez moi – chez nous ? – je me sens mieux. Effondrée mais protégée. Je n'en reviens toujours pas. 2000 ! L'année mythique… Même à la fac, on se disait : "Oui, moi en 2000 je ferai ci ou ça…" On se projetait comme dans un film de science-fiction… Parler de l'an 2000, c'était décrire le jour où l'on passerait les vacances sur la lune. Apparemment j'y suis ! Enfin seule, je vais pouvoir comprendre. J'explore les pièces de l'appartement mais comment puis-je y trouver les traces des douze ans écoulés sans ma présence ? Presque tout de suite, je tombe sur des albums de photos. Qui les a faits ? Je n'ai jamais été capable de consacrer du temps à ce genre de travail fastidieux. Chez moi, les photos se trouvaient pêle-mêle dans une grande boîte sur laquelle se ruaient mes vieux copains pour commenter nos dernières vacances ou, mieux, rire de celles de notre enfance. Je suis la seule à avoir beaucoup de photos dans le petit groupe d'irréductibles que nous formons. J'en prends beaucoup, je les développe moi-même depuis l'adolescence.

Avant d'ouvrir les albums qui me font peur, je me rue dans la salle de bains. Une idée qui ne m'avait pas encore effleurée vient de me traverser l'esprit. La glace me répond. J'ai douze ans de plus : mon visage est plus mince. J'ai quelques petites rides au coin des yeux, presque la même coiffure. Je ne peux pas dire que le changement dans mon visage me déplaise mais je n'arrive pas à me détacher du fait que douze ans se sont envolés. Le sentiment du temps volé m'est insupportable. Sentant venir les larmes à nouveau, je prends une douche. J'ai le corps endolori, comme au lendemain d'une sacrée nuit d'amour. Voilà bien la seule chose tangible et cohérente avec la veille. Après avoir passé un peignoir, suffisamment féminin pour que je l'imagine à moi, j'examine le contenu de mon armoire. Les vêtements suspendus là ne sont pas dans mes goûts actuels, mais je les trouve jolis. J'opte pour ce qui me semble le plus proche de ce que j'étais hier : une jupe assez courte et un tee-shirt moulant à fleurs. En m'habillant, j'ose enfin me regarder. Je remarque la forme du nombril en accent circonflexe. Et soudain, je réalise : j'ai eu des enfants. J'ai été enceinte. Je les ai portés neuf mois. J'ai accouché. Un sentiment d'impuissance, et presque de honte, m'envahit. Comment ai-je pu oublier ? Si nous sommes bien en 2000, comme le journal de la rue l'atteste, c'est moi qui ai perdu les pédales, c'est moi qui me suis emballée, c'est moi qui ai tiré un trait sur douze ans d'existence. Peut-être faudrait-il que je consulte un médecin. Va-t-on m'enfermer ? me faire subir des examens ? Une peur paralysante me prend à la gorge. Je décide de continuer mes recherches, seule et sans en informer le corps médical. Après tout, un déclic qui a eu lieu dans un sens peut aussi bien se reproduire dans l'autre. Peut-être suis-je encore dans un rêve impossible ? Je vais me réveiller auprès d'un Pablo rencontré la veille, sans enfants, et avec mon nouveau boulot. Oui, à propos, ce boulot ?… Stop ! Il faut que je me calme. Toutes les questions innombrables que je me pose se bousculent dans ma tête et de brusques bouffées d'angoisse me précipitent dans une immense panique. Dans un état proche de la nausée, je me pose sur une chaise, avec un sac à main qui doit être le mien. Le téléphone sonne. J'hésite. Finalement, je le prends d'une main ferme. Allô ? Mon amour ? Tu es revenue ? Et pour les enfants, ça s'est bien passé ? Lola est craquante. Au réveil, elle m'a fait de grandes déclarations. Quel plaisir, les enfants que tu m'as faits ! Et toi, ça va ? Je réponds oui à tout. Il semble hésiter puis continue. Je sais que tu t'inquiètes pour ton boulot. Je n'en crois pas mes oreilles. Tu retrouveras vite quelque chose. Avec les grosses indemnités que tu vas toucher, tu as le temps de voir venir. Et puis je suis là. Prends ton temps, repose-toi. Nous allons réserver des moments pour nous. Tu devrais en profiter pour écrire. Je pense que tu as du talent. Ainsi, je n'ai plus de travail. C'est trop risible. Je ne l'ai pas gardé bien longtemps. Hier je le fêtais, aujourd'hui, je suis à la rue. Cela dit, c'est un soulagement d'apprendre que je vais avoir tout le temps d'enquêter sur ma vie. Il faudrait que tu trouves une belle histoire à raconter, un beau sujet, quelque chose d'original… Pablo continue avec ses suggestions d'écriture, je me retiens pour ne pas éclater de rire. Un bon sujet, ça ne doit pas courir les rues… Je ne peux pas déjeuner avec toi aujourd'hui, mais tu vas me manquer. A ce soir, mon amour… Tu m'aimes ? Tu seras là quand je reviendrai ? Il a l'air inquiet. Je réponds oui avec toute l'énergie de mon désespoir. Il doit sentir une faille dans ma voix. Tu es sûre ? Il ne faut pas qu'il sache. Pablo, tu es l'homme le plus merveilleux que je connaisse. Veux-tu m'épouser ? Il rit. Nous sommes déjà mariés, souviens-toi. Mais oui, je veux bien t'épouser à nouveau. Bonne journée, ma fiancée.

Je raccroche. Alors c'est vrai, nous sommes déjà mariés ! Madame… Comment m'a-t-on appelée déjà ce matin ? Un nom horrible. Il faut décidément que je m'attaque aux albums photo. Et à propos, où est mon alliance ?

Rien… Cette accumulation de sourires, de vacances, d'anniversaires, d'expressions ne m'évoque rien. J'ai beau attendre à chaque page un choc, une ombre, un fil à tirer pour que vienne le reste, c'est l'album de photos d'une étrangère que je feuillette avidement. Un double de moi-même sourit, boude, s'appuie sur des épaules inconnues, porte des bébés, pose aux côtés de certains copains de toujours (quelques-uns ont vieilli), fait coucou aux côtés de… Tiens, ma mère a changé de coiffure. Et qui est l'homme qui la tient par le cou ? Il est surprenant, le roman-photo de ma vie. J'ai l'impression d'avoir un sosie. Les images qui me rendent le plus perplexe sont celles où je suis enceinte. Je suis grosse de partout pour le premier, seulement du ventre pour le second. J'ai par contre un splendide décolleté, je dois faire au moins du quatre-vingt-quinze. Un regard gourmand de Pablo sur une des photos semble confirmer le goût de mon Latin slave pour mes rondeurs. Tous ces albums sont en résumé l'histoire de la vie d'une folle. Et la folle, c'est moi. Aucune photo de mariage ne fait son apparition dans cette vie colorée. Il n'y en a pas non plus dans l'appartement. Je constate donc avec plaisir que même douze ans après, j'ai toujours horreur des salles à manger ou chambres où, immanquablement, sur une des tables, trône l'évidence arrêtée d'un couple souriant dans la blancheur immaculée de son union. L'horreur conjugale encadrée ! Le téléphone sonne à nouveau.

Je suis rentrée. Bonjour ma chérie, comment vas-tu ? Et comment s'est passé le spectacle de Youri ? Tu as fait des photos, j'espère… Marie, tu m'entends ? Oui, j'entends. La voix de ma mère. Un instant, je suis soulagée. J'ai envie de lui dire que j'ignore tout du spectacle de Youri, que je suis contente qu'elle soit en vie, que j'ai oublié tout de ce qui vient de se passer depuis douze ans. Elle m'a mise au monde. Elle devrait bien savoir ce qui ne fonctionne pas, elle. Où est le vice de fabrication dans mon cerveau ? J'ai envie qu'elle me berce, qu'elle me dise : "Tout va bien, mon bébé, je vais chanter, comme au temps où tu avais deux ou trois ans." Voilà, je n'avais même pas fini d'être une fille que je suis déjà mère de deux enfants. Je dois être en train de lâcher nerveusement. Entendre sa voix me donne envie de pleurer, de dire à quelqu'un le cauchemar que je suis en train de vivre. Quelque chose me retient, une voix intérieure, impérieuse et pleine d'arguments. Quoi ? Quel cauchemar ? Tu as un mari extraordinaire, des enfants magnifiques, tu es au chômage, mais pas pauvre, et tu as du temps pour trouver. Tu ne vas pas t'effondrer dans les bras de ta mère ! Tu n'as plus vingt-cinq ans, mais trente-sept ! Mon Dieu, trente-sept ! Je viens de calculer mon âge. Je m'assois sur le parquet… Ma chérie, tu m'entends ? Ça ne va pas ? Tu n'es pas malade au moins ? Je voulais savoir si ça tient toujours, pour notre déjeuner. Tu te souviens que nous devions déjeuner ensemble à mon retour ? Non, je t'assure, ça va. Oui je me souviens, dit l'automate. Où veux-tu que nous déjeunions ? Dans mon quartier. Passe me prendre à treize heures à la maison. Maman, je préférerais qu'on se retrouve directement au restaurant, si ça ne t'ennuie pas. Parfait. Alors disons treize heures quinze chez Lipp… A tout à l'heure.

Je bénis ma mère et ses habitudes. Un restaurant qui ne m'est pas inconnu. Donc elle habite toujours le 6e. Peut-être le même appartement. Il ne faut pas que j'oublie de le lui demander. Il faut que je note. Il faut que j'apprenne tout par cœur. Il faut que je me souvienne. Suis-je capable de me souvenir ? Ne vais-je pas dans une heure avoir oublié le déjeuner que nous venons de décider ? Comment marche une mémoire capable de sauter douze ans d'un seul coup ? Je ris nerveusement, surtout, ne pas perdre l'humour. La perspective de commettre un impair me terrifie.

L'examen de mon sac à main m'apprend que j'avais un agenda rempli, très rempli même, jusqu'à mon licenciement. J'ai toujours quelques amis de longue date, en tout cas ils sont toujours dans mon répertoire, et j'ai changé de goût pour le rouge à lèvres. Il est beaucoup plus foncé. Je le trouve affreux. Il y a aussi un trousseau de clés de l'appartement, une clé de voiture. Quel genre ? Je n'en sais rien. J'ai également des tickets de métro, verts au lieu de jaunes. Un billet de cinq cents francs dans mon porte-monnaie. Ça non plus, ça n'est pas courant, chez moi. J'ai toujours été de la génération Carte bleue, dont se plaignent certains vieux commerçants. De la monnaie pour un café ou deux, et le reste s'achète par carte. Quoi qu'il en soit, je suis rassurée de trouver un billet sans avoir à le demander à personne. Peut-être qu'en douze ans, le cours du café a considérablement augmenté ! Au fond d'un portefeuille très vieux et usagé que je connaissais déjà, quelques photos : un nourrisson, que je suis incapable d'identifier comme étant mon fils ou ma fille, et une photo de Pablo et moi en costumes du XVIIIe, dans une ville que j'identifie comme Venise où je n'ai jamais mis les pieds. Nous avons l'air heureux sur notre gondole, très heureux même. Je ne me trouve pas trop mal en princesse couleur du temps, et lui arbore le sourire craquant qui m'a fait saisir sa main avec enthousiasme la veille. Enfin… le jour où nous nous sommes connus. Il va peut-être falloir que je cesse de nier l'évidence. Il est maintenant onze heures du matin et il y a peu de chances que je me réveille à nouveau avec douze ans de moins.

En fouillant dans un bureau qui se trouve dans l'entrée de l'appartement, je trouve un petit dossier contenant des

fiches de paye et des relevés de banque.
Tout est à mon nom. Les feuilles de
paye remontent à un an, et les relevés
bancaires à six mois, mais c'est déjà un
début. En examinant de plus près le
nom de mon employeur, je vois avec
surprise que c'est TV Locale et Cie, la
société même qui m'a engagée la veille.
Oh, zut ! Pour la dernière fois, quand
vais-je cesser de dire hier pour désigner
un jour si lointain ? Mais cette information m'en donne sur-le-champ une autre :
si je suis restée douze ans dans une entreprise, il a bien fallu que mon travail
ait un minimum d'intérêt. Dommage qu'il
n'en reste rien d'autre que quelques fiches de paye. En levant les yeux, j'aperçois soudain l'ordinateur. Il est probable
que j'ai réalisé une copie de mes dossiers professionnels. C'est une habitude
que j'avais autrefois et peut-être ne l'ai-
je pas perdue. Quelques fichiers doivent
traîner là et me donneront des éléments-
clés. Je l'espère.

L'heure tourne. Il faut absolument que
je rejoigne ma mère, et je ne sais toujours pas si je vais parler ou me taire.
Par peur de me laisser emporter par
d'autres découvertes, je saisis mon sac et
les clés de l'appartement. En ouvrant la
porte pour quitter les lieux, je trouve le
courrier : une lettre à mon nom de jeune

fille et une carte postale adressée à "Marie de Las Fuentes et sa tribu". Philippe ! Un vieux copain dessinateur, qui n'avait pas manqué, à l'époque où nous nous sommes rencontrés, de me déclarer sa flamme en déposant des dizaines de croquis dans ma boîte à lettres. Je saute de joie à l'idée qu'il soit toujours dans mon entourage.

Ah, les amitiés fidèles ! Rien de mieux dans les coups durs. Ses formules et ses dessins n'ont pas changé. Il m'envoie ses vœux de Pâques. Le reste du courrier est au nom de Pablo. Un journal sur les animaux est arrivé pour Youri, et une carte postale pour nous tous. Je reconnais immédiatement l'écriture : ma mère nous envoie quelques palmiers de Martinique. Voilà donc l'endroit d'où elle vient de rentrer. A la fin de la carte, une autre écriture, inconnue, signe : "Je vous embrasse de tout mon cœur. Jean." Je repense à la photo de l'album où elle est appuyée contre un homme d'âge mûr. Ma mère est-elle remariée ?

— Pas remariée, ma chérie : acoquinée… comme aurait dit ton grand-père. Si je dois me remarier, mais j'en doute, car je suis à un âge où je n'ai plus besoin d'alibi pour faire la fête, je pense que tu en seras la première avertie…

Pourquoi me demandes-tu ça ? Imagines-tu que j'aie pu épouser Jean en douce sous les tropiques ?

— Non, non… C'était juste comme ça, pour plaisanter.

J'en ai, de la chance. Elle aurait pu me répondre que c'est déjà fait depuis longtemps, et que j'ai assisté à la fête. Je sors un paquet de cigarettes que j'ai acheté en chemin. Elle me regarde d'un air surpris, et je m'étouffe gravement dans la première bouffée.

— Tu refumes ?

Elle a l'air incrédule.

— Oui, enfin non… Je voulais juste savoir ce que ça faisait.

J'ai été étonnée durant la matinée de ne pas trouver de cigarettes dans la maison, mais je dois avouer aussi que ça ne m'a pas manqué. Donc j'ai arrêté de fumer. Au bout des huit ans, j'aurais trouvé ça dommage que tu t'y remettes, remarque-t-elle en haussant un sourcil. Je calcule : j'ai dû arrêter lors de ma première grossesse. Je range mon paquet dans mon sac d'un air contrit. Tu vois, ça ne marche pas. Je trouve ça complètement mauvais. C'est un bon test. Je ris, mais je sens que ma voix sonne faux. Ma mère ne dit plus rien, elle passe la commande, puis me considère à nouveau en silence.

— Tu es sûre que tu vas bien ? Tu t'es disputée avec Pablo ? C'est ton licenciement économique qui te tourmente ?

Je proteste mollement :

— Mais non, je t'assure. Je suis un peu fatiguée, c'est tout.

— Tu veux que je te prenne les enfants la semaine prochaine ? Ils ont des vacances, il me semble. Je pensais que la belle-maman t'avait pris la plus petite.

— Non, maman, je t'assure, tout va bien.

Je devrais sans doute sauter sur l'occasion, mais comment connaître mieux ma famille si ma mère m'enlève tout de suite mes enfants ? Après tout, je ne les ai que depuis ce matin. Pour éviter trop d'embarras, car j'ai brusquement décidé de ne pas lui parler tout de suite de mon amnésie, tiens, c'est la première fois que je commence à mettre le mot sur l'aventure, je lui fais raconter ses vacances. Au fond, elle n'a pas tellement changé. Elle est juste un peu plus épanouie, un peu plus ronde, mais toujours aussi bavarde et définitive dans ses jugements. Avant de la quitter, je n'oublie pas de lui redemander son adresse et son code, pour lui envoyer un livre merveilleux, que je dis avoir retrouvé chez moi. Comme elle est surprise de ma question, je lui explique que je sais bien aller chez elle mais que le numéro m'est sorti de l'esprit. Rien qui justifie que j'aie besoin de son code. Je m'empêtre mais elle finit par me noter son adresse. Elle habite toujours le même appartement ! J'en suis presque soulagée. Voilà au moins un cadre dans lequel je pourrais décider de me reposer de tout ce changement.

Pour rentrer, j'opte pour le bus. A l'aller, dans le métro, à part les affiches publicitaires et le style vaguement décoratif de quelques wagons, je n'ai pas noté de changement phénoménal. Une chose m'a étonnée : le nombre de mendiants a quintuplé, et toute une ribambelle de types vendent des journaux dans le métro. Je n'ai pas encore vu leur contenu. Mon billet de cinq cents francs ne m'a pas permis d'assouvir ma curiosité.

Dehors, tout me semble plus rigide. Je ne sais pas exactement d'où me vient cette impression, mais elle est tenace. Tout est gris ou noir, à commencer par la mode. Les chaussures sont affreuses, les filles ont l'air de marcher sur des hovercrafts, comme on en prend pour aller aux îles Anglo-Normandes. Les garçons sont divisés en deux camps : paramilitaires au crâne rasé ou efféminés à queue de cheval, et la finesse de leurs traits leur donne des airs de filles en préadolescence.

A peu près tout le monde arbore un air désagréable, et la plupart des gens marchent en regardant le trottoir. Je suis consternée. Je n'arrive pas à imaginer qu'en douze ans, les êtres se soient autant dégradés. Je me demande si le phénomène concerne uniquement les Parisiens, ou si le reste de la France est devenu aussi morose. Les gens ont l'air d'être en guerre. Pourtant, j'ai lu les journaux en venant et rien de tel n'apparaît.

Au bout d'un long moment, le nez collé à la vitre, je m'aperçois que les voitures ont changé d'aspect et que des rues se sont modifiées mais je suis surtout captivée par l'ambiance générale de la rue : les gens. Je m'étonne de n'avoir jamais senti jusqu'alors l'impression d'ensemble que peut dégager une foule, un groupe de personnes, des enfilades de vitrines, ou des panneaux croisés dans les rues. Je vois autre chose que ce que j'ai pu voir jusqu'alors. Je redécouvre la ville dans laquelle je vivais avant, mais je la regarde avec des yeux d'étrangère. Pourtant, je suis persuadée que mon statut d'extraterrestre, ou plutôt d'extratemporelle, n'est pas le seul responsable de ma vision. Je perçois l'état général d'une fin de siècle. Et si je le capte avec autant d'acuité c'est parce que je suis là, attentive après douze ans d'absence. Vais-je avoir la même vision en ce qui concerne ma vie personnelle ? Peut-être vais-je voir un couple de l'extérieur. Ce qui m'angoisse, c'est surtout d'avoir à me raccrocher à une vie que j'ai l'impression de prendre en marche. Je sursaute en rentrant dans l'appartement pour la première fois avec mes clés. Un voisin descend l'escalier et me salue. J'ai l'impression de me servir d'un passe, d'être un intrus visitant un appartement qui n'est pas le sien. Je rentre et là je suis surprise par l'absence de sentiment familier. Si je me sens relativement bien dans l'appartement, c'est parce que je sais que j'habite là et que les clés de la disparition de ma vie se trouvent probablement entre ces murs. Et puis c'est le seul endroit où je peux aller seule d'une pièce à l'autre, inspecter le contenu des placards, retrouver mes affaires, quelques repères de ma vie passée. Mais très vite je ne peux plus résister. Je retourne dans le 6e arrondissement, à mon ex-adresse, rue de l'Université. Je sonne et j'entends des pleurs d'enfants. Une femme avec un bébé dans les bras et un autre enfant accroché à sa jupe m'ouvre. Décidément, tout me ramène à ma vie actuelle. J'invente une histoire sentimentale, une envie de revoir les lieux, et elle me laisse entrer. Curieusement, l'appartement qui était encore le mien hier ne m'est pas plus familier que celui dans lequel je me suis réveillée ce matin. Débarrassé de mes meubles et de mon ambiance, il est vide du sens que j'y suis venue chercher. Je remercie la mère de famille et elle me raccompagne à la porte en m'apprenant qu'il y a déjà eu deux autres locataires avant elle depuis 1988. Il faut vraiment que je cesse de rechercher les traces de ma vie passée. Il faut que je me concentre sur les douze ans qui manquent à l'appel.

En croisant quelques femmes devant l'école la plus proche, je réalise que j'ai des enfants depuis ce matin, des enfants qui sans doute ne vont pas tarder à comprendre que leur mère ne les récupère pas à la sortie. Affolée, j'attrape un taxi au vol, et je le supplie de se transformer en navette spatiale du boulevard Saint-Germain à Montmartre. Il se montre très coopératif, mais quand j'arrive devant l'école maternelle, la porte est déjà refermée. Que fait-on des enfants oubliés ? Voilà. Je suis déjà une mère indigne. J'ai des enfants depuis à peine dix heures, et déjà je les abandonne. La directrice fronce les sourcils et m'accompagne au goûter. Ceux qui restent jusqu'à six heures à la garderie me considèrent d'un air intéressé. Ma fille n'a pas l'air d'être assise parmi les enfants. L'une des institutrices présentes s'avance vers nous.

— La nounou a déjà emmené Lola, me dit-elle d'un air surpris par mon inquiétude.

Je bredouille quelques excuses :

— Nous n'avons pas dû nous comprendre. C'était moi qui devais la récupérer aujourd'hui, mais j'étais en retard.

Je file vers la maison. Elle a dû également ramener Youri. Mon entrée est saluée par des cris de joie. Je suis bousculée, embrassée, submergée.

— Maman, tu reviens tôt aujourd'hui. Tu veux jouer ? Tu viens dans la chambre ?

Je suis étonnée. J'ai l'impression d'être fêtée, acclamée. Personne ne m'a jamais accueillie avec autant de ferveur après un temps si court de séparation. La nounou, une Africaine tout sourire, me demande la permission de partir et me signale que le repassage est fait. J'ai au moins gagné ça. J'ai toujours détesté le repassage, et en 1988, je n'avais personne pour m'aider à le faire. Je le repoussais jusqu'à ce qu'il déborde, jusqu'à ce que je n'aie plus le choix, plus rien à me mettre. Envahie d'une soudaine légèreté, je suis les enfants dans leur chambre, et dans le même temps je décide de suspendre mes recherches. Même étant chez moi, j'ai peur d'attirer leur attention en fouillant ainsi dans tous les tiroirs et placards.

Le courrier de l'après-midi m'apprend que mon dossier d'Assedic est accepté. Il affiche le montant de mon revenu journalier, qui prendra effet dans deux mois, vu l'importance du montant de mes indemnités. Je dispose donc d'une somme suffisante pour me mettre à l'abri du besoin, et pour l'heure il faut surtout que je fasse de sérieux progrès pour apprendre à déplacer deux personnages à cheval qui doivent attaquer un château fort. Après quelques heures spatiales, nous avons voyagé sur la lune, nous avons déjà lu quatre histoires de Nounours, servi le thé et les gâteaux, construit une pyramide, réparé la moto, couché toutes les poupées en pyjama. Une clé tourne dans la serrure. Le valeureux père rentrant de son travail a droit à la même ovation que moi et se retrouve dans l'embrasure de la porte de la chambre des enfants. Il me considère d'un œil surpris.

— Les enfants n'ont pas pris leur bain ou tu les as rhabillés ?

— Non ! crient-ils ensemble, on n'a pas pris le bain. On n'a fait que jouer, on a fait plein de jeux… On a très faim maintenant !

— Tu as prévu quelque chose pour ce soir ?

En un instant, je réalise ce que peut être une vie de famille. Naturellement, j'ai déjà vu opérer mes amies munies d'enfants : il faut surveiller le bain, faire manger les bambins, préparer un repas pour l'homme ! Mais rien de tout cela ne s'est passé ce soir. Il est huit heures presque trente, les enfants sont sales et affamés. Je saute sur la baignoire et propose à Pablo de les plonger dans l'eau pendant que je cuisinerai vite fait un petit repas. Mes origines de gourmande du Sud-Ouest sauveront la face du dîner, et tant qu'il est avec eux, j'ai le temps de réfléchir à la question que je repousse depuis ce matin : vais-je dire franchement à Pablo ce qui est en train de m'arriver ? Ou vais-je taire mon histoire de folle et tenter de m'en sortir seule ?

Je fais manger les enfants pendant qu'il prend une douche, et nos fous rires sont si énormes qu'il débarque, une serviette autour des hanches, dans la cuisine, pour savoir quelle chose extraordinaire provoque notre hilarité. Rien, presque rien. Juste du fromage dans les pâtes, du fromage qui colle et n'en finit pas de s'étirer. Très vite, nous raccompagnons les enfants dans leur chambre et nous procédons au cérémonial du coucher. Au moment où je vais sortir, Youri m'appelle dans le noir :

Maman, viens. Un dernier bisou. Tu es la maman la plus géniale de la terre. Lola attend pour sa part que je sois revenue dans la cuisine pour venir chercher à boire, un baiser supplémentaire, et me demander si je peux la maquiller avec du vrai "rouge à rêve" pour son "aranversaire". Quand je tente de lui mettre une des couches que j'ai préparées sur une étagère, elle éclate de rire. C'est pour le bébé, dit-elle. Moi, je ne suis plus un bébé. Dis, elle revient quand, Zoé ? Je ne sais pas qui est cette petite fille dont le prénom ne me dit rien. Mais peut-être est-ce une petite chienne ou encore une baby-sitter ? Je ne sais pas, chérie, on verra ça demain, quand tu auras fait un grand voyage dans le pays du sommeil. C'est difficile de ne pas savoir quels mots dire. Est-ce qu'ils sont les mêmes que j'employais autrefois, ou d'autres, que j'ai également oubliés ? Les enfants sont trop fins pour laisser mon esprit tranquille. J'ai pu constater durant la soirée qu'à certains moments, ils me regardaient curieusement. Ils doivent sûrement sentir que je ne suis plus la même, que j'habite dans le corps d'une autre. Pourtant je suis leur mère, je me le répète pour m'en convaincre, mais je les connais si mal. Je suis une mère amnésique. Quelques larmes nerveuses me viennent à nouveau dans la gorge. Je combats. Je ne peux que me réjouir, ma situation est enviable : ces enfants sont extraordinaires, ils sont comme des anges, beaux de l'intérieur, sensibles, charmants, charmeurs. J'ai passé des heures formidables en leur compagnie. Moi aussi je les ai observés, dans leurs réflexes, leurs refus, leurs petites colères, les relations frère-sœur qu'ils ont construites. J'ai le sentiment soudain d'une présence. Pablo s'est rhabillé. Il porte un ensemble blanc léger, qui s'accorde à merveille avec son teint mat. On dîne ? Je le suis et je glisse mon bras sous le sien. Je suis un peu anxieuse. C'est quand même la première fois que mon deuxième dîner avec un homme se déroule après douze ans de vie commune.

En posant les plats sur la table, je réalise qu'en plus c'est notre premier tête-à-tête. Il a allumé une bougie et sourit en humant le plat :

Qu'est-ce que c'est ? Un truc improvisé, des restes. Enfin j'ai fait ce que j'ai pu. Il éclate de rire. J'ai vu. Tu avais envie de profiter des enfants, n'est-ce pas ? Visiblement, je ne dois pas souvent oublier le bain, le repas et les horaires, pour qu'il ait à ce point remarqué la situation. Mais quel genre de femme suis-je devenue ? Bon, surtout ne pas se fâcher tout de suite avec soi-même. Ne pas oublier que je suis celle de douze ans après, même si, dans ma tête, j'ai sérieusement tendance à raisonner comme celle de douze ans auparavant. En tout cas, ce n'est pas le moment de me désolidariser. J'ai besoin d'être entière pour me retrouver tout à fait. Mais voyons le côté positif, un dîner en tête-à-tête, c'est tout à fait ce que je désirais la veille, à quelques détails près.

Pablo paraît très heureux d'être assis en face de moi. Tu as bien fait de nous installer sur la terrasse, ça change. Cela m'a paru naturel, car il fait assez doux ce soir. Et je pense aussitôt qu'il fait aussi doux que le fameux jeudi 12 mai où nous nous sommes rencontrés. Mais nous sommes vendredi et nous sommes en 2000.

J'aime bien cette robe, tu ne la mets pas souvent. C'est moi qui te l'avais offerte, tu te souviens ? Aïe, les choses commencent mal. Surtout, pas de souvenirs ! Je choisis d'exagérer, pour faire passer. Mais Pablo, comment pourrais-je avoir oublié l'inoubliable jour où tu me fis ce merveilleux cadeau ? Oui, comment pourrais-je avoir oublié, c'est une vraie question que je me pose. Il a l'air étonné de ma réponse puis, voyant que je suis souriante, il rit à son tour et me prend la main en plongeant ses yeux dans les miens. Tu es vraiment très belle. Beaucoup plus belle que le jour où je t'ai rencontrée. Je proteste d'une mimique. Pour l'instant, c'est un jour trop proche pour que j'accepte de me renier si vite. J'étais plus jeune. Pas du tout. Tu es beaucoup plus jeune aujourd'hui, beaucoup plus inventive, gaie, fantaisiste. Plus je te regarde et plus je suis étonné. Ça risque de continuer. Je pourrais lui promettre qu'il n'a pas fini d'être étonné. Une chose me tourmente, par exemple : je n'ai pas la moindre idée de ce que peut faire Pablo comme métier. Peut-être que les hommes sont comme les enfants. Donc je décide sur-le-champ de lui proposer le même jeu qu'à Youri. Pablo, rencontrons-nous pour une nouvelle première fois. C'est notre premier dîner. Hier, on s'est juste aimés. Je ne sais rien de toi. Il rit. C'est trop difficile, ce que tu me demandes. On n'y arrivera jamais. S'il te plaît, essayons. Pour me faire plaisir.

— Bon, soit. A condition que j'aie le droit de te draguer de façon très directe.

— Tu as tous les droits que tu veux, mais tu réponds à mes questions.

— OK, mais c'est moi qui commence : pourquoi avez-vous accepté si vite de dîner avec moi ?

— A cause de votre sourire… Non, de vos yeux. Enfin je ne sais pas, c'est un ensemble… Si je voulais vous revoir pour vous donner rendez-vous, où aurais-je le plus de chances de vous rencontrer par hasard ?

— Sur mon oreiller. J'y suis à peu près toutes les nuits. C'est un lieu formidable pour me rencontrer par hasard. Je suis disponible, j'ai du temps, et je suis attentif et docile.

Je ris, et je n'arrive plus à me concentrer pour obtenir de lui ce qui me manque.

— Vous savez, je ne suis pas du tout une riche héritière. Je suis au chômage.

— Ce n'est pas grave, moi je suis fonctionnaire, je suis démonstrateur de sommeil à vie pour un grand magasin. Je me couche, et je dors avec une telle conviction, un tel bien-être, que tout le monde achète les matelas.

— Vous mentez très mal.

Au bout de dix minutes de conversation, Pablo m'attire dans ses bras et m'avoue que le jeu l'ennuie totalement, mais qu'il m'a trouvée très douée et très séduisante.

— Tu as une jolie façon de te glisser dans la peau d'un personnage. Je ne connaissais pas du tout ce trait de ton caractère. Un vrai talent de comédienne.

Je proteste.

— Si si, je t'assure. Je t'ai observée, tu avais l'air très à l'aise dans ton rôle. Alors que pour moi, la situation était saugrenue. Jouer avec toi, je n'avais plus envie. Considérons que tu as gagné.

Je ne veux pas d'un gagnant, et je m'enfuis pour rapporter les assiettes dans la cuisine. Je reviens avec les fruits. Une nouvelle question me cueille sur le seuil de la terrasse.

Tu n'as pas oublié que Zoé revient demain ? Ma mère doit la déposer à la maison en fin de matinée. Tu auras tout le temps de la retrouver en tête-à-tête avant que les deux monstres ne reviennent de l'école. J'imagine une petite chienne à poils longs que je dois adorer.

Elle ne t'a pas trop manqué ? C'est quand même la première fois qu'on la laisse pendant quatre jours. Tu sais, je l'ai appelée aujourd'hui, elle m'a parlé au téléphone, c'était craquant. Elle disait juste : "Papa, papa." Je m'étrangle dans ma pomme. Les couches dans la chambre, bien sûr. Zoé est une enfant… Un autre enfant… Le mien… Le nôtre… J'ai trois enfants… Une sourde panique m'envahit. Ça ne va pas ? Tu as l'air blanche. Marie, tu es malade ? Réponds-moi. Vite, se coucher, dormir, et se retrouver en 1988, bien avant cette histoire, et surtout ne jamais rencontrer ce type ! Comment vais-je faire, avec trois enfants et aucun mode d'emploi ? Je ne peux pas continuer. Il faut que je parle, il faut que je dise à Pablo que je joue bien plus la comédie qu'il ne le pense. Il m'emmène dans la chambre pour m'allonger sur le lit. Il a l'air inquiet. Je ne réponds pas à ses questions. Il faut le rassurer. Non, je ne peux rien dire. En tout cas, pas tout de suite. Je ne m'en sors pas si mal : j'ai récupéré le code, de l'argent liquide, quelques affaires, quelques noms connus sur mon agenda, ma mère vit encore, les enfants sont incroyables. Je me raccroche autant aux petits détails matériels qu'aux grands événements de la vie dans laquelle je me retrouve. Je suis dans un état presque identique à ceux qui vivent un deuil, mais à l'inverse d'une perte, ce sont pour moi des apparitions successives qui me plongent dans une totale hébétude.

Pourtant, les albums… Il n'y a que deux grossesses dans les albums. Je n'ai pas trouvé le dernier, ou alors le bébé est si petit que l'album n'est pas fait. Mais non. Il parle, il dit "papa". Je profite d'un moment où Pablo est dans la salle de bains pour rejoindre en deux enjambées l'étagère où sont rangées les photos. A son extrémité, une boîte à chaussures attire mon attention. Sous la boîte, un autre album, commencé avec les photos d'une grossesse et du troisième bébé. La boîte ressemble à celle où je rangeais autrefois les images de ma vie. Ce doit être moi qui fais les albums. Elle t'a vraiment manqué, Zoé, n'est-ce pas ? Pablo m'observe, amusé. Je me sens prise en flagrant délit. J'ai beau me répéter que c'est mon appartement, mes étagères, mes photos, et que rien ne peut surprendre l'être qui vit avec moi dans mon comportement, je n'arrive pas à me défaire de mon attitude de coupable. Pablo s'approche et me prend dans ses bras. Est-ce que la mère de mes enfants pourrait oublier son statut maternel pour me consacrer son corps et ses pensées ? Il ne me laisse pas répondre, prend ma main et m'entraîne dans notre chambre. Tu te sens mieux, maintenant ? Je ne dis rien. Il m'avertit que c'est une question totalement intéressée. Malgré mon envie de rejoindre l'autre monde, car j'espère encore que ma journée ne soit qu'un rêve (je n'y pense plus comme un cauchemar), je ne résiste pas au frisson des étreintes de Pablo. Sait-on jamais ? Peut-être vais-je me retrouver encore dans douze ans, avec un mari disparu, seule et trois enfants à charge ! Humour noir, ce soir. Il vaut mieux profiter du plaisir tout de suite.

Ma nuit est très agitée. Au départ, c'est un emportement tout conjugal, et puis cela devient des morceaux de sommeil tourmenté, dans lesquels je dois répondre devant un tribunal des douze années qui m'ont échappé. Tout le monde m'en veut, et m'accuse de dissimuler. Pablo lui-même dit que je suis une comédienne, qu'il en a la preuve. Seuls les enfants me défendent et affirment qu'ils ne veulent pas changer de maman. Ils sont bien trois dans l'escapade nocturne, mais je ne vois jamais le visage de la fameuse Zoé. Trop loin, de dos, avec un chapeau. Un petit personnage revient sans cesse, en répétant que tout est de ma faute. Je n'ai aucune idée de son identité, mais je suis effarée par sa hargne.

Je m'éveille à six heures, crevée, peu disposée à me rendormir, et je gagne la cuisine pour me faire un café. Une demi-heure plus tard, je suis rejointe par Lola, qui se blottit dans mes bras en prétextant qu'elle est poursuivie par un monstre qui est plus grand que papa. Je ne peux pas lui parler de mes propres monstres, et nous nous recouchons toutes les deux dans le grand lit où Pablo a l'air de voguer dans des songes infiniment merveilleux. Ma fille s'allonge sur moi et murmure à mon oreille qu'elle aime poser sa tête sur mes coussins de lait magique pour partir plus vite voir la fée bleue. Elle se rendort et moi aussi. Je me sens enfin apaisée par le petit corps chaud blotti contre le mien. A deux, on doit lutter plus facilement contre les monstres.

C'est le contact de la barbe naissante de Pablo qui me réveille. Je suis encore là, et la boule chaude roulée contre mon ventre est ma fille. Et dans la chambre à côté dort un grand garçon, et, j'oubliais, je vais faire la connaissance d'un troisième énergumène, qui est également sorti de mon ventre ! Le rêve, ou le cauchemar, est tenace. Pablo caresse mon front. Tu n'as pas de fièvre ? Tu t'agitais, tu marmonnais, tu n'avais pas l'air contente.

Pourtant, dans cette partie-là de la nuit, j'ai fort bien dormi. Je regarde Pablo. Est-ce que je l'aime ? C'est difficile de répondre. Je ne suis pas dans le même moment d'amour que lui. Je suis au commencement de notre histoire, je débute, je balbutie dans le sentiment. Je me retrouve dans ces premiers instants crétins où, les yeux dans les yeux, on rit de tout. Et je vois un homme, fou et tendre à la fois, évoluer dans la profondeur de son amour que je regarde se dérouler à mes pieds comme un spectacle. Je ne suis qu'une spectatrice de ma vie, de l'amour de Pablo, de la joie des enfants, comme si je n'existais pas vraiment.

Ce matin, quand tout le monde est parti pour l'école, je reprends mes recherches et décide d'appeler l'un des numéros que je reconnais dans mon répertoire. Catherine est une amie de longue date. Nous avons fait nos études ensemble. Elle a l'air surprise. Très surprise. Mais heureuse.

Marie ? Tu vas bien ? Alors, j'ai appris que tu as eu une petite fille. Est-ce possible que je ne lui aie pas parlé depuis la naissance de mon dernier enfant ? Je peux passer à l'agence ? Elle travaille dans un service de documentation photographique. Bien sûr, viens déjeuner si tu veux. J'accepte et, en raccrochant, je me souviens que "belle-maman", comme disait ma mère, doit me ramener Zoé. Il faut que je note. Dans ce qui a l'air d'être mon bureau, je trouve un carnet vide. Un carnet comme je les aimais, pour prendre des notes pendant les voyages. Un carnet avec une couverture en cuir, des pages très blanches, épaisses et très lisses. Je n'ai jamais beaucoup écrit, mais de temps en temps, ça me prenait comme une fringale. Je remplissais quelques pages. Tout pouvait être déclencheur. Souvent des petites phrases, des poèmes, un petit bonheur, un voyage. C'était cyclique, frénétique et, autant que je me souvienne, rarement intéressant à relire. Pour l'heure, j'ai juste besoin de noter les éléments de ma nouvelle vie à ne pas oublier.

Un coup d'œil rapide au réfrigérateur me permet de constater qu'il n'est pas simple d'avoir une grande famille. Qui fait les courses dans la maison ? A quel moment ? Est-ce un rassemblement familial le samedi dans un grand magasin ou un calvaire quotidien avec deux ou trois sacs remplis à ras bord ? Qui va répondre aux questions cruciales de chaque jour ? Et qui va m'expliquer ce qui, dans ma tête, a lâché au point de me faire oublier totalement le contenu de douze années, dont huit avec enfants et quatre en couple ? Quel couple, d'ailleurs, pouvions-nous bien former ? Je n'ai jamais vécu plus de deux ans avec un homme auparavant. Lassitude, inadéquation au quotidien. Dès qu'ils s'installaient dans le confort que je créais pour eux avec beaucoup d'ardeur, ils s'endormaient et je commençais à m'ennuyer. Dès que je m'ennuyais, j'allais ailleurs. Ma mère me le rappelait souvent. Tu fonctionnes comme un homme. Comment veux-tu que ça marche ? Mais non. Je fonctionnais comme une femme qui s'emmerde. Je ne fonctionnais plus. J'étais un être humain qu'on délaisse pour profiter de l'environnement qu'il a construit, mais pas pour vivre avec lui. Je ne voulais pas être seulement l'architecte d'un bonheur. Je voulais vivre avec un amour, vivre un amour. C'était banal à en pleurer. Même en cherchant bien, je ne retrouve pas un des cahiers que je noircissais de temps à autre. Les ai-je jetés ? Contenaient-ils la solution de ce que je suis devenue aujourd'hui ? J'ai par contre découvert les carnets de santé de mes enfants dans un tiroir. Et je sais tout de leur passé médical : leur date de naissance, leurs maladies infantiles… Un détail m'a étonnée : sur les deux derniers carnets, il est noté "Né à domicile". N'ai-je pas eu le temps de partir à la clinique ? Deux fois ? Moi qui suis une douillette notoire, hurlant à l'approche de la moindre seringue, j'aurais vécu un accouchement sans aucune aide ? Mais n'aurais-je pas plutôt fait partie des rares privilégiées qui pondent leurs enfants comme une poule ses œufs, sans rien sentir ? A qui poser la question ? Il y a le cachet d'une sage-femme avec son téléphone. Elle qui a connu mon intimité, pourrait-elle me mettre au monde, moi aussi, avec tous mes souvenirs à nouveau revenus ?

— Votre fille est un amour… J'ai l'impression de vivre avec elle depuis toujours. Hein ma chérie ? Tu l'aimes, ta Babouchka.

J'ai sous les yeux une grand-mère épanouie, une femme assez belle, grande, très slave, qui a dû faire tourner la tête de plus d'un homme dans sa jeunesse. Elle a encore dans le regard bleu perçant une pointe de malice et une flamme incroyable. Quel âge ? Soixante ans ? Sans doute plus tant elle paraît avoir enfoui les années sous une dose d'énergie positive.

A ses côtés, Zoé paraît plus calme. Ma dernière petite fille. Je ne pense pas me découvrir d'autre enfant. Elle me tend les bras à son arrivée et me fait des baisers sonores en me tenant la tête de chaque côté. Aussi époustouflante que les deux autres ! Elle a des yeux très clairs, qui ne sont ni les miens, ni ceux de Pablo. Elle a le même regard que sa grand-mère nommée Babouchka qui me considère avec un air d'examinatrice. Vous ne m'avez rien dit, Marie. Comment trouvez-vous sa nouvelle robe ?

Magnifique ! Elle est typiquement russe, n'est-ce pas ? J'essaye de me rattraper. Elle paraît rassurée. Pas exactement. Un peu russe, un peu argentine. Vous savez, j'ai piqué un peu de folklore aux pays sud-américains. Vous devriez vous installer là-bas avec Pablo. Je dois vous paraître assommante à vous le répéter, mais cela conviendrait tellement mieux à votre couple que Paris qui est devenu une ville si lente. Il faut vivre dans un pays qui bouge quand on est jeune. Ici nous sommes vieillissants. Pour nous, cela va très bien. Mais vous, avec les enfants, vous avez besoin de soleil, de danse, d'entrain.

Je me demande quel genre de rapports nous avons pu avoir auparavant. Elle paraît bien m'apprécier. Elle a envers moi des petits gestes tendres. Bon, je vous quitte, il m'attend dans la voiture. Je lui propose de l'inviter à monter, mais elle décline mon invitation. C'est gentil mais non, vous le connaissez, nous devons aller chez une amie qui habite assez loin. Il n'aime pas être en retard. Avant de s'éclipser, elle jette un coup d'œil autour d'elle. Elle apprécie puis me fixe à nouveau de son regard perçant. Très bien, la nouvelle disposition. Beaucoup plus harmonieuse que la précédente. Sur ces mots, elle me quitte en m'abandonnant à ma question. Ainsi, nous avons changé la configuration de la pièce principale. Qui ? Lui ? Moi ? Nous deux ? Pourquoi ?

Zoé se précipite dans sa chambre. Elle a un peu plus d'un an, quatorze mois pour être précise. Elle revient deux minutes plus tard avec un petit camion en plastique. Il est douze heures trente. Qu'est-ce que ça peut bien manger, un enfant de quatorze mois ? J'ai inspecté l'intérieur de sa bouche en la chatouillant un peu. Il n'y a que quatre dents, placées plutôt devant. Rien de très broyeur dans ce constat. Pas de plats tout prêts ou de petits pots. En cherchant bien, je découvre un livre sur la cuisine des tout-petits et un robot minuscule, qui a l'air d'être fait pour les préparations enfantines. Elle est la seule à laquelle je peux vraiment parler en étant sûre qu'elle ne le répétera pas. Tu vois, dis-je en glissant d'une part l'eau et de l'autre les légumes dans le compartiment adéquat, tu as une maman toute neuve. Elle ne se souvient plus de rien, mais elle est très disponible et très disposée à apprendre. Il ne faudra pas m'en vouloir au début, je serai un peu maladroite.

Elle me fixe avec de grands yeux, très attentive à mes aventures. Elle a même l'air de me comprendre. Elle engloutit la pâtée que j'ai préparée un peu au hasard et se met à pleurer en gesticulant dans tous les sens. Elle tend la main et s'étrangle de rage. Enfin, je comprends : elle a soif. Elle se calme quand je lui tends un petit verre d'eau avec de grandes excuses. Je nous jauge d'un sourire, une muette et une handicapée du souvenir. Zoé très docile a le bon goût de s'endormir dans le taxi qui nous emmène vers l'agence de Catherine. A notre arrivée, je reste plantée sur le trottoir, regardant le chauffeur déplier habilement la poussette que j'ai emportée, mais dont j'ignore totalement le fonctionnement. Vous vous y prenez très bien, on dirait. C'est normal, j'ai l'habitude. J'en ai six, alors les poussettes, ça me connaît.

Catherine me saute au cou et m'entraîne vers une brasserie. Je n'en peux plus. Je lui déballe tout pêle-mêle, toute l'histoire : mes craintes, mon embarras quotidien. J'omets volontairement les questions métaphysiques, presque aussi prenantes que le reste, et qui m'envahissent de plus en plus depuis la veille. Il faut partir d'une seule chose à la fois et, pour l'heure, mon urgence, c'est de vivre aussi normalement que possible. Et peut-être ensuite de récupérer le souvenir. Curieusement, cette dernière chose, que je classais "urgente" hier, me paraît moins importante aujourd'hui. Maintenant que j'ai admis la situation, je me demande surtout pourquoi, quelle raison m'a brusquement poussée à tomber dans une amnésie totale. Ça doit être sûrement violent. Mais tout a l'air si calme depuis le réveil… Un doute m'effleure sans cesse : et avant que je "m'endorme", comment était-ce ?

Catherine me laisse exposer mon problème, sans m'interrompre. Elle hoche la tête de temps en temps en disant :
— Ma pauvre Marie, c'est incroyable.
A la fin, elle fronce un sourcil tout en me déclarant qu'elle comprend mieux pourquoi je l'ai appelée. Elle a l'air gênée, soudain.
— Il faut que je te dise une chose : tu ne te souviens de rien ? de rien du tout ?
J'opine avec une légère angoisse au cœur et elle lâche un grand soupir.
— Je n'ai jamais vu ta fille. Nous sommes fâchées depuis plusieurs mois. En fait, je devrais dire que tu es fâchée. Tu as refusé mes excuses et tu ne m'as pas téléphoné depuis juste seize mois. Peu avant ton accouchement, nous avons fait une soirée. J'étais mal dans ma peau, je t'en voulais à mort de ton bonheur incessant avec Pablo. Tu étais belle, tout en rondeurs. Maintenant, je vis avec quelqu'un depuis six mois, mais

à l'époque, j'étais seule avec mon fils, aigrie. En début de soirée, j'avais bu énormément. Je n'avais rien mangé. Une fois soûle, je suis devenue horrible. J'ai dragué Pablo ouvertement et sous ton nez. J'étais mince, habillée très sexy. Tu étais au neuvième mois, à bout de forces, et tu ne pouvais pas danser. Lui était gentil. Il voyait bien que j'allais mal. Il n'était absolument pas ambigu. Il t'aime tellement. Mais à un moment, je t'ai vue arriver dans la cuisine, et j'ai sauté sur lui pour l'embrasser. Le temps qu'il se dégage, le mal était fait. Tu m'as demandé froidement de quitter la soirée. Aujourd'hui, ma conduite me paraît inqualifiable. Les jours suivants, tu m'as raccroché au nez quand je t'ai appelée. Tu as renvoyé mes lettres, mes fleurs, et tout ce que j'ai pu tenter pour m'excuser. Avec juste un mot : "Tu as touché à la seule chose qu'il ne fallait pas toucher, la seule chose pour laquelle je ne peux pas pardonner. Tu as touché à mon amour." Alors j'ai fait une croix sur la seule amie qui restait de l'époque de mes études. J'ai beaucoup souffert et je me suis habituée à ne plus avoir de tes nouvelles, en comptant les semaines… Tu comprends maintenant pourquoi ton appel du matin était à la fois très étrange, mais aussi merveilleux ? Pardonne-moi.

Avec le recul, je ne comprends même pas mon attitude. Tu étais la seule personne à qui je ne voulais pas faire de mal.

Moi je comprends très bien. Mais je ne dis rien, je ne suis plus dans son histoire.

— Et Pablo ?

— Je crois qu'il a essayé de t'expliquer que rien de sa part n'avait motivé mon attitude, qu'il avait tenté de me repousser. Il n'avait rien compris, ni à ma démarche, ni aux conséquences que ça pouvait avoir sur toi. Après, je suppose que Pablo est suffisamment fin pour avoir su t'apporter des preuves de son amour pour toi. Mais à vrai dire, je ne sais pas bien ce qui s'est passé entre vous. Comment vis-tu "ça" avec lui, ta perte ne doit pas être simple et j'imagine…

— Je ne le vis pas avec lui. Je ne lui ai rien dit.

— Quoi ? Mais pourquoi ? Je ne te comprends pas. Il est celui qui pourrait vraiment t'aider, te soutenir. C'est un type formidable…

— Je ne sais pas. Essaye d'imaginer que Pablo, je l'ai rencontré hier. Alors je ne peux pas comme ça me confier au premier venu sous prétexte que nous avons trois enfants ensemble !

Je mesure à peine ce que ma remarque peut avoir d'incongru. Catherine ne cache pas son étonnement, puis elle semble avoir une inspiration soudaine.

— Bon, écoute, je vais essayer de te parler d'avant, du temps que j'ai connu : vous étiez un couple fantastique, drôle, assorti. L'arrivée des enfants vous a jetés dans une euphorie comme j'en ai rarement vu chez des parents. Tout était une fête. Votre quotidien comme vos voyages. Vous pouviez faire pâlir d'envie n'importe qui, avec l'étalage de votre bonheur. Vous auriez pu concentrer la haine et la jalousie. Mais le pire, c'est que vous remplissiez de joie ceux qui vous côtoyaient. Passer des vacances avec vous – je l'ai fait une fois avec mon fils, quand ta deuxième venait de naître –, c'était revigorant. Vous faisiez quantité de choses ensemble, jamais les mêmes. L'école du cirque, des activités de danse ou de sculpture… Vous donniez l'impression de vivre pleinement vos relations avec les enfants, tout en ayant une vraie histoire de couple. Tu ne peux pas me dire que c'est à cet homme-là que tu ne veux pas parler de ce qui t'arrive. Je t'ai vue l'aimer. Sais-tu que tu l'aimes ?

— Je ne sais pas… Je le regarde, je le trouve beau, formidable mais je le vois de l'extérieur. Le sentiment n'existe pas en moi. C'est une impression étrange, presque culpabilisante.

— Tu ne crois pas que tu devrais voir… Enfin je ne sais pas…

Je ris :

— Un docteur ? Un psy ? Un pro du cerveau ? Un mécanicien de la tête ? J'y ai pensé moi aussi, tu sais. Je ne sais pas lequel choisir pour l'instant, mais il va bien falloir que je comprenne.

Elle rit aussi :

— Ou alors un prêtre, ou un…

Je la coupe :

— Gourou.

Nous éclatons de rire. C'est bon de rire ensemble. Comme autrefois, comme il n'y a pas si longtemps ! Elle me lance un sourire éclatant. Pour des raisons différentes, nous sommes heureuses de nous retrouver.

— Connais-tu quelqu'un dans mon entourage qui pourrait m'aider ? N'y a-t-il pas un de mes amis qui…

— Le parrain de Lola. Il fait, je crois, des recherches sur l'inconscient. Ça doit être un genre de psy. Je ne le connais pas bien, je ne l'ai vu que deux ou trois fois chez vous. Nous faisions équipe dans votre dernière soirée : concours de pétanque. Ça ne prédispose pas aux discussions profondes, mais ça m'a semblé être un type bien. En tout cas, c'est un ami de Pablo. Mais tu semblais l'aimer beaucoup et tu avais souhaité qu'il soit le parrain de ta fille.

— Catherine, si ça ne t'ennuie pas, raconte-moi encore deux ou trois choses que tu connais de moi, décris-moi les années perdues. Etais-tu présente à mon mariage ?

— Oui, bien sûr mais c'est fou ce que tu me demandes.

— Fou, subjectif, sans intérêt peut-être. Je le sais, mais je n'ai guère le choix. Ça ne sera jamais pire qu'une amnésie totale.

Zoé se réveille dans le taxi qui nous ramène à l'appartement. Il pleut. Blottie contre moi, elle regarde les gouttes qui dégoulinent le long de la vitre. J'appuie mon nez contre sa tête, elle sent le beurre sucré, le gâteau. En revenant, je fais une halte dans une grande surface… qui livre. Entre les rayons, nous jouons à attraper des boîtes. Zoé les garde entre ses mains, puis les pose dans le chariot derrière elle quand je lui en tends une nouvelle. Une vraie complicité existe et je découvre à quel point on peut partager de toutes petites choses avec un être qui ne parle pas encore. Tout en découvrant pour la première fois une petite fille qui est la mienne, je sens la trace d'un lien puissant et très différent de tout ce que j'ai pu connaître autrefois.

A la caisse, un incident me replonge dans mon angoisse de l'erreur du quotidien : je donne ma Carte bleue, et l'on me demande un code. Etonnée, je demande si ma signature ne suffit pas. La vendeuse me considère de très haut et me tance vertement. Dans tous les magasins c'est comme ça, et c'est pas nouveau. Allons bon, ils ont inventé tant de choses en douze ans ? Au retour, je m'empresse d'appeler ma banque, en expliquant que j'ai oublié mon code et perdu sa trace écrite. Je vais avoir une nouvelle carte, un nouveau code. Tout est nouveau. Même le système bancaire. Nous sommes samedi, je vais devoir affronter le week-end. Des bribes de ma conversation avec Catherine me reviennent. Ainsi, nous étions un couple quasi folklorique pour les autres. Mon homme était convoité par les dames, et je leur jetais au visage mon bonheur insolent, et tout cela avec la plus parfaite innocence, un sens du partage hors du commun… Pour le bonheur, mais pas pour l'homme. Je me rends compte qu'il me faudra un interlocuteur de taille pour débroussailler cette affaire-là. Je ne peux pas m'en tenir aux remarques plus ou moins bienveillantes, décalées, subjectives, de mes amis, ex-amis, ou considérés comme tels… Ma vision devient mathématique, et je me sens atteinte d'un début de cynisme.

J'ai cru, dans un moment dérisoire, qu'un acte d'achat me ramènerait au réel. Mais c'est une inutile tentative. Désormais, une seule chose compte : pourquoi ? J'ai peut-être une sorte de deuxième chance. Il s'agit de ne pas la laisser passer.

L'après-midi, ou ce qu'il en reste, m'a permis d'éplucher mieux mes relevés de banque. Il m'apparaît que mon niveau de vie a nettement augmenté depuis douze ans. Et, notamment, une coquette somme d'argent me vient chaque mois d'un virement établi par Pablo. Nous sommes ce qu'on pourrait appeler un couple très à l'aise. En regardant de plus près ma garde-robe, j'ai pu noter que j'ai même changé de fournisseurs. J'ai plus de Christian Lacroix ou de Lolita Lempicka que de Monoprix ou La Redoute. Une chose encore m'a étonnée, c'est le nombre de tenues de soirée. Je ne les avais pas remarquées tout de suite, car elles sont sur le côté de la penderie. En quelles occasions puis-je bien les porter ?

Au milieu des robes, je remarque celle que j'arborais sur la photo prise à Venise.

Catherine m'a raconté notre magnifique mariage dans un palais italien. La robe n'est pas vraiment blanche, elle a des reflets de ciel couchant, entre le gris et le beige rosé, tout cela tissé de fils brillants. Un spectacle de plus à ajouter à la panoplie de princesse qui m'escorte dans l'ombre.

Pablo aussi s'habille bien : Kenzo, Armani, Saint Laurent, mon Latin slave a le chic italien. Le budget des enfants ne doit pas être ridicule, car à la fin de chaque mois la somme allouée par mon cher et tendre disparaît dans de nombreuses dépenses. Il est vrai que je n'ai aucune espèce d'expérience de ce que peut coûter une ribambelle d'enfants à qui l'on n'a visiblement pas l'air de refuser grand-chose. Le seul budget que je reconnais dans mon univers de chiffres est celui des achats de livres. Celui-là n'a pas varié. Il est toujours aussi exorbitant qu'à l'époque où j'étais pauvre. J'avais plus de mérite qu'aujourd'hui. Je pourrais presque dire qu'ils ne me coûtent plus rien. Jamais je n'aurais soupçonné qu'on puisse en apprendre autant sur quelqu'un en explorant son compte en banque. Avec l'âge, le temps, ou les enfants, j'ai l'air d'être devenue plus attentive à mon corps. Je vais plusieurs fois par mois dans un institut.

A l'époque, j'y passais une fois par mois pour des épilations. Comme j'imagine qu'en douze ans, mon système pileux n'a pas triplé, je dois y faire autre chose. Des soins de peau ? Des massages ? Encore quelque mystère à éclaircir. C'est vrai qu'avant, je faisais tout moi-même. Une petite voix cynique me souffle qu'avec le vieillissement du corps, on doit laisser faire les professionnelles… Oh non, pitié, d'où me vient une idée attribuable à l'ironique pensée d'une fille de vingt-cinq ans un peu cruelle avec l'avenir ?

Nos voyages aussi ont l'air plutôt fréquents. Assez rarement avec les enfants quand ils sont courts. C'est moi qui achète les billets, après versement par Pablo de la somme sur mon compte. Je suis consternée. Je suis devenue très entretenue. Encore un détail qui ne faisait pas partie de ma vie. Pourtant, je ne dois pas avoir complètement changé, car je constate avec satisfaction que nous n'avons pas de compte commun. J'ai toujours refusé ce système, prétextant que chacun devait avoir le loisir de faire des folies sans en avertir l'autre, et que le compte commun était un engin de culpabilité.

La nounou est revenue avec les enfants, et je continue à explorer mes papiers. Je commence à me faire à l'idée de fouiller dans mes propres affaires comme une étrangère. Je ne peux pas continuer longtemps, car j'ai été capturée en pleine lecture par un Indien de huit ans. Je suis attachée à une chaise par sa squaw qui pousse des cris perçants, et rassurée par une petite haute comme trois pommes qui vient me caresser les mains, inquiète de voir les deux grands gesticuler autour de moi avec des danses sauvages.

Rien n'arrive à me détacher de la fascination que ces trois enfants exercent sur moi. Je suis captée par leurs jeux. Je les observe. Ils me replongent dans des souvenirs d'enfance très précis, dans lesquels les rebords d'un lit assez haut étaient des chevaux bien dressés, qui m'obéissaient au doigt et à l'œil. Mon frère et moi les montions sans selle et, d'un petit coup sur les flancs, indiquions la direction aux braves bêtes, qui sautaient n'importe quel obstacle sans sourciller. La proximité du matelas nous permettait de nous jeter sans danger de notre "cheval" pour ramper par terre, quand il arrivait que l'ennemi nous tire dessus à l'improviste. La mémoire de mon enfance semble toujours intacte et ça me rassure de m'y replonger comme dans une eau tiède et douce.

En pensant aux jeux avec mon frère, je suis ramenée au déjeuner de la veille, où ma mère m'a rapidement appris qu'il est toujours aux Etats-Unis, dans son ranch, dont rien apparemment ne pourrait le tirer. C'est le drame de ma mère d'avoir vu un fils s'éloigner d'elle pour vivre comme un bouseux dans de lointaines contrées.

Pour ma part, élevée par ma grand-mère, je n'ai pas de grandes références d'amour strictement maternel. Je devine à travers l'amour que me portent mes enfants que j'ai sans doute inventé une forme de relation entre tendresse de grand-mère et instinct de mère mais, au fond, je me sens parfois démunie devant leurs regards, leurs questions, leurs caprices. Je ne fais plus partie de leur monde, et je ne me rappelle pas non plus avoir fait partie de celui d'en face. Je suis une sorte de mère hybride qui aurait adopté trois enfants d'un coup, sans jamais en avoir vu grandir aucun. Seul l'amour de ma grand-mère me sauve. J'applique quelque chose que j'ai toujours senti en elle, quelque chose de la campagne. Je ne sais pas faire, alors je fais comme je sens.

Le plus étrange est de me découvrir au côté d'un homme dont la fonction de père semble avoir mangé celle de l'amoureux. J'ai beau regarder Pablo comme un amant, avec les yeux d'une femme pour un homme qu'elle vient de rencontrer, la vie commune avec les enfants me force à le voir comme on a rarement l'occasion de le découvrir aussi vite. J'imagine, car je ne me souviens pas d'être allée jusque-là, qu'on choisit un père avec l'idée que celui-là, qu'on croit aimer plus que les autres, a l'air parfait pour être l'homme d'une tribu. Aujourd'hui, je n'ai plus à me préoccuper de savoir si nous avons un jour partagé un quelconque point de vue sur la famille pendant les quatre années que nous avons passées sans les enfants. Il faut maintenant faire face. Dans mes recherches, je n'ai pas retrouvé d'écrits qui puissent m'éclairer sur mes quelconques états d'âme. Sont-ils planqués quelque part ou ai-je cessé d'écrire ?

Ce soir-là, Pablo arrive plus tôt. Peut-être pour être sûr que je n'ai pas, comme hier, tout oublié. Je suis dans le bain avec les trois enfants, et nous faisons des bulles de savon. Zoé est fascinée, Youri n'arrive plus à souffler parce qu'il pleure de rire, et Lola se bat avec la mousse en criant pour retrouver un bouchon au fond de la baignoire. Pablo a sorti une petite caméra pour nous filmer.

Ne sortez pas tout de suite, vous êtes tellement mignons tous les quatre ! Après avoir fait quelques plans, je l'entends fouiller dans la cuisine. Tu as déjà préparé un dîner ? s'étonne-t-il. Eh oui, j'apprends vite. Je risque un "Tu rentres tôt ce soir", et il passe la tête dans l'entre-bâillement de la porte de la salle de bains pour m'annoncer avec un sourire jovial que le montage est fini. C'est vrai que je ne connais toujours pas son métier. Quelle idiote ! Pourquoi n'ai-je pas demandé à Catherine ? Le montage est fini. Parle-t-il d'un chapiteau ? d'un film ? d'un assemblage financier ? Je me lance. Ah oui ? Et quand peut-on admirer le chef-d'œuvre ? Gagné, je suis invitée lundi au premier visionnage. Donc c'est un film. Est-il réalisateur ? monteur ? acteur ? Je deviens curieuse et pressée. Evidemment, je préfère ce genre de métier… Il me rejoint et j'admire son énergie et son sourire. Allez Youri, on sort du bain. Maman ne peut pas vous sortir tous les trois à la fois. Je prends les grands et Zoé, tu vas dans les bras de ta mère. Allez, dépêche-toi ! Et ne fais pas ta tête d'expert-comptable. Oui, par exemple ç'aurait pu être son métier. Après tout, les financiers aussi s'occupent de films. Est-ce du cinéma ou de la vidéo ? Surtout ne pas poser la question. Je me vois très bien déjà dans cette soirée, avec tous les gens qui vont me connaître et que je ne reconnaîtrai pas. Tant pis, je me débrouillerai. Je sourirai bêtement à tout le monde. Je repense un instant aux robes de soirée. Nous devons assister souvent à des projections, peut-être à des festivals.

A ce moment-là, Zoé disparaît sous la mousse, et la poigne de Pablo la ramène instantanément à la surface de l'eau. Elle tousse un peu, ouvre ses yeux pleins d'eau et nous sourit. Elle a l'air juste un peu sonnée par son apnée. Pablo la glisse dans un grand drap de bain et me la tend en m'entourant d'un peignoir. Fais attention, ça glisse.

J'avertis Lola qui me rappelle, vexée, qu'elle est plus grande que Zoé et respire sous l'eau comme un poisson. J'ai eu très peur. Ce petit incident passé très vite m'a rappelé la fragilité des enfants, la facilité avec laquelle on se noie, on s'électrocute, on se fait très mal… Il est trop tard. L'insouciance n'est plus de mise. Je suis mère désormais. Je ne sais pas si c'est pesant à la longue. On doit finir par s'habituer. Sur le moment, ça me paraît surtout effrayant, et plus encore la facilité avec laquelle Pablo, d'un geste simple, a éloigné le danger.

C'est notre premier repas à cinq ; pour moi tout est nouveau et incroyable. Il y a un peu partout des petits pois, du poulet, du pain, et de l'eau qui s'échappe des verres pour se répandre sur la table ou par terre. Le dîner m'amuse comme si j'étais invitée. Je souris à Pablo avec la complicité qu'ont les adultes devant les débordements de l'enfance. Il répond à mon sourire d'un clin d'œil. Vers la fin du dîner, je sens qu'il m'observe et ma peur de me tromper revient peu à peu. J'emporte vite quelques assiettes à la cuisine, je m'absorbe dans le rangement. Puis l'impression d'une surveillance silencieuse s'estompe quand nous nous retrouvons pour coucher les enfants.

Quand je rejoins Pablo après avoir été enlevée pour un dernier tête-à-tête avec Youri qui se sentait "malencolique" ce soir, il prend ma main, y glisse une sorte de petit coffret. J'esquisse un geste de surprise, mais il pose son doigt sur ma bouche.

— C'est pour le secret, le secret entre nous, notre pacte. C'est pour la transparence de ton regard et de ton cœur, et ça t'ira bien.

C'est une bague, surmontée d'une pierre bleu très clair. C'est beau et translucide, comme l'a signalé Pablo dans sa phrase un peu énigmatique. Je me sens mal, une boule se forme au creux de mon estomac et je sais que je dois remercier, avoir l'air heureuse. Je commence à ressentir le malaise que m'a exprimé Catherine. Son incompréhension devant mon aveu de silence était logique. Nous n'avons pas été qu'une apparence de couple euphorique. Ça devait être un style de vie. Bon sang, même dans mes rêves les plus fous, je n'ai jamais rêvé mieux. Comment ai-je pu décrocher d'une histoire pareille ? Comment la mémoire d'un être normalement constitué peut-elle décider de se faire la malle sans apparente raison ?

Attends, me dit doucement Pablo en pressant le bouton *on* de la musique. Il revient vers moi en adoptant un air mystérieux. C'est un tango argentin. Il m'attrape par la taille, ou plutôt un peu plus haut dans le dos, et il a déjà commencé à danser, alors que j'essaye de le suivre maladroitement. Il s'écarte de moi pour scruter mon visage.

Tu ne veux pas danser ? Si, bien sûr, mais peut-être autre chose qu'un tango. Ou alors laisse-moi te guider. Il rit. Ça c'est impossible. Ou alors je ne suis pas argentin. Il paraît intrigué. Tandis que la musique continue, je mime un tango exagéré. Une danse seule, où je reviens vers lui en parcourant son corps de mes mains. Je fais danser mes mains, tandis que mon cerveau fonctionne à mille à l'heure. J'ai su danser le tango, ça me paraît évident. Il m'a appris, sans doute. Et là, soudain, je ne sais plus. Alors j'invente, avec les affolements de mon cœur battant, et il rit en protestant. Jamais je n'ai vu une femme sexualiser à ce point une danse qui est déjà si sensuelle. Mais il me laisse faire. Mon numéro comique a écarté les questions pour cette fois. Pour combien de temps encore ? Et pourquoi suis-je si obstinée à ne rien lui dire ?

Quand nos étreintes sont noyées par l'épuisement, il s'accoude sur le rebord du lit et me regarde avec le sourire gourmand que je lui connais depuis notre première nuit. Quelle chance nous avons, tu ne trouves pas ? Je ne suis pas de taille à répondre à sa question. Ah, j'allais oublier. Laisse-moi voir une chose, si tu permets. Il attrape une télécommande et actionne un panneau au fond de la chambre. Une superbe télévision grand écran panoramique apparaît. Je m'efforce de cacher ma surprise. Je ne l'avais absolument pas remarquée. Il allume, passe quelques chaînes. Et je le vois apparaître sur l'écran. Il tient un revolver et court dans une rue, en se retournant sans cesse d'un air effrayé.

Donc il est acteur ! L'instant d'après, il rejoint une splendide créature dans une chambre et lui saute au cou. Il éclate de rire. Excuse-moi, le moment est mal choisi, après ce que nous venons de vivre… Et qu'elle va sûrement pouvoir connaître aussi, car Pablo a entrepris de lui retirer son corsage en l'embrassant goulûment. Je commence à apprécier moyennement. L'écran redevient noir. Je voulais juste savoir s'ils le repassaient réellement aujourd'hui, dit-il en ayant presque l'air de regretter. C'était un film tellement mauvais ! Il fait quelques pas devant l'écran et ouvre son peignoir comme un exhibitionniste. J'ai fait ce film juste avant de te rencontrer. Tu me trouvais mieux à l'époque ou maintenant ? Mieux qu'il y a deux jours ? Je crois rêver. Je ne sais pas exactement, je te le dirai lundi, lors de la projection. Il fronce un sourcil, en essayant visiblement de donner un sens à mes paroles. Là, il y a plusieurs interprétations : soit tu me signifies que tu préfères que je sois derrière la caméra, soit c'est une façon d'en préférer un plus jeune que moi, qui lui est dans le film. Et maintenant, madame de Las Fuentes, je vous somme de me dire comment je dois prendre votre déclaration ! Qu'il la prenne donc comme il le désire… Devant votre silence, je choisis la première solution. De toute façon, tu n'aimais pas que je fasse l'acteur. Et je peux te dire aujourd'hui que la première fois que tu m'en as parlé, j'étais horriblement vexé. A tel point que je n'ai même pas compris que tu essayais de me dire que tu me voyais faire autre chose dans le cinéma. Et aujourd'hui ? Je suis plus épanoui. J'aime maîtriser les choses, conduire le bateau. J'avais du mal à me soumettre au système. Je suis à la place qui me convient. Je décide. Les films ne sont plus mes tortionnaires. Je ne les hante plus, je les fabrique. J'étais un fantôme d'acteur, et aujourd'hui je suis charnellement là, dans tous mes films, bien plus présent qu'autrefois.

Je me moque de son rôle professionnel. J'aime ce qu'il me dit. Je tends mes mains vers lui, il me rejoint et me serre dans ses bras. Chère Marie, me déclare-t-il d'un air solennel, malgré toutes les heures passées à côté de vous sans y être, malgré notre dernier film qui était un mauvais scénario, acceptez-vous de passer avec moi votre quatre mille trois cent quatre-vingt-quatrième nuit ? Tu as réellement compté ? Oui, mais j'ai omis celles que nous n'avons pas passées ensemble, les séparations diverses… Le chiffre n'est pas tout à fait précis. Il est conséquent, en tout cas. Eh oui ! Tant de nuits, et seulement trois enfants ! Que de péchés sans conception, chère madame de Las Fuentes, qui ne sait plus danser le tango. Un frisson me parcourt l'échine. Je proteste. Pardon… Je vous ai dansé un tango personnel et inédit : le tango russe ! Très personnel, en effet. Tu sais, tu es la seule femme que je connaisse et qui me donne l'impression de vivre soudain avec une autre. Comme si… Il s'arrête pour chercher ses mots. Mon cœur doit probablement rythmer le silence. Il me regarde à nouveau. Ça n'a pas d'importance. Les mots viennent en russe ou en espagnol. Je pose une option sur la deuxième déclaration. Ah, parce que tu ne sais plus le russe non plus ? Merde, j'ai appris le tango et le russe ! Non, parce que je préfère l'espagnol. En ce moment en tout cas. Il rit et je me joins à son rire, sans savoir ce qu'il signifie, et pour lui, et pour moi.

Bien après que la respiration de Pablo a envahi la chambre, je garde les yeux fixés sur la fenêtre. Je regarde la lumière de la nuit contre le store, et j'essaie de me concentrer sur tout ce que j'ai appris depuis que je me suis réveillée. Peut-être que le plus important n'est pas ce que j'ai oublié mais ce dont je me souviens encore. Peut-être mon cerveau a-t-il éliminé ma vie afin que j'en choisisse une autre. Et si cette version-là est la bonne, je n'ai pas encore réussi à me poser les vraies questions. Dépassée par le quotidien, angoissée par mes manques, je ne suis plus du tout consciente de ce que j'ai pu être auparavant, à l'époque où j'ai rencontré Pablo. Tout occupée à tenir ma place d'épouse et de mère, deux mots étranges et désignant en ce qui me concerne deux rôles incongrus, je n'ai même pas essayé de me représenter l'idée que je m'en faisais à l'époque où j'ai rencontré Pablo.

Et là soudain, dans ce vagabondage ensommeillé, il me devient crucial de récupérer mes pensées les plus célibataires.

A vingt-cinq ans, il y a deux jours donc ! je n'imaginais rien de l'avenir. Je n'avais pas l'idée de m'y projeter. Mon champ d'investigation se limitait à une question : comment peut-on rester avec un homme plus d'un an, une performance à l'époque ? Comment ne pas s'ennuyer ? Comment ne pas avoir envie d'un autre ? Allongée au calme près de Pablo dont je perçois le sommeil tranquille, je suis toujours sûre d'être dans ma peau d'il y a douze ans. Toutes mes histoires d'amour se sont toujours déroulées de la même façon : le coup de foudre, la passion, la chimie des corps et plus rien. Ou alors une lente agonie qui me jetait inévitablement dans le coup de foudre suivant. Je ne crois pas que je sois une séductrice. Chaque fois, je ne demande qu'à y croire. Suis-je trop exigeante ? Ma grand-mère m'avait pourtant souvent prévenue. "Tu verras, un couple, c'est une association de malfaiteurs. Au bout de quarante-cinq ans, on ne sait toujours pas lequel des deux aime le plus, lequel souffre le plus, lequel s'en contente…" Pablo se retourne vers moi en soupirant et sa main se glisse sur mon ventre. La seule chose qui était très présente à mon esprit, c'était une certaine idée de la "vraie histoire d'amour". Une sorte de code de sauvegarde que j'avais décidé pour ma vie : pas question de faire des enfants avec une simple relation passionnelle…

Bien sûr, dans certains moments fiévreux, il m'est arrivé d'imaginer une tête bouclée, blonde ou brune selon l'amant du moment, et une paire d'yeux dans lesquels je lirais une ressemblance. Mais je me contentais d'en rester au stade du fantasme. J'appelais ça mon cyclique désir d'enfants, que je faisais disparaître d'un coup de brosse, d'un gin tonic ou du montant de la facture payée pour la garde des enfants par mes amies déjà mères. Et puis de toute façon, je n'avais pas d'horaire, pas de contraintes, et un enfant, ça mange trois fois par jour. Les moments les plus troublants étaient ceux des visites à l'hôpital quand une mère nouvelle de mes amies me conviait à admirer son rejeton récemment pondu. Je croisais les yeux du nouveau-né, et cela avait le don de me doper pour plusieurs jours, et de mettre un terme à quelques histoires devenues fumeuses, sous prétexte que ça ne pouvait pas être celui-là, le père de mon enfant. Et Pablo qui dort paisiblement en frôlant ma jambe de la sienne, comment est-il devenu le père de mes enfants, comment l'ai-je choisi ?

Apparemment, j'ai réussi à trouver avec lui le bonheur et c'est bien là le plus troublant. Comment peut-on décider, même inconsciemment, de tout oublier, quand on a rencontré son idéal de vie ? Que s'est-il passé dans cette idyllique histoire pour que mon cerveau refuse d'aller plus loin ? Et pourquoi, dans ce cas, ne suis-je pas devenue complètement folle ? Pourquoi n'ai-je pas tout à fait décroché de l'histoire ? J'aurais aussi bien pu cesser de reconnaître Pablo, les enfants, mes amis, ma mère… et là je m'arrête dans mon raisonnement : je n'ai pas vraiment reconnu les enfants ; je les ai rencontrés. Je crois que cette nuit, je découvre avec frayeur que je suis peut-être plus folle que je ne pensais. Peut-être faudrait-il que je voie sérieusement un médecin, que j'appelle l'ami dont m'a parlé Catherine. Cette décision me permet de retrouver un peu de calme, et je me cale sur les soupirs de Pablo pour glisser dans le sommeil.

Le lendemain, nous sommes toujours douze ans plus tard. Les enfants viennent envahir notre chambre. Où est le charme d'un réveil à deux quand trois chiots prennent votre lit pour terrain de jeu ? Je n'ai jamais été une grande matinale, mais je m'engage avec eux dans une bataille de polochons, qui fait fuir leur père pour acheter des croissants. A son retour, nous trouvant encore blottis, il grommelle que nous aurions pu faire le café, les chocolats, le biberon, le jus d'orange, et un tas d'autres trucs que j'ai oubliés. Je le rejoins dans la cuisine et je passe ma main sur sa joue. Tu es toujours d'aussi mauvaise humeur le dimanche ? Tu sais bien que je suis odieux quand j'ai faim. Ah non, je ne savais pas. Ma remarque ne l'a pas troublé. C'est un test. Je peux donc, sur le ton de la légèreté, découvrir encore des choses sur lui sans qu'il s'offusque qu'après douze ans de vie commune, je sois dans une totale ignorance de ses humeurs. Cette découverte me détend. Mon histoire ne peut être soupçonnée par personne tant qu'elle reste dans mon intimité. Même si je deviens bizarre, mal informée ou curieuse, personne ne pourra découvrir une amnésie pareille. Il n'y a que moi pour en être tellement troublée. J'ai donc tout le temps que je désire pour me réadapter à ma propre vie, en trouver le sens et, qui sait, peut-être le modifier. Qui suis-je en cet instant ? Celle que je suis devenue douze ans plus tard ou celle que Pablo vient de rencontrer ?

Pour l'heure, j'aspire à faire un tour dans la nature, et je propose à Pablo d'aller en forêt avec les enfants. L'inertie de la famille me paraît totale quand il s'agit de préparer vite fait des jeans, des jeux, des paires de chaussures. Moi, au moins, j'ai l'excuse de ne pas savoir où se trouvent les affaires. Quand tout le monde est enfin prêt, Pablo m'abandonne sur le trottoir en me jetant les clés de la voiture pour que je la remonte du garage pendant qu'il poste une lettre importante qu'il a oubliée dans notre appartement. En redescendant, il est surpris de nous retrouver sur le trottoir en train de faire la ronde. Tu n'es pas allée chercher la voiture ? J'adopte un air contrit. Tu nous manquais, nous ne voulions pas y aller sans toi. Flatté, il s'élance dans une toute petite rue que je n'avais même pas remarquée.

La journée est douce, le temps est splendide et les enfants sont fascinés par les bourgeons, la floraison et toutes les choses du printemps, qui me paraissent en retard. Il ne fait pas très chaud pour la période. Le soleil est plus léger qu'autrefois, et le vent plus froid. Je ferme les yeux. Ça y est, je commence à penser comme les vieux. Je compare, je soupèse, l'avant, l'après… Nous déjeunons dans une petite auberge dénichée sur la route départementale que nous avons suivie au hasard. Il y a un vieux moulin, et Pablo, pensif, le regarde tourner. Ça me rappelle la maison de Margot à Antigny, pas toi ? Je ne sais pas de quoi il parle. Je lui prends la main. Finalement, c'est assez facile de n'avoir pas de souvenirs. Ça me rend sereine. Pour autant que j'aie pu en juger en observant d'autres couples, dès le début d'une histoire à deux, on accumule de la rancœur. J'ai déjà expérimenté les mauvais temps où l'on regarde l'autre avec des manques d'amour, de petites blessures accumulées qui finissent par faire de larges plaies. On dit toujours que ce qui ne nous tue pas nous rend plus forts, mais on devrait ajouter que ce qui nous mine quotidiennement finit par nous tuer !

Je souris à Pablo, en pensant avec bonheur : J'ai une chance formidable… Pas de passé, pas de passif !

Pablo est un homme charmant, attentif, drôle. Ce qui m'inquiète, c'est ma distance par rapport à lui. Je me sens froide. Il me plaît, mais il ne me regarde pas comme une femme qu'il vient de rencontrer. Il manque à nos relations la petite coquetterie, le badinage qu'adoptent les couples débutants. J'essaye de calquer mon attitude sur la sienne, mais je ne sais pas comment se manifeste la séduction dans un couple de douze ans d'âge. Ça fait vieux whisky, habitude. Je pourrais l'aguicher, le provoquer, mais j'ai peur qu'il me surprenne dans ce décalage. Je suis plus observatrice qu'actrice, et parfois je sens de la surprise dans ses regards. Sans qu'il s'en aperçoive, je le surveille dans ses gestes, dans les moments mêmes où il se croit seul. Je regarde ses mains, son corps, sa façon de bouger, de poser la tête ou de parler. Il doit sûrement sentir ces regards que je dissimule parfois dans des éclats de rire ou en jouant avec les enfants.

Au milieu d'un silence, Lola s'exclame : Ma maman, elle est partie. C'est une autre maman qui est venue. Pablo me jette un coup d'œil. Les enfants disent de drôles de choses parfois, non ? J'acquiesce la gorge nouée. Tu te souviens de ce que tu me disais à la naissance de Youri ? Evidemment, je ne me souviens pas mais il continue. Tu disais que les enfants sont des magiciens, qu'ils disent des choses que nous sommes incapables de comprendre. Tu devrais noter ce qu'ils racontent, surtout maintenant que tu as du temps. Dans quelques années on ne s'en souviendra plus. Et ce serait émouvant pour eux de retrouver tout ce que nous avions écrit quand ils étaient petits. Il faudrait que tu demandes à ma mère, il me semble qu'elle a rédigé une sorte de journal quand j'étais petit. Je pense en moi-même qu'il est bien dommage que je n'aie pas commencé avant. Cela m'aurait aidée aujourd'hui. Comme s'il lisait ma pensée, Pablo continue. D'ailleurs, il me semble que tu avais l'intention de le faire. Il y a un an, tu m'avais dit que tu avais acheté des cahiers. Je les ai. Je crois qu'ils sont dans mon bureau. Pour une fois, je ne mens pas. Il me semble bien les avoir aperçus. Mais ils sont vides ! Devant nous, la route défile et le soleil décline. Bientôt, comme les enfants, je m'endors, bercée par le ronronnement de la voiture.

— Est-ce que vous savez vous diriger dans votre propre appartement ? Est-ce que vous êtes confuse dans la journée ? Est-ce que vous avez des vertiges ?

— Je vous l'ai dit, docteur. Je me sens parfaitement bien. Il y a juste que… tout un pan de ma vie a disparu. Pour moi, il y a trois jours, j'ai rencontré Pablo. Dans la réalité, nous sommes douze ans plus tard et j'ai trois enfants avec lui. A part ça, aucune confusion. J'habite un appartement où il est facile de se repérer, j'ai découvert toutes les pièces, je retiens facilement comment aller d'un point à un autre, ce n'est pas très compliqué. C'est par contre fatigant de tout réapprendre, et surtout, en ce qui concerne les enfants, j'ai l'impression d'inventer le quotidien au fur et à mesure.

Il baisse la tête en griffonnant quelques notes. Oui, je comprends. Visiblement non. Mon cas l'embête et il ne comprend pas aussi bien qu'il le dit. Il faut que vous voyiez quelqu'un de plus spécialisé que moi. Ce qui vous arrive… est… complexe… Il n'y a pas d'accident, pas de choc apparent, pas de chute… Le mieux serait sans doute d'aller en consultation à Sainte-Anne. Je vais vous faire une lettre de recommandation.

Je ne laisse rien paraître. Je suis en rage. Il m'envoie chez les fous. Est-ce que, par hasard, il s'imagine que j'ai oublié cet hôpital ? A tout hasard, il m'a examinée. Tout a l'air normal, même la tension. Je sors dépitée de son cabinet en essayant de me raisonner. Qu'est-ce que je pouvais attendre d'une visite chez un généraliste ? Qu'il me dise : "Mais bien sûr, ça arrive souvent. Ne bougez pas, je vais vous prescrire les pilules «Douze années perdues». Quelques jours de traitement et vous récupérerez tout sans problème…"

Le début de la semaine a ramené son cortège d'horaires, de rythmes scolaires, de repas, de courses. Je ris avec les enfants, mais j'ai du mal à suivre la vie qu'ils m'imposent. J'ai l'impression de courir derrière un horaire. Je suis en admiration de savoir que dans un temps pas si lointain, j'ai suivi ce rythme-là, en assumant de surcroît un boulot. Bien que ce soit un "trois quarts de temps". Car en examinant les fiches de paye, je me suis rendu compte que le nombre de jours par mois était inférieur à la normale. Sans doute avais-je un jour pour eux, le mercredi peut-être ? Ce jour-là, j'ai vu la nounou partir vers une destination inconnue, en ponctuant sa sortie d'un "C'est moi qui les amène aujourd'hui". Elle est revenue sans eux. Deux heures plus tard, elle se prépare à aller les chercher, et je l'accompagne. J'ai un choc en voyant Youri se balancer sur un trapèze à quelques mètres du sol. La présence du filet ne me rassure qu'à moitié. Quant à Lola, dans une autre partie de cette salle qui ressemble à un gymnase, elle semble tout à fait à l'aise : elle marche sur un fil, les bras étendus, et fixe un point à l'horizon. Bien, Lola, dit une jeune femme qui se tient à ses côtés. Tu fais beaucoup de progrès.

Proche de moi se tient une femme qui vient prendre des renseignements sur l'école de cirque. Je n'ai même pas vu de panneau en entrant dans le bâtiment.

— Et cette petite fille, là, elle vient depuis combien de temps ? demande la femme au professeur.

— Lola a commencé à l'âge de trois ans. Mais c'est un exemple mal choisi, car elle a une aptitude peu commune. Elle se glisse tout de suite dans un rôle, que ce soit des roulades, des jeux de clowns ou de l'équilibre sur un fil, elle mêle acrobaties et comédie. Certains enfants comme Lola intègrent d'abord le sens de la scène. D'autres y viennent par les jeux.

Je me rengorge. C'est bien de ma fille qu'il s'agit ? Le professeur continue à expliquer que même en l'absence d'une flamme particulière, chaque enfant a son rythme et qu'il apprend à jouer avec son corps. Les deux femmes s'éloignent mais, de toute façon, je n'écoute plus. Je regarde ma petite équilibriste, et je pense que chaque être est ainsi sur le fil. Certains ont du génie pour y rester, s'y mouvoir et donner l'impression aux autres qu'on y est en toute sécurité. A quel moment est-ce que l'on tombe ?

Elle ne te plaît pas ? Si si, beaucoup. Mais c'est étrange, pourquoi une pendule ? Je ne sais pas. Ça m'a fascinée, ce système compliqué qui fait passer une bille d'un endroit à un autre. C'est comme la représentation physique de la fuite du temps.

Je viens d'offrir à Pablo une pendule dont chaque minute est symbolisée par une boule. Un système de balancier permet aux minutes de tomber dans une autre partie de l'horloge, qui à son tour fait tomber les heures. Il a l'air perplexe. Formidable ! me répète-t-il comme pour s'en convaincre. Je vais pouvoir compter les boules qui me séparent de toi ! Il me lance son regard malicieux et touche doucement les leviers de la pendule. Arrête de te moquer. Si ça ne te plaît pas, je peux la changer. Il proteste. Non, je suis surpris, c'est tout. Mais ça me plaît. Simplement, c'est… Comment dire ? Un cadeau qui ne te ressemble pas. Et puis ce n'est ni ma fête, ni mon anniversaire. Je t'ai vue arriver avec ton cadeau et honnêtement, je me suis dit : "Merde, qu'est-ce que j'ai encore oublié ?" Tu sais bien que je suis incapable de me souvenir d'une date. Je ne sais même pas quand je suis né. Bref, les cadeaux hors des fêtes, c'est plutôt ta spécialité. Alors là… Je ne sais que répondre mais je lui assure que désormais, je me fiche des dates et qu'en cela il a déteint sur moi. Je suis enjouée parce que j'ai été complètement subjuguée par ce joujou. Je suis restée au moins un quart d'heure à le regarder dans la vitrine. Mon aventure est si étrange qu'elle m'a fait arrêter le temps, et maintenant, je le regarde couler. Et puis je me fiche éperdument de ma folie. Je n'irai pas à Sainte-Anne. Je ne prendrai pas de médicaments. J'ai soif, j'ai faim, je suis sensible à l'odeur d'une orange, au parfum des fleurs après la pluie, j'ai envie de faire l'amour, je suis vivante. J'ai juste perdu la clé d'un tiroir. Et alors ? Ma grand-mère m'a toujours dit qu'on retrouvait les choses quand on ne les cherchait pas. "Et quand on perd trop souvent les choses, ce sont elles qui vous retrouvent", disait-elle en fin de vie. Bonne idée. Je vais laisser les choses me retrouver. Si c'est possible.

En attendant, j'ai décidé de revenir sur les lieux de mon ex-travail, histoire de voir. Je suis accueillie par une inconnue, blonde, exubérante. Marie ! Comme c'est chou d'être venue nous voir ! J'ai envie de la décevoir. C'est un hasard, je passais dans le quartier. Elle accuse le coup. Bon je te laisse, ma biquette. Tu as sûrement quantité de personnes à embrasser. En fait, ce sont plutôt les gens qui viennent m'embrasser. Certains me posent des questions sur ce que je deviens, ce que je fais. Parfois, ils ont l'air un peu compatissants. J'expérimente le défaut principal de ce pays : ici, on est ce que l'on fait. Quand on ne fait plus rien, on n'est plus rien. D'autres cherchent même à me raconter qu'ils ont repris tel dossier après moi, histoire de m'impliquer sans avoir à me poser de questions sur ma liberté professionnelle. Un homme s'avance vers moi, et les autres s'éloignent, visiblement pour nous laisser seuls.

Tiens donc, c'est M. Timer, celui qui m'a fait passer l'entretien, il y a quatre jours, le jour où j'ai fêté mon nouveau job, ce fameux jour où j'ai rencontré Pablo. Mais à propos, pourquoi ai-je quitté une entreprise qui m'a l'air si florissante avec un licenciement économique ? Que cache un arrangement qui m'a l'air d'être une faveur pour me ménager un revenu ?

L'homme m'invite à le suivre dans son bureau. Au passage, une fille le salue. Bonjour, Pierre. Il ferme la porte derrière moi. Je ne pensais pas que tu passerais. Pourquoi pas ? Oui, au fond, pourquoi pas ? Tu es vraiment une femme imprévisible. Ah oui, il trouve, lui aussi ? Tu veux boire quelque chose, un café, un thé ? Un café, s'il te plaît.

Je choisis de m'asseoir dans un fauteuil à l'écart du bureau. Je trouve la situation follement drôle, contrairement aux autres, qui m'ont paru angoissantes, toutes ces paniques que j'ai pu avoir. Et l'incessante question : est-ce que je me ressemble ? Est-ce que la fille que je suis devenue réagirait comme ça ? Et là, ça m'est égal. Nous avons dû avoir un degré d'intimité supérieur à celui qui existe entre un patron et une employée, mais lequel ? Je le perçois sans pouvoir l'expliquer. Ce type-là, je l'ai rencontré une fois dans ma vie, il y a quatre jours, et aujourd'hui, il se comporte comme si nous avions été amants. Ah non, pourvu que non ! Il ne me plaît pas du tout ! Il me tend un café et me considère en silence. Je goûte. Tu n'as pas de sucre ? Tu prends du sucre dans ton café ? Oui, c'est nouveau. Mon fils me l'a déjà dit. Il soupire. Marie, tu es sûre que tu vas bien ? Je ne sais pas ce qui s'est passé mais il a l'air un peu pincé. Je lui souris en attendant qu'il parle. J'ai découvert les vertus du silence. Tu me manques, Marie. Beaucoup. Rien n'est plus pareil depuis que tu es partie de l'agence. Et toi-même tu me parais changée. Je m'agite sur mon siège. Enfin on ne va pas revenir sur tout ça. C'est bien ce que tu voulais ? Tu n'as pas changé d'avis ? Et avec Pablo, ça va mieux ? Je perds instantanément mon envie de rire, le détachement qui était présent depuis le début de notre entretien. Mon cœur bat à tout rompre. Pourquoi mieux ? Que sait-il, celui-là ? Marie, je ne te comprends plus. Je t'ai licenciée à ta demande. J'ai supprimé ton poste pour pouvoir le faire dans de bonnes conditions pour toi, parce que ta vie en dépendait, selon toi. Je t'ai ramassée, consolée, cajolée. Trop peu à mon goût. Et tu me demandes pourquoi ça devrait aller mieux. Je ne sais pas quoi lui dire. Je n'ai pas de réponse. La seule chose à laquelle je pense, c'est fuir. M'enfuir très vite de ce bureau. Je ne suis plus si sûre de vouloir savoir. J'étais bien, moi, dans mon oubli.

Excuse-moi, Pierre. Je te remercie de m'avoir si bien comprise. Je passais juste pour voir si tout le monde allait bien, et toi aussi. C'était juste un petit bonjour. Il proteste. Pour moi, il n'y a pas de petit bonjour, Marie. Je te l'ai déjà dit : si ça ne va pas comme tu veux, ma maison est ouverte. Elle t'attend, toi et tes enfants.

Je le remercie et sors tête basse sans dire au revoir à personne. Dans la rue, je me mets à courir. Un bus hésite à quitter son arrêt, des voitures s'arrêtent, de peur que je me mette à traverser. Des passants s'écartent. Je cours longtemps, d'un quartier à un autre, dans l'air humide du mois de mai, la mauvaise odeur de la ville, et mon imper qui n'est pas tout à fait adapté à un jogging improvisé. A la fin, je m'écroule sur un banc, en nage, calmée, avec toujours des questions qui n'arrêtent pas de refaire surface. Est-ce que je pourrais me contenter d'être bien, juste bien ? de laisser la vie faire son chemin ? Je n'en suis pas persuadée. Trop d'éléments du puzzle ne coïncident pas. Comment relier le couple idéal décrit par Catherine – qui, il est vrai, ne nous a pas vus depuis seize mois – à une femme quittant son travail parce que sa vie en dépend ? Et que dire de cet homme amoureux que je voyais chaque jour et avec lequel, j'en suis sûre, je n'ai rien vécu d'autre qu'une maigre consolation ? Tout cela m'éloigne du couple idéal que nous semblions former avec Pablo. Comment rester indifférente à un tel envahissement ? Il le faut pourtant. J'en viens à penser que si tout a disparu, c'est pour que la partie de ma vie trop pesante ne m'empêche pas de continuer. Je suis quelqu'un d'entier, et je n'ai pas fait dans le détail. Retrouver la légèreté dans le couple, c'était revenir au début de la rencontre. Donc je suis revenue au lendemain. Ça a le mérite d'exister en tant qu'explication même si je n'arrive pas vraiment à y croire.

— Bonjour. Il a l'air gentil. Il a un accent et se tient sur le pas de la porte. Il fait un pas pour entrer, et je m'écarte instinctivement pour le laisser passer. Vous n'avez pas oublié le cours ?

Il a un sourire malicieux, comme pour me mettre à l'aise ou effacer mon air interrogateur. Il semble connaître la maison. Il s'avance dans le salon, ouvre le piano, y pose ses documents d'un air décidé. Je suis toujours dans l'entrée, tenant la porte ouverte. Il installe une chaise à côté du tabouret, devant le piano. Tout se déroule comme dans un rêve. Je ferme la porte, je le rejoins, je m'assois sur le tabouret. Il ouvre les partitions, il me demande si les vacances se sont bien passées. Je réponds : Oui, c'était parfait. Il plaisante en supposant que je n'ai pas dû tellement travailler depuis notre dernier cours. Mais nous allons réviser, ajoute-t-il en s'arrêtant à une page. Le morceau n'a pas de titre, mais la partition me paraît difficile. Je n'ai jamais fait de musique de ma vie. Petite, je me souviens d'avoir passé de longues heures allongée sous le piano à queue de ma grand-mère. Son frère venait jouer : Chopin, Rachmaninov, Fauré, tout me paraissait magique. Je n'imaginais même pas comment les doigts peuvent s'organiser, en étant seulement dix, pour sortir de l'instrument une beauté pareille. A plus forte raison, je ne pensais pas être capable d'en faire autant.

Le jeune professeur penche la tête vers moi.

— Quelque chose ne va pas ? Vous ne vous sentez pas bien ?

J'esquisse un geste lent vers le clavier, je pose les mains, je ferme les yeux, j'implore ma mémoire pour la première fois. Et rien ne se passe. Tout ça est ridicule. J'enlève les mains d'un geste brusque et je le regarde dans les yeux. Je ne pensais pas que ce serait si difficile d'avouer mon histoire à un inconnu.

— Pardonnez-moi, je ne sais pas votre prénom, je ne sais pas votre nom, j'ai tout oublié. Je ne savais même pas que je faisais du piano.

Il a l'air de ne rien comprendre, mais il m'écoute et ça m'encourage.

— Ça fait une semaine que je vis comme ça. Un matin, au réveil, j'avais un mari et trois enfants. La veille, je venais de rencontrer un homme, Pablo, qui est aujourd'hui mon mari. Je ne me souviens de rien. Les douze années qui viennent de s'écouler, je n'arrive même pas encore à y croire.

Je me tais, puis, me rendant compte qu'il va parler, j'ajoute :

— Je n'ai rien dit à personne. Je souhaiterais que vous fassiez la même chose. Je crois que je vais être obligée d'interrompre les cours jusqu'à ce que… quelque chose se passe. Est-ce que ça fait longtemps que je joue… que je jouais ?

Il a l'air atterré. Il me regarde, puis fixe la partition, incrédule.

— Quatre ans. Vous êtes… une de mes meilleures élèves… Ma meilleure élève.

— Je peux vous demander comment vous êtes devenu mon professeur ?

J'ai peur qu'il soit un ami de Pablo. Son accent est hispanisant.

— Vous m'avez appelé. J'avais posé des petites annonces chez les commerçants.

Vous vouliez faire du classique et du jazz. Je suis musicien de jazz, et je fais aussi du tango et de la salsa. Cela vous plaisait. Je suis mexicain. Le morceau là, dit-il encore en désignant la partition, c'est votre premier tango.

Il a l'air si abattu que j'ai envie de le consoler.

— Je ne croyais pas que c'était possible, une chose pareille. Et vos enfants, vous ne vous en souvenez pas non plus ?

— Non, je les découvre. C'est une situation étrange. Je les trouve merveilleux, et en même temps cela m'est difficile de passer de l'état de célibataire à celui de femme mariée, mère. Je ne sais pas non plus qui j'étais les derniers temps… Mais ça me fait du bien de parler, tout d'un coup.

— Vous n'avez pas le même regard qu'avant. Ça m'a frappé quand vous m'avez ouvert la porte.

— N'oubliez pas que je ne vous connaissais pas.

— Oui, bien sûr. Mais il me semble que c'est autre chose encore.

Il réfléchit. Son abattement a l'air d'être passé. C'est un jeune homme positif. Je sens qu'il voudrait m'aider.

— Peut-être voulez-vous que je joue les morceaux que vous avez travaillés avec moi ? Peut-être qu'en les entendant…

J'accepte. Il se met à ma place et entame une valse de Chopin, puis Mozart, puis Schumann. Je suis à mon tour abattue devant l'étendue de la perte. Je connais tous ces morceaux, je les ai aimés bien avant de les jouer, si je les ai vraiment joués un jour. Mais penser que j'ai pu les interpréter me donne le frisson. Il s'arrête et s'aperçoit de mon désarroi. A l'instant, je pense encore à me réveiller, mon histoire n'est qu'un cauchemar idiot et me revoilà à la case départ avec mes doigts morts.

— Essayons encore, voulez-vous ? Vous lisez les notes ?

— La clé de *sol*, à peine. Et seulement sur la portée. J'ai fait de la flûte à l'école. Je ne crois pas que ce soit la peine de continuer. C'est comment votre prénom, déjà ?

— Enrique.

— Vous êtes gentil, Enrique. Je vais essayer de vous rappeler dès que j'aurai retrouvé ma mémoire ou guéri mes oublis, je ne sais pas bien comment dire. Je n'en ai pas tellement parlé. Ces morceaux que vous m'avez joués ne m'évoquent rien de plus que la joie de les entendre. Et surtout, ça ne me rappelle en rien une histoire où je les aurais joués. Pour moi, c'est invraisemblable.

— Pour moi aussi, vous ne vous rendez pas compte !

Il a l'air révolté et malheureux.

— Je vous paierai les cours quand même.

— Mais qu'est-ce que vous racontez ? Ce n'est pas une question d'argent. Vous êtes ma meilleure élève adulte, je ne peux pas accepter.

— Comment ça, vous ne pouvez pas… ? Et moi, vous croyez que j'accepte ?

— Pardonnez-moi, je suis égoïste. Ça ne doit pas… enfin… je suppose que je ne peux pas vous aider.

— Non, je ne crois pas que vous puissiez.

Il ramasse ses partitions en silence.

— Et Pablo, que dit-il ?

— Vous connaissez mon mari ?

— Nous nous sommes croisés parfois, et vous m'avez invité à des soirées chez vous. Nous bavardons en espagnol quand nous nous croisons. J'habite le quartier, moi aussi.

— Eh bien… Je pourrai vous réinviter à une prochaine fête. Mais mon mari n'est pas au courant, je ne lui ai rien dit. Je sais, ça peut paraître étrange. Mais pour l'instant, j'ai seulement parlé à une amie, et à vous. Si vous le croisez…

— Ne vous inquiétez pas. Je dirai qu'en ce moment, je passe des auditions importantes et que j'ai trop de concerts. Ainsi je pourrai justifier l'arrêt de vos cours. Vous vous souviendrez de la raison ? Je préférerais que nos versions soient identiques.

Je souris.

— Oui, Enrique. Ce n'est pas ma mémoire actuelle que j'ai perdue, mais celle d'avant.

— Au revoir, Marie. Appelez-moi si vous avez besoin de parler à quelqu'un, ça doit être lourd comme secret. Et puis, ça ne me regarde pas, mais moi, à votre place, j'en parlerais à Pablo.

— Merci, Enrique. Mais vous n'êtes pas à ma place.

Je serre très fort sa main de pianiste dans la mienne qui ne sait plus rien jouer et je m'enfuis dans la cuisine pour faire du café. Il ne faudrait pas que trop d'événements de ce type se produisent, c'est trop éprouvant. Je me dis que c'est fou ce qu'on peut faire de nouveau en douze ans. Des choix, des tiroirs vides qu'on ouvre et qu'on décide soudain de remplir.

Un cortège de questions tombe en avalanche à la suite de ces découvertes sur mes capacités, mes désirs. Je me retrouve dans la situation d'une personne rencontrant une amie très intime, quittée il y a des années : "Et alors, qu'est-ce que tu deviens ?" Une question qui m'a toujours donné envie de répondre : "Rien." Est-ce qu'il faut vraiment devenir quelque chose ou quelqu'un aux yeux de celui qui vous signifie ouvertement une sorte de mépris anticipé ? Ou simplement la question exprime-t-elle qu'il n'y a pas d'écoulement du temps sans devenir, pas de possibles retrouvailles sans évolution ?

Je finis par appeler le parrain de Lola, l'ami dont m'a parlé Catherine en le désignant comme "l'homme qui étudie l'inconscient". Il m'accueille au téléphone d'une voix enjouée. Marie ! Comment va la maisonnée ? Raphaël ? Je suppose qu'on se tutoie. Vous êtes le parrain de Lola, mais laissez-moi vous vouvoyer, cela me sera plus facile pour vous expliquer… Je me suis réveillée, il y a une semaine, sans souvenir aucun des douze années qui viennent de s'écouler. Au moment où je vous parle, j'ai eu le temps de m'habituer, enfin plutôt d'atterrir, de chercher dans les papiers, d'apprendre un peu qui je suis. Je sais à peu près comment m'adapter à ma vie d'aujourd'hui, mais c'est très… difficile. J'aimerais vous voir, j'aimerais qu'on se rencontre. C'est Catherine, une amie avec laquelle j'ai fait mes études, qui m'a parlé de vous. Elle pensait que vous pourriez m'aider. Je n'ai rien dit à Pablo. Il n'y a qu'elle qui sache. J'ai débité mon histoire à toute allure, dans le désordre, comme si j'avais peur qu'il me coupe, qu'il me dise non… A aucun moment, il ne m'interrompt. Sa capacité d'écoute me calme. Il laisse mes silences s'écouler, mes phrases s'aligner. Comme il ne dit toujours rien, j'ajoute : Voilà, pour lui signifier que j'ai fini. Quand voulez-vous passer me voir ? Sa voix a une gravité soudaine, et il a lui aussi réintroduit le vouvoiement. Le plus tôt sera le mieux. Est-ce que vous pensez que je vais pouvoir retrouver la mémoire ? Est-ce que vendredi matin neuf heures vous conviendrait ? A mon bureau… Je vais vous donner l'adresse. Je note les coordonnées. Vendredi, c'est dans trois jours. Pensez-vous que ce soit grave ? Marie, je ne pense surtout pas. Je veux d'abord vous écouter. Vous me raconterez à nouveau où vous en êtes, et ensuite je pourrai vous répondre. En attendant vendredi, prenez les choses avec calme, toutes les choses. Détendez-vous. Si un événement grave vous perturbe vraiment avant notre rendez-vous, rappelez-moi. Est-ce que ça vous convient ? Je crois que oui, merci beaucoup. Mais surtout n'en parlez à personne. Il me signale que l'ami déjà se serait tu mais que le thérapeute est tenu au secret. A vendredi, Marie. Je me sens à nouveau pressée par le temps, impatiente de savoir, exaspérée par ma situation incompréhensible.

— Comment crois-tu que nous allons nous en sortir ?

— Nous n'allons pas nous en sortir, mon chéri. J'ai cessé de croire en toi. J'ai cessé de t'admirer, de te voir comme un artiste touchant, attendrissant.

— Tu me détruis, tu y prends plaisir et tout ça en m'appelant "mon chéri" ?

— Non, je ne te détruis pas, je te parle. Pour la première fois de ma vie, j'arrive à exprimer ce malaise que tu as planté au fond de mon cœur. Un jour, tu m'as dit que je manquais de légèreté. Mais c'est toi qui m'as fabriqué une vie pleine de lourdeurs. J'ai coulé plusieurs fois, sans oxygène. Et si je ne me suis pas noyée, c'était un miracle. Aujourd'hui, je suis sortie de ton univers noir, je suis vivante. Je vis même en plein soleil. Et plus jamais je ne replongerai. C'est trop tard, Rémi… pour tout. Pour ta vie d'artiste, pour notre vie ensemble, pour la vie que tu te racontes. Il y a toujours un temps pour apprendre à partir…

La musique retentit… Puis les premiers applaudissements crépitent. Si vite qu'ils ne laissent aucun silence pour apprécier la force des derniers sentiments. Pablo se penche vers moi. La fin ne te paraît-elle pas factice ? Je le sens anxieux. J'évite tout commentaire qu'il puisse mal interpréter. J'essaye de le rassurer. La fin est triste, mais le film est très beau. Il ne paraît pas choqué de la banalité de mes propos et de mon air incertain. Tu es sûre ? Tu as aimé ? J'avais peur de ton jugement. Je sais que tu as toujours détesté les fins un peu trop mélos. A propos, merci pour la robe, j'ai tout de suite compris le message quand tu es arrivée dans cette tenue ! (Allons bon ! J'ai dû choisir une tenue symbolique entre nous en plongeant au hasard dans les robes de soirée de ma collection.)

Jusqu'à la fin du générique, la lumière reste éteinte, mais déjà quelques ombres debout entament des discussions. Une silhouette s'avance vers Pablo :

— Bravo, mon vieux. Pour tout te dire, j'avais lu le scénario, et je n'y ai pas cru. Mais le résultat est remarquable. La seule consolation que je peux avoir, c'est de me dire que tu as été à bonne école !

L'homme éclate d'un gros rire. Il me tend la main dès que la lumière revient.

— Bonsoir, Marie. Dans la pénombre, je ne vous avais pas vue. A vous je ne peux pas demander ce que vous en pensez.

— Je risque de ne pas être objective. Vous allez bien ?

Je deviens presque parfaite dans le mensonge. J'ai remarqué qu'il semble bien me connaître. Nous échangeons quelques formules d'usage avant qu'il ne s'éloigne. Pablo a l'air soulagé et joyeux. Avant la projection, il était très angoissé. Beaucoup de gens viennent lui serrer la main, le féliciter. Certains le saluent plus chaleureusement, notamment l'actrice du film, qui me serre également contre elle. Elle est belle, très belle. Plus belle même que dans le film, où elle a visiblement accepté de bien s'enlaidir. Elle est vêtue d'une robe en satin bleu, longue et décolletée. Une voix douce accompagne son étreinte. Elle a l'air ravie de me voir.

— Marie, je suis si contente. Je suis sûre que ça va marcher. Les premiers commentaires que j'ai entendus ont l'air très positifs. J'ai utilisé tellement d'émotions issues de nos longues discussions pendant le tournage…

Je l'embrasse à mon tour, en lui disant que je suis contente pour elle et que j'ai aimé son interprétation.

— Est-ce que tu vas bien, toi ? Pablo m'a raconté pour ton boulot. Tu as l'air splendide… Bien qu'il m'ait dit qu'il te sentait assez fatiguée.

— Il faut juste que je me réadapte à ma nouvelle situation. Mais je pense que ça va se faire assez vite.

Parfois, je n'ai même pas besoin de mentir. Heureusement, l'actrice dont je ne sais déjà plus le nom que j'ai pourtant vu au générique est happée par une nuée de personnes. Je me retrouve un instant seule dans la foule. Pablo a disparu. Je sens comme une angoisse m'étreindre le cœur, une sensation d'abandon qui ne m'est pas inconnue. Je l'ai déjà éprouvée, plus jeune, ou dans certaines circonstances particulières. Je me mets à respirer lentement pour me calmer, et je me dirige vers le bar.

— Un verre d'eau fraîche, s'il vous plaît.

Mais avant que le serveur ne me tende l'eau demandée, une coupe de champagne se présente devant mes yeux.

— Allons, Marie, tu devrais boire autre chose que de l'eau un jour pareil !

L'homme est séduisant mais son visage a quelque chose de dur, de cynique. Bien qu'il arbore un immense sourire, le regarder me fait frissonner. Quelque chose d'autre me gêne, mais je n'arrive pas à savoir quoi exactement. Une immense angoisse me prend à la gorge.

— Quel beau film, n'est-ce pas ? Ce couple voué à l'échec par ses stratégies minables, quelle histoire d'amour pathétique.

Son ton ironique me dérange de plus en plus.

— Vous ne semblez pas avoir aimé le film.

— Tiens, on se vouvoie maintenant. Jolie idée, après douze ans de dialogues tutoyés. Mais vous avez raison, Marie. Ça pourrait changer la nature de nos relations !

Il ricane en appuyant sur le mot "relations", puis il se penche vers moi. Son visage me frôle. Je m'en veux d'avoir été si bête, ça m'a échappé. J'aurais dû remarquer qu'il m'a tutoyée, mais il est si glacial. Je prends un air vaguement hautain.

— Disons qu'en ce moment, je me suis remise à vouvoyer pas mal de gens.

— Tiens, mon frère a l'air de chercher sa muse.

Pablo se rapproche de nous d'un pas rapide. Il a l'air inquiet. Il me prend le bras.

— Tout va bien ?

— Mais bien sûr, Pablo, que tout va bien. Je faisais quelques commentaires personnels sur ton chef-d'œuvre. C'est permis, n'est-ce pas ? Et d'ailleurs nous n'avons pas eu le temps d'aller au bout de nos… réflexions.

Pablo ne répond pas. Il m'entraîne :

— Viens, je veux te présenter quelqu'un.

Il semble furieux. Son frère ! C'était son frère. Je sais maintenant ce qui m'a gênée : c'est la ressemblance avec Pablo. Dans un visage cruel, certes, mais la ressemblance est frappante. C'est sans doute cela qui m'a tellement dérangée.

— Qu'est-ce qu'il t'a dit ?

— Rien. Il avait une façon cynique de juger le film. Il a parlé des stratégies du couple de ton histoire. Il s'est étonné parce que je l'ai vouvoyé. (Pourquoi le lui dire ? Vais-je en apprendre un peu plus sur leur relation ?…)

— Tu as vouvoyé Igor ?

— Oui, je n'avais plus envie de le tutoyer.

Pablo esquisse un sourire malgré sa colère et m'embrasse.

— Je suis désolé, Marie. Tu dois te douter qu'après l'autre soirée, je ne l'ai pas invité. (De quoi me parle-t-il ? Quelle autre soirée ?…) Mais tu connais le fonctionnement d'une rédaction : il est toujours plus ou moins au courant de tout. Je le soupçonne même d'avoir un emploi du temps précis de toutes les manifestations de cinéma où je pourrais me trouver.

Pablo passe gentiment son bras autour de mes épaules.

— Ça va ?… Il ne t'a pas… ? Enfin… Il a été correct ?

— Mais oui Pablo, ça va, je t'assure.

Son inquiétude me touche et me remet en état d'ébullition sur tout ce que je ne sais pas. Moi qui me disais bêtement que dans ce genre de cocktail mondain, on parlerait surtout du film ! Je pensais m'en sortir bien mieux. Pour la première fois depuis une semaine, le sujet principal de la soirée devait se rattacher à quelque chose que je n'avais pas pu oublier. C'était une aubaine. Et puis il y avait eu un délai supplémentaire. Au lieu de se dérouler le lundi comme prévu, la projection avait lieu le mercredi. Pablo m'avait appelée le lundi après-midi pour me dire d'annuler la baby-sitter, que je n'avais, entre nous, jamais commandée. Rien que ce détail me parlait d'une autre femme, une mère organisée que j'avais dû être et dont j'étais très loin aujourd'hui.

Dépassée par les problèmes domestiques de ma tribu d'enfants, j'ai appelé Catherine. Elle m'a donné quelques conseils pour affronter la fièvre de Lola, la poussée dentaire de Zoé et j'ai fait avec elle une petite révision par téléphone de tout ce qui peut se produire médicalement dans la vie quotidienne d'une mère. La liste en est tout à fait affolante. Avoir trois enfants d'âges différents en une seule fois est ce qui pouvait m'arriver de pire pour réussir un apprentissage rapide de mon nouveau rôle.

Quand j'essaye d'imaginer la mère que j'ai pu être depuis douze ans, je suis épatée. Comment ai-je inventé tout ça ? Est-ce que les jeux, les rêves, l'amour quotidien viennent avec la maternité, ou se déclenchent-ils au fur et à mesure dans la construction d'une relation magique ? Cela me fait rire à présent, de me repenser dans ma vie d'avant, si proche. Et si je ris, c'est peut-être parce que j'admets le fait d'avoir oublié. Non, je ne me souviens pas d'avoir prévu, inventé une vie de famille. Curieusement, je découvre que ma vie de célibataire a été une sorte de voyage égotiste, des jours se déroulant d'une traite, sans penser à autre chose qu'à soi-même : mes petites sorties, mes petits weekends, mon petit boulot, mes petits loisirs. Et avoir des "petits" tout court, c'est un autre genre de voyage. Plein, gorgé d'un oubli de soi bienfaisant. Que pouvais-je bien faire il y a une semaine, quand mon seul souci était de fêter mon arrivée dans une société ? A quoi pouvait bien ressembler une journée non rythmée par des départs à l'école, des retrouvailles fulgurantes, des repas débordants, des baisers éclaboussant le quotidien… ? Comment se remplissait mon temps libre quand j'avais si peu à faire et si peu à donner ? Tout en me posant la question, cela me semble monstrueux de me renier à ce point et si vite. Mais si ma vie était si belle et si épanouissante, pourquoi l'ai-je gommée en une nuit ? A ce propos d'ailleurs, je suis perplexe. Car rien ne prouve que j'ai perdu si vite ma mémoire. Peut-être ai-je mis plus de temps, peut-être qu'elle a commencé à fuir petit à petit. Ne m'étant confiée à personne, si ce n'est à mon amie qui ne m'a pas vue depuis seize mois, je ne peux évidemment pas vérifier cette théorie. Faisons confiance aux amis. Si je me suis confiée, on finira bien par m'en reparler.

Parfois, je me demande si je suis tout à fait normale. C'est une idée qui m'effleure soudain au cours de la journée. La distance que j'ai aux choses et aux gens donne à ma solitude un caractère d'étrangeté. Ma seule référence au réel est finalement mon ancrage dans une famille et dans un environnement cotonneux. Le souvenir des autres membres de cette famille, la mienne, est le garant de ma raison d'être. Mais en quoi suis-je obligée de me rattacher vraiment à tout ça ? Je pourrais tout aussi bien partir du jour au lendemain, et ce détachement-là me fait peur. Il m'attire aussi. Est-ce que l'amnésie est une sorte de folie ? Peut-on guérir d'avoir oublié les siens ? Je passe en une seule journée d'une joie sereine, dans l'ordre des petites choses du quotidien, au plus complet abattement. Je me sens soudain angoissée, menacée par un danger dont je ne connais rien, sinon sa douleur. Je me sens coupable d'être partie sans valise, sans rien dire, d'être partie en restant là, hypocritement, en laissant juste l'apparence. Etait-ce si difficile de s'en aller vraiment ? Et si c'était le cas, quelles étaient les motivations du départ ?

— Mon travail n'est pas de comprendre ce que vous me dites, mais d'écouter ce que vous ne dites pas. Soit parce que vous ne pouvez pas l'exprimer, soit parce que vous vous le cachez à vous-même. Vous me demandez : "Pourquoi avoir oublié ?" Vous seule pourrez répondre en temps voulu. Pour l'heure, vous devez penser à ce qui peut avoir déterminé votre amnésie. Qu'est-ce que vous êtes en train de construire aujourd'hui à l'état vigile ? Qu'est-ce que vous refusez aujourd'hui de votre vie d'avant ? Qu'est-ce qui n'est pas conforme à vos aspirations ? En quoi avez-vous oublié quelque chose de vous-même dans l'époque à laquelle vous croyez être revenue ? Un projet fondamental pour vous, peut-être, et qui a déterminé une rupture violente. Car c'est une rupture d'une assez grande violence, vous en convenez.

— Oui.

— Je peux vous aider à vous retrouver si nous entamons un travail ensemble dans lequel j'essaierai de vous renvoyer ce que vous me dites sous la bonne forme, c'est-à-dire la forme sous laquelle vous ne le dites pas, vous me suivez ?

— Je crois que oui.

— Dans ce que vous êtes aujourd'hui et que vous exprimez, cette Marie, que vous avez voulu étouffer, vit. Et elle parle aussi. Elle peut d'autant mieux le faire que l'autre a été mise en sommeil. Mais l'autre existe. Je ne peux pas vous dire aujourd'hui ce qui va se passer, ce que vous allez faire de ces deux personnes qui ont eu besoin de se séparer. Ce que je peux vous dire, c'est qu'elles sont en vous, elles sont vous, et chacune des deux s'exprime dans l'autre. Mais je peux le dire aussi parce que je vous ai connue depuis douze ans et que je vous ai vue évoluer de façon proche.

— Raphaël, pouvez-vous me raconter des événements de ma vie, des moments où vous étiez présent ? Peut-être des moments qui expliqueraient ma perte de mémoire…

— Aucun moment en soi ne peut expliquer un phénomène aussi fort. Si vous décidez d'entamer un travail sur vous-même, nous le ferons à partir de celle que vous êtes là. C'est elle qui retrouvera petit à petit les choses, au fur et à mesure de ce qui est possible. D'autres que moi pourront vous raconter ce que vous me demandez. Vous vous servirez probablement de ce qu'ils vont vous dire dans votre démarche. Mais vous ne pouvez pas me demander de vous raconter qui vous étiez. C'est impossible dans le contexte dans lequel nous sommes. Ce serait très ennuyeux, dangereux même, pour ce que vous voulez faire. Marie, l'important aujourd'hui, ce n'est pas tant de retrouver vos souvenirs que de chercher quelle était votre profonde aspiration à être quelqu'un d'autre. Pourquoi avez-vous eu besoin de vous perdre pour mieux vous retrouver ? Car vous n'avez pas fait ça dans la douceur… Ça touche votre famille, votre mari.

— Raphaël, est-ce que je dois parler à Pablo ?

— Marie, je vais vous faire la même réponse que pour le reste : pourquoi ne l'avez-vous pas déjà fait ? Qu'est-ce qui vous retient ?

— Je ne sais pas. Le courage de lui avouer mon détachement. Je ne suis pas une femme éperdument amoureuse d'un homme depuis douze ans. Je suis une femme touchée par le charme d'un homme qu'elle vient de rencontrer.

— Ce qui est déjà un bon début, non ? Vivez cela, puisque vous en avez décidé ainsi, et laissez venir la suite.

— Mais… je n'ai rien décidé…

— Oh, si, et fortement même.

— Allô, Marie ? C'est Juliette. Tu vas bien ?

— Oui, et toi ? Raconte.

J'ai trouvé ce subterfuge pour faire parler mon interlocuteur quand je suis sûre de ne pas le connaître. Je peux ainsi noter sur mon cahier et glaner quelques informations. Et, surtout, le temps gagné et les révélations de l'autre me permettent d'évaluer notre degré d'intimité. C'est fou comme dans la voix déjà, et dans le ton, je peux percevoir, éprouver. J'écoute pour la première fois de ma vie. Ou plutôt non, j'entends quelque chose des

autres que je n'ai jamais connu auparavant. Je suis capable de me rendre
compte, en un simple coup de fil, si les
gens sont proches ou lointains, bien-
veillants ou envieux. C'est quelque chose
d'un autre ordre que le côté sympathique, c'est une expérience unique. Ne
rien savoir de ceux qui m'appellent, alors
qu'eux ont l'air de fort bien me connaître, me donne un atout formidable.
Je peux mesurer leur degré d'authenticité sans la moindre hésitation.

Juliette est une intime. Une très proche qui m'aime. Je le sens à sa façon de
se préoccuper de mon bien-être. A sa
liberté de parole. Elle me raconte ses
problèmes personnels avec son amant,
les soucis de son fils à l'école et les chan-
gements de sa vie professionnelle. Elle
ne raconte pas à la façon des gens sans
retenue qui vous débarquent leur vie
comme s'ils se libéraient d'un poids. Elle
se révèle avec douceur, pudeur même…
Et toi, tu ne me dis rien ? Mais si. Enfin
je t'écoute. Ça va, tout va bien. Tu dors
mieux ? Tiens, j'ai eu des problèmes de
sommeil ? C'est un comble. Je dors parfaitement bien. Alors mon massage t'a
été bénéfique.

Apparemment, Juliette est une sorte
de kiné orientaliste. Elle a parlé d'un
cabinet, d'une nouvelle fille faisant du

shiatsu, devenue depuis peu son assistante, de conférence sur les points de stress. Je l'interromps. Juliette, depuis combien de temps nous connaissons-nous maintenant ? Je suis devenue très douée sur le maniement des questions anodines. Des questions dont je suis censée connaître la réponse, mais qui, une fois celle-ci fournie par mon interlocuteur, me donnent la solution. Presque dix ans, je crois. Pourquoi me demandes-tu ça ? Il se trouve que… enfin disons que je me pose beaucoup de questions en ce moment. Et ça va te sembler bizarre, mais j'essaye de me situer dans ma vie, dans celle de mon couple, et pour ça, j'ai besoin de ceux qui nous connaissent bien. Je voudrais connaître l'autre version : ce que les autres voient, ce qu'ils perçoivent de nous.

Voudrais-tu m'en parler ? Pourrait-on se voir ?

Ça c'est drôle alors ! Ça ne te ressemble pas. Mais si c'est important pour toi, je veux bien t'aider. Je peux passer prendre un café tout à l'heure, si tu veux. J'ai un creux avec deux rendez-vous annulés. Et si tu te souviens bien, il n'y a pas si longtemps, je t'ai parlé de faire le point, de prendre du recul et tu m'as répondu que tu t'en foutais complètement ! Mais à la voix que tu as, ça m'a l'air un peu urgent. J'essaye de rassurer. C'est juste une petite enquête de routine.

Elle rit à son tour, pas dupe. J'ai compris, à tout à l'heure, Marie. Ton code n'a pas changé ? Non. Je raccroche. Voilà. Il n'est pas si difficile de poser des questions à ses amis sans éveiller leurs soupçons. Je n'ai plus peur de mes erreurs. Mon aventure est impensable. Pour les autres…

J'utilise le temps qui reste avant l'arrivée de Juliette pour classer des pochettes de photos. J'ai trouvé dans le tiroir d'une commode des enveloppes contenant des négatifs, des photos non sélectionnées pour l'album. Je cherche dans les images les plus récentes. Comme toujours, je dois être aux commandes de l'appareil car il y a peu d'images où je suis présente. Je trouve une enveloppe datant d'un mois auparavant. Aucune des photos ne semble avoir été sélectionnée. C'est une fête dans une maison que je ne connais pas. A la campagne, probablement, car le début de la pellicule a été pris dehors, avant la tombée du jour. Des gens autour d'un barbecue. Je n'en connais aucun. Pablo entoure de son bras une jeune femme que je trouve d'emblée sympathique. Elle a de grands cheveux bruns, ce qu'on appelle une gueule et des yeux d'un bleu lumineux. Sur une autre image, c'est moi qui suis avec elle devant un gâteau d'anniversaire, apparemment le sien, dont elle s'apprête à souffler les bougies.

Une autre photo attire mon attention : je suis seule, et je regarde sur le côté avec un air infiniment triste. La photo ne montre pas ce que je vois. Je ne me connais pas cet air-là, ni même cette humeur-là. Je parais vieillie, abandonnée, rabougrie même… Je me sens violemment troublée par mon image. Je me demande qui a bien pu saisir un instant pareil. Qui peut bien connaître aujourd'hui une partie de moi si déchirante ? J'imagine que ça pourrait être Pablo mais, instinctivement, je sais que ce n'est pas lui. Il n'y a aucune photo où nous soyons ensemble. Mais cela ne m'étonne qu'à moitié : quand on partage le même appareil, on partage rarement l'affiche.

On sonne à la porte et je remets précipitamment les photos dans le carton avant d'ouvrir. Et là, j'éclate de rire. La femme du gâteau d'anniversaire est devant moi. Elle me saute au cou et me plaque deux baisers sonores sur les joues. Le "Juliette !" qui allait jaillir de ma gorge s'étrangle dans un dernier doute. Et si ce n'était pas elle ? Mais tout de suite, elle me rassure sans le savoir :

— Alors, la chercheuse, ça va ? Tu vois, j'ai fait vite.

Elle pose son manteau sur une des chaises, et je vois que son regard se pose sur la table. La photo où j'ai l'air si triste est tombée de la boîte, comme si elle avait besoin de se montrer.

— Tu as deviné que c'était moi ?

Elle l'a prise et l'examine.

— Je ne pensais pas avoir si bien saisi le moment. Capter l'image d'un instant, ça ne veut pas obligatoirement dire savoir le photographier.

Je tâche de plaisanter tout en éprouvant une immense gratitude pour le dieu des coïncidences.

— Tu ne pouvais pas choisir un moment plus gai ?

Elle me regarde avec insistance.

— Tu as été comme ça pendant presque toute la soirée. Je t'ai demandé ce que tu avais, tu t'en souviens, je pense ? Et tu m'as dit : "Rien." Je te voyais comme emmurée dans un chagrin profond. J'étais tellement désolée qu'à un moment, j'ai saisi ton appareil, avec un peu de colère. Je voulais pouvoir te dire, au développement : "Tu as vu la gueule que tu faisais pour mes quarante ans ?" Franchement, tu exagères. C'est plutôt moi qui aurais dû être triste. Et c'est pour ça que je ne t'ai pas appelée depuis. Elle éclate de rire. Non, en fait je m'en voulais de ne pas avoir eu le temps de te téléphoner. J'étais inquiète. Tu sais, j'ai même demandé à Pablo si vous vous étiez disputés.

— Et qu'a-t-il dit ?

— Rien, il a plaisanté. Et tu le connais quand il ne veut rien dire. Il a noyé le poisson. Tout à l'heure, quand je t'ai appelée, j'ai pensé à ma soirée d'anniversaire, et je me suis dit en venant que ta petite enquête et la tête que tu avais ce jour-là étaient liées.

— Tu n'as peut-être pas tort, mais en fait je n'en sais trop rien.

J'hésite. Dire à Juliette tout ce que je sais depuis que je suis "réveillée" l'aiderait à me donner des clés sur ce que j'ignore. Mais comment lui dire aussi que je n'ai aucun souvenir d'elle et de notre amitié ? Ça pourrait être un choc. Je la connais trop peu pour me permettre de lui imposer une épreuve d'amitié dont je ne sais pas si elle sortira indemne. Et puis savoir que je ne me souviens de rien pourrait changer sa version des faits.

Par ailleurs, et c'est nouveau pour moi, il faut que je fasse confiance à quelqu'un en quelques secondes, juste en me basant sur l'instinct et sur l'instant. Il faut que j'imagine en prenant comme baromètre ce que je sais de mon sens de l'amitié. Je dois me faire confiance, en quelque sorte, pour être proche de quelqu'un qui vient de passer le seuil de ma maison et de mon souvenir pour la première fois. Voilà un exercice périlleux, mais qui ne manque pas de piquant.

Poussée par son regard interrogateur, je me lance :

— Comme nous nous connaissons depuis longtemps, j'ai pensé… Je voudrais que tu me dises quel était ton sentiment quand tu m'as rencontrée, comment tu m'as vue évoluer, comment tu me vois aujourd'hui, ce que tu penses de la femme que je suis devenue par rapport à celle que j'étais. Je voudrais que tu me dises aussi comment tu vois notre couple. Et s'il te plaît, n'omets rien. Comme si tu parlais de moi à une tierce personne de confiance.

Elle soupire.

— Eh bien ! C'est très difficile de satisfaire ta demande. Je te connais depuis longtemps en tant qu'amie, patiente. Avant de te connaître j'ai été l'amie et, il y a encore plus longtemps, l'amante de Pablo.

Aïe ! Il y a certains détails qu'il vaut mieux connaître avant de lancer ses amis sur des exercices…

— Ce que tu me demandes…

— Est difficile, tu me l'as déjà dit. Alors précise-moi d'abord une chose, puisqu'on en est aux aveux : as-tu déjà regretté de ne plus être l'amante de Pablo ?... de ne pas continuer avec lui ?

Juliette éclate de rire.

— Que toi qui connais mon couple avec Bruno me pose cette question est plutôt incongru ! Ma rencontre avec Pablo dans un lit était une erreur totale, dont nous n'avons jamais douté une seconde, ni lui ni moi. L'amitié nous va bien mieux, et te voir épouser un ami tellement cher m'a comblée. Je n'avais qu'une peur : ne pas m'entendre avec la femme que Pablo allait choisir. Il est un frère pour moi ! Et comme tu le sais, c'est lui qui m'a présenté à la fois Bruno et toi. L'un est l'homme de ma vie, et l'autre mon amie la plus chère. Tu vois que notre histoire de passé est assez claire ? Mais revenons à toi. Quand je t'ai rencontrée, je t'ai trouvée superbe et généreuse. C'était pour moi nouveau, la complicité avec une autre femme. Tu étais drôle, jolie et bienveillante. Et tu ne m'as jamais considérée comme une rivale. J'avais même peur pour toi, car Pablo est assez égoïste. Mais tu t'en sortais bien, toujours avec une pirouette. Tu tournais avec humour ce qui ne te plaisait pas, et tu évitais ainsi ses éventuelles colères, ses côtés excessifs. Tu le tempérais sans le commander, tu lui apportais une folie qu'il avait connue avec d'autres, mais sans l'hystérie qui va avec. Et puis il y avait de la douceur, ta profondeur, une vraie tendresse. Tu savais l'attendre, et lui, de son côté, bousculait tes réflexes. Il t'obligeait à donner le meilleur de toi-même, à oublier tes côtés de petite fille capricieuse. Vous vous rendiez meilleurs, ce qui est une alchimie formidable pour un couple… Et rare. A ton contact, Pablo perdait son côté frivole, sa déformation d'acteur, "je veux que toutes les filles m'aiment", une superficialité qui m'avait tellement exaspérée en lui et que contrairement à toi je ne savais pas gérer. Tu arrivais à le faire rire de lui-même et du même coup il était beaucoup moins dans le paraître, plus attentif, plus amoureux. Vous étiez dans une complicité magnifique, que vous enviaient beaucoup d'amis, de façon pas très saine parfois, ou avec bienveillance selon le cas. En ce qui me concerne, j'ai senti un changement dans ton attitude après la naissance de Zoé… Quelque chose d'imperceptible au début, une certaine raideur dans ton attitude. De temps en temps, une petite réflexion d'une aigreur que je ne te connaissais pas. Pablo affichait un air détaché ou peu concerné par tes réflexions… J'acquiesce, sans dire un mot, pour qu'elle continue. Elle reste un moment silencieuse et réfléchit. La tension montait aussi dans ton corps. Tu étais plus nouée qu'auparavant, parfois migraineuse. Et surtout tu avais perdu cette sorte de gaieté qui te caractérise. Jusqu'à mon anniversaire, où la photo que j'ai prise de toi reflète à mon sens le sommet de ta peine. C'est comme si tu étais en deuil, comme si quelque chose avait disparu. Comme si tu avais perdu un être cher.

— Et Pablo, comment était-il, selon toi, pendant cette période ?

— Il était le même, en plus distant. Mais je te dis ça parce que je le connais bien. N'importe qui aurait pu te dire qu'il n'avait pas changé. Mais moi, je le trouvais moins complice. Toi aussi tu te détachais petit à petit. Même avec tes enfants, je te trouvais plus absente, moins patiente, plus vite exaspérée.

Son air interrogateur et ses silences m'incitent à me confier. Je lui souris avant de lui décrire mon aventure dans le vide. Je n'omets rien des démarches que je fais pour élucider mon trou de mémoire, l'effacement d'une partie de ma vie.

Elle m'a écoutée sans m'interrompre et son commentaire déchire de nouveaux horizons. C'est bien souvent le jour où s'ouvrent les yeux que quelque chose en nous décide d'aussitôt les refermer, me dit-elle. Aujourd'hui tu sais ce que tu as perdu, mais tu ne sais pas ce que tu as gagné dans ta noyade. En tout cas, tu peux compter sur moi et faire confiance à mon silence. Je suppose que ce n'est pas toujours facile de vivre comme tu le fais aujourd'hui. N'hésite pas si tu as besoin de parler… Soudain, elle jette un coup d'œil à sa montre. Merde ! Mon patient. Puis elle me regarde à nouveau dans les yeux avec une tranquillité qui rétablit ses priorités. Tu veux que je l'annule ? Je proteste. Non, bien sûr que non. Tu m'as déjà consacré beaucoup de temps. Je la remercie de son amitié, en m'excusant de l'avoir incluse dans mon oubli général, mais elle éclate de rire. Ça n'a aucune espèce d'importance. Notre relation va bien au-delà de ce détail. Tu ne pouvais pas faire dans la dentelle. Et d'ailleurs tu n'as jamais su faire les choses sans exagérer. Mais prends garde à toi. Ce doit être une sacrée grosse peine de cœur qui t'a fait engloutir douze ans de ta vie. Et à mon humble avis, elle ne peut concerner que Pablo. Alors vas-y doucement dans la façon dont tu te récupères. Appelle-moi quand tu veux. Elle me serre contre elle. Elle est ce que ma grand-mère appelait une bonne personne et je ne sais quel

ange remercier de me les avoir en-
voyées, elle et sa force. Avant de partir,
elle plonge encore une fois son regard
si bleu dans le mien. Ne t'inquiète pas,
tu vas finir par trouver. Et à propos,
comme tu ne t'en souviens pas, il faut
que je te dise que tu me dois au moins
quatorze magnums de champagne !

La visite de Juliette m'a fait du bien
même si je n'ai pas plus de souvenirs
qu'avant. Mais quelle étrange expérience
que celle de se retrouver amie intime
avec une inconnue ! Grâce à elle pourtant, il me semble avoir posé une importante pièce du puzzle dans le tableau.
Accepter ce visage, cette photo de moi
va dans le sens de ma recherche. Quel
genre d'amour faut-il ressentir pour
décider inconsciemment de ne plus voir
l'homme avec lequel on a vécu douze
ans au profit de celui qu'on vient de
rencontrer ? Qu'est-ce que je regrettais
vraiment ? Que notre vie ne soit plus
celle que j'ai rêvée à ses côtés, qu'il ne
soit pas l'homme que je croyais voir en
lui, ou que je ne sois pas, moi, la femme
que je voulais être à ses côtés ? J'ai moins
peur soudain de partir à la recherche de
la peine si grande qui m'a coupée de
moi-même. D'où me vient l'impression
tenace d'enquêter sur une femme qui

ne serait pas moi mais une autre ? Et que faire des souvenirs de Pablo ? Comment aborder le sujet, maintenant que je lui mens depuis quatorze jours ?

Il est arrivé ce soir avec un air mystérieux. Il doit emmener les enfants chez ses parents afin que nous partions tous les deux à Malte, dans une maison que nous avons, paraît-il, habitée ensemble une semaine avant notre mariage.

Ça te dirait de revoir la maison de l'oncle Roberto ? a-t-il demandé d'un air réjoui. Je joue les innocentes. Décris-moi le week-end et je te dis oui ou non. C'est trop tard. Il a déjà pris les billets, et nous volons vers l'aéroport. Il ne peut pas me décrire le week-end qui sera, m'explique-t-il, un scénario que nous allons écrire au fur et à mesure. A notre arrivée, je suis épuisée et j'ai à peine le temps de distinguer la maison dans l'ombre. Je me blottis dans les bras de Pablo et avant de m'endormir je l'entends me susurrer qu'il est heureux de revenir là avec moi.

Il me semble que le jour est levé depuis longtemps quand j'émerge d'un profond sommeil, sans réveil nocturne. La nuit me l'a confirmé, je n'ai plus aucun problème d'insomnie. Je suis seule dans une petite chambre dont presque toute la surface est occupée par un lit blanc. Après un rapide coup d'œil jeté par la fenêtre qui donne sur une mer très bleue, je décide de rejoindre la terrasse d'où me parviennent des bruits de petit-déjeuner et surtout l'odeur de café qui monte de l'étage au-dessous.

En prenant ma douche, je songe que la maison, ou le peu que j'ai pu en voir la veille, dans la nuit, ne m'évoque rien de particulier. Pablo s'est extasié dès l'aéroport sur tel ou tel souvenir de la semaine précédant notre mariage. Et je suis reprise par la peine de n'avoir aucun souvenir de cette période qui a dû être très gaie.

Ce matin, je regrette que mon cerveau ait décidé sans me consulter de faire l'impasse sur la partie heureuse de notre vie, si partie malheureuse il y a, puisque je n'ai toujours pas de certitude précise sur ce point.

Je me regarde dans la glace : à quoi ressemble mon visage ce matin ? Depuis quinze jours, je me débats dans mes souvenirs, mes oublis et ma seconde nouvelle vie avec mes enfants. Jamais je n'ai eu un moment de répit, quelques jours qui s'écoulent yeux dans les yeux avec Pablo… Tout au plus quelques heures autour d'un dîner. Je n'ai jamais eu l'occasion de l'observer vraiment dans un contexte différent, hors de cette famille que nous avons faite et que je viens de découvrir. La solution est peut-être là, dans cette maison qui a sans doute été importante dans notre rapport amoureux. J'en suis là de mes réflexions quand mon estomac me rappelle qu'il est vide. Quand je descends l'escalier en pierre, Pablo achève de dresser une table sur une terrasse fleurie. La maison est construite sur une avancée rocheuse et ne doit pas avoir beaucoup de fenêtres qui ne donnent pas sur la mer.

Pendant toute la durée de notre petit-déjeuner, Pablo me parle des moments passés dans cette maison. Entre deux bouchées, j'approuve, passée maître dans l'art d'évoquer des souvenirs qui ne sont plus les miens, je n'hésite plus à renchérir sur tel ou tel aspect d'une phrase qui appuie l'effet de partage. C'est somme toute assez simple de vivre la vie d'une autre. Je suis insoupçonnable parce que la mémoire humaine a ses failles, et que chacun en est tributaire. Qu'est-ce que je risque ? Tout au plus un "Mais non, Marie, souviens-toi, ce jour-là nous avions fait telle ou telle chose. Tu portais ta robe verte que j'adore, ou la bleue que je déteste." Au milieu de mes divagations, je perçois le silence. Puis cette question :

— Qui êtes-vous et où est ma femme ?

De surprise, j'en lâche ma tartine. Ai-je bien entendu ? Pablo vient de m'apostropher d'un air inquisiteur que je ne lui connais pas.

— Pablo, qu'est-ce qui se passe ?

Je ne fais plus l'innocente. Je suis réellement déstabilisée par sa question, et plus encore par son regard.

— Je pense que ce serait plutôt à vous de me dire ce qui se passe.

Il continue à me vouvoyer, me toisant comme une étrangère, avec une hostilité inconnue qui a escamoté son air amoureux de la veille. Je ne réponds rien.

— Très bien, fait-il, furieux. Si c'est moi qui dois parler le premier, allons-y. Je ne sais pas où est Marie, mais vous, dit-il en pointant un doigt accusateur sur ma poitrine, vous n'êtes pas ma femme ! Nous ne sommes jamais venus dans cette maison. Au dernier moment, pendant la semaine qui précédait notre mariage, on nous a offert d'habiter une autre maison que celle-ci, sur l'île Maurice, et nous avons accepté… Vous jouez très bien la comédie, et vous ressemblez beaucoup à Marie. Plusieurs petites choses ne cadrent pas avec elle, cependant : depuis quelques jours, je vous observe, et je vous trouve différente. Enfin c'est plus étrange encore que ce que je vous dis. Vous ressemblez à la Marie d'autrefois, à celle que j'ai connue il y a douze ans. Vous vous comportez comme elle avec moi quand nous nous sommes rencontrés. Même avec les enfants, je vous ai découverte. Et plusieurs autres petites choses me paraissent étranges : vous ne jouez plus de piano. Marie ne passait pas un jour sans travailler son piano. Et votre portable ? Enfin son portable, vous ne vous en servez jamais ! Et puis expliquez-moi : pourquoi Marie aurait-elle oublié le numéro de code du téléphone dont elle se sert tous les jours ?

C'est vrai qu'il y a l'histoire du portable. Environ une semaine après mon "réveil" – c'est désormais ainsi que j'appelle mon retour en 2000 –, Pablo m'a demandé pourquoi je ne répondais plus sur mon téléphone portable, pourquoi j'étais toujours sur répondeur. Dans un premier temps, j'ai inventé une excuse : Je l'ai égaré dans la maison. Puis j'ai effectivement retrouvé l'engin, très nouveau pour moi, dans une petite poche de mon sac à main. Ensuite, je me suis heurtée au numéro secret et je me suis vue dans l'obligation d'avouer sur un ton négligent à Pablo que j'avais perdu le code de mon téléphone. Surpris, il s'est exclamé : Mais n'était-ce pas la date de notre mariage ?

J'ai donc *in extremis* inventé une histoire de changement de code avant de retrouver en fouillant dans les placards le faire-part de notre mariage, et là encore, je me suis heurtée à un problème : ce n'était pas le bon. En mentant, j'avais dit la vérité, je l'avais bien changé. Par désarroi, et parce qu'on me signalait que c'était le dernier essai, j'ai tapé la date du 12 mai, celle de notre rencontre, et j'ai eu l'immense surprise de voir l'engin me saluer : *"Hi Marie, I am your secret line."* Pourquoi la date de notre rencontre et non plus celle de notre mariage ? La date de notre rencontre qui est aussi celle de mon amnésie. Que s'était-il passé ce jour-là ?

— … Toutes ces étranges coïncidences m'ont donc conduit à cette conclusion : vous êtes une femme très au courant de la vie de ma femme… Peut-être l'avez-vous connue il y a longtemps… D'où vient cette extraordinaire ressemblance entre vous… ? Je ne sais pas, mais je suppose que vous allez me fournir une explication.

Et cette fois, il est à nouveau souriant, assez jovial même. Il a l'air content de lui. C'est le moment ou jamais de me jeter à l'eau.

— Je suis ta femme, Pablo… Je suis bien la même, mais avec une petite différence : je suis une femme sans mé-moire. Essaye de considérer que ma mémoire s'arrête au jour, enfin au soir de notre rencontre. Ensuite, je ne sais plus ce qui est arrivé. Je n'ai plus aucun souvenir de rien.

Et j'appuie bien sur les mots "souve-nir" et "rien", pour qu'il comprenne. Pa-blo explose de rire.

— Ha, ce n'est pas possible ! Marie, tu es encore plus folle que moi !

Il attrape ma main et m'attire vers lui pour me serrer dans ses bras.

— Ce qui m'a le plus étonné, c'est ton air imperturbable quand j'ai parlé de la maison de l'île Maurice. Pas même le moindre regard étonné, pas même un haussement de sourcil ou un sourire. Là où je t'attendais pleine de colère et d'in-dignation, rien ! Et alors l'histoire de la perte de mémoire, alors là… Chapeau ! Génial ! Quelle actrice tu fais ! Quel sens de l'improvisation ! Et entre nous, l'idée de l'oubli, c'est une piste magnifique pour un scénario ! Moi qui voulais t'épa-ter en refaisant l'acteur ! J'ai été carré-ment bluffé par ton histoire de mémoire !

Je suis perdue, je me méfie. Je ne sais plus s'il joue ou s'il est sincère. Je ne sais pas comment réagir. Je souris faiblement en réalisant que je suis peut-être en train de perdre la seule occasion qui me sera donnée d'avouer mon histoire, ou du moins d'intégrer Pablo dans la vie que je mène depuis deux semaines. Lui a repris son air rieur habituel.

— Merci, Marie. Tu ne sais pas à quel point tu as sauvé une situation de façon magnifique. Un jour peut-être en reparlerons-nous mais pas maintenant. Cet amour est beaucoup trop magique. Note tout de même qu'il y a une part de vérité dans ce que je t'ai dit. J'ai l'impression de vivre avec une autre femme depuis quelque temps. Tu es si différente ! Est-ce dû à l'arrêt de ton travail, ou encore à ce pacte entre nous ?… Je ne sais pas. Quoi qu'il en soit, je trouve tout ce qui nous arrive merveilleux. Que dirais-tu d'un bain dans la petite crique que tu adores ? Je vais passer voir Lorenzo pour lui emprunter son bateau. En attendant, tu peux rester ici ou venir au village avec moi, comme tu veux.

Je ne sais plus quoi dire. Je crois que je suis encore submergée par ce sketch imprévu. Je me rends compte à présent que même les plus grandes incohérences que je pourrais balancer à mes proches ne sont rien au regard de ma folle aventure. Je finis par me dire que je pourrais aussi bien vivre ainsi et ne plus chercher à comprendre rien, lâcher prise et admettre, m'adapter… Mais, en même temps, toute une part de moi refuse ce compromis. Je me traite de lâche, je veux savoir. Pourquoi suis-je attirée par cette porte derrière laquelle j'imagine de terribles secrets ? Pablo a parlé d'un pacte entre nous. De quoi parlait-il ?

Pablo nage bien. De la petite plage sur laquelle nous avons échoué le canot, je le regarde évoluer. La tête appuyée sur sa chemise, je me tourne pour mieux sentir son odeur. Ce parfum familier me saute aux narines comme une première fois, il me trouble. J'aime son odeur et je sais que ce n'est pas nouveau. Quand je la respire, je sens tout au creux de mon estomac comme une immense émotion, quelque chose de très doux qui me fait presque pleurer. Tout de suite une autre perception, infiniment plus douloureuse, s'interpose, me brûle partout mais ne m'atteint nulle part. Mon corps est sous l'emprise d'une douleur anesthésiée qui revient par intermittence. Je suppose que, dans ces moments-là, je dois approcher de ce qui m'a forcée à disparaître dans mon passé. En cherchant à le savoir, pourrais-je résoudre l'impasse dans laquelle je me trouvais quand ma mémoire a lâché prise ? Je me demande si une femme sans passé peut raisonnablement avoir un bel avenir.

Pablo me fait des signes pour que je le rejoigne. Je me lève d'un bond. Je ne veux pas risquer d'éveiller à nouveau ses soupçons. Je me jette dans ses bras. L'eau est bonne… Je l'aurais crue plus froide. Moi aussi, remarque-t-il avec un sourire malicieux. Tout en nageant, je l'observe d'un œil. Toujours cette question : c'est quoi, un couple de douze ans d'âge ? Depuis deux semaines, je me suis comportée comme l'imposaient les événements que j'ai subis. Mais j'ai conscience que le rapport entre deux êtres, au bout de ce temps-là, doit être différent de tout ce que j'ai connu avant… Avant quoi d'abord ? Avant d'être dans ce que j'appelais autrefois "un vieux couple" ? J'ai d'ailleurs beaucoup de mal à m'habituer à la familiarité de Pablo à mon égard. Au bout de deux semaines, il y a des choses qui ne se font pas, en tout cas pas encore. Des gestes très intimes au moment du sommeil, des petits riens que je soustrais habituellement au regard de l'autre. Donc je me cache, mais lui, se montre sans retenue. Je suis loin d'être prude mais j'ai toujours protégé des moments qui me semblent appartenir à la sphère du chacun pour soi. Qu'en reste-t-il au bout de tant d'années partagées ? Je suis décontenancée par l'accès total de l'autre à soi. Je découvre qu'après douze ans des attentions douces sont tombées dans l'oubli, une certaine forme de regard a disparu. Mais ces regards, ces gestes, je les ai encore. Je n'ai aucun mérite. Je suis au début de notre relation. Et je surprends dans la réponse de Pablo de la surprise, du plaisir et un soupçon d'incrédulité. Alors je suis frustrée, j'ai envie de parler. J'ai tout à découvrir, et je me heurte à la glace du quotidien, aux indifférences de la vie à deux. Pour lui, rien n'est extraordinaire entre nous. Pour moi, tout l'est, et doublement. Ce que je vois de cet homme que je n'ai choisi qu'un soir et qui m'est imposé depuis deux semaines m'intéresse. Je vois bien pourquoi il a pu me séduire pour plus longtemps que tous les autres, mais quelque chose que je ne parviens pas à identifier fait tache dans notre décor. Quelque chose me trouble en lui, a l'air de le déranger aussi, sans même qu'il s'en aperçoive. Comme s'il sentait ce qui se passe dans mes pensées, il s'approche de moi et me serre contre lui. Marie... Ce que tu as fait pour nous est tellement beau... Mon amour... Je voudrais qu'il continue. Mais tout se dit maintenant entre les mots, presque entre les étreintes. Je me lance donc prudemment.

— Quand nous avons joué ce matin, tu me disais que j'avais changé.

Il me paraît soudain sur la défensive.

— Tu as abandonné une certaine légèreté que j'aimais chez toi. Et sans doute que j'ai répondu par des reproches. Il n'y a pas si longtemps, nous n'aurions jamais pu parler ainsi. Tu aurais bondi en disant que chez moi, le dialogue est une hypocrisie dont j'espère sortir gagnant. Souviens-toi, tu me disais que j'étais plus attentif à la conversation se déroulant entre deux personnages de mes films qu'à nos propres échanges. Tu n'avais sans doute pas tort. Mais tu sais, Marie, j'ignore comment tu as fait. Tu es sans doute plus douée que moi pour réinventer la vie. Enfin, j'adore la femme que tu es là. Elle m'émeut, elle me rappelle un autre temps. Ce que tu réussis en ce moment, c'est ce que nous espérons tous faire : un film de notre existence. Balancer les bons mots au bon moment, éviter les dialogues stériles et les petitesses du quotidien, fabriquer du sublime et du grandiose avec des moments simples. C'est une qualité que tu as… Il marque une pause avant d'ajouter : Et que tu as acquise du jour au lendemain grâce à je ne sais quel miracle…

Je me sens perdue. Une chose importante m'apparaît, un élément auquel je n'ai pas pris garde depuis le début. Je me suis imaginé que j'avais perdu la mémoire après l'arrivée d'un événement traumatisant dans ma vie. J'ai pensé à une perturbation amoureuse. Je me suis fixée sur Pablo. Et tout ce que je découvre au fil des jours me semble confirmer que j'ai choisi un homme formidable. Alors un horrible doute surgit : et si la cause principale, c'était moi, juste moi ? la femme que je suis devenue, celle qui a changé, qui a perdu sa raison de vivre et d'aimer ? Une inconnue dont je ne voulais plus, et que je n'ai pas su tuer autrement qu'en l'éliminant de ma vie, elle et ses années d'errance. Je ressens douleur et honte. Je pose la question à Pablo : Est-ce que tu as eu envie de me quitter quand nous étions dans les moments où la vie était, disons, plus difficile entre nous ? Il me regarde avec une infinie tendresse. Marie, je n'ai pas envie de parler de moments trop proches encore. C'est un passé que ni toi ni moi ne pouvons effacer. Quoique… Ta performance a prouvé le contraire. Mais je veux profiter de nous maintenant. J'étais dans une spirale qui m'entraînait vers quelque chose de terrible. Je n'ai pas envie d'intenter un procès ou de trouver

un responsable. Je ne veux pas te con-
damner ou être condamné.

Je sais qu'il est parfois utile de comprendre le passé pour vivre sereinement
le présent et l'avenir, mais moi non plus,
je ne suis plus très sûre de vouloir faire
des découvertes sur ce passé qui, pour
moi encore bien plus que pour Pablo,
est un mystère.

II

ET SI JE ME CONTENTAIS de vivre et
d'oublier que j'ai oublié ?
Marie, y croyez-vous sérieusement ?
Combien de temps tiendrez-vous ? Je ris
à la question de Raphaël. Une heure,
peut-être deux. Je viens de faire le réca-
pitulatif des derniers jours à cet homme
qui a promis de m'aider. Il a paru très
attentif, n'a jamais interrompu le cours
de mon récit. Il a pris quelques notes
dans un grand cahier noir. J'ai insisté sur
la découverte de la mégère que j'aurais
pu devenir, la plus difficile à accepter
dans les jours qui viennent de s'écouler.
Répondez-moi vite et sans réfléchir, a dit
Raphaël. Croyez-vous qu'une femme vivant un amour éblouissant peut devenir
la femme repoussante que vous me dé-
crivez ? J'éclate de rire. Non, bien sûr.
Mais admettons que je me sois aigrie,
que j'aie cessé d'être fidèle à l'image de

la femme que je voulais être et que je ne l'aie pas supporté ?

Connaissez-vous un être humain qui ne change pas ? demande Raphaël. Ce que chacun d'entre nous devient est déterminé par un grand nombre de facteurs dont certains ont une origine bien plus lointaine qu'on ne pense. Nous savons peu de choses de ce qui prédestine nos rencontres, nos choix et nos orientations. Et nous oublions l'origine de nos désirs.

J'ai peur, Raphaël. J'ai peur de découvrir des choses sur moi, j'ai plus peur encore de moi que des autres. Et je n'ai pas d'autre choix aujourd'hui. Je ne peux que découvrir, puisque je ne sais rien. Aucun être humain n'est obligé de laisser tomber douze ans de sa vie parce qu'il ne veut pas affronter son changement ou celui de ceux qui l'entourent. Je suppose que j'ai encore choisi la facilité ! C'est plutôt un cas rare, non ?

C'est le moyen que vous avez choisi, Marie. Et il est probable que c'est celui qui vous convenait. Peut-être saurez-vous un jour pourquoi vous avez vécu une telle expérience. Mais rien ne sera figé. Entre deux larmes, je questionne. Est-ce qu'il y a d'autres cas comme le mien ? Il m'assure que ce n'est pas courant, mais qu'il y en a d'autres. J'insiste.

Est-ce que les autres ont retrouvé leur mémoire ? Est-ce qu'ils avaient autant d'années d'absence que moi ?

Il me sourit et soupire. Est-ce que Marie pourrait considérer que nous ne parlons pas d'une maladie infantile, avec un schéma unique, une incubation de dix jours avant l'apparition des boutons ?

Je réussis à lui décocher un sourire au milieu des larmes. Ça me rassurerait de savoir que nous sommes plusieurs. Que les autres s'en sont sortis, même s'ils sont devenus fous…

Peut-être avez-vous choisi une solution qui permet d'éviter la folie, dit Raphaël. Vous connaissez l'histoire du fou qui est assis sur le mur de son asile et apostrophe un passant avec certitude : "Vous êtes nombreux là-dedans ?"

Je me revois dans un café qui s'appelle *L'Imprévu*. Le décor est plutôt marocain. Une tente caïdale au fond d'une salle, des coussins, des tables basses. Le patron est souriant, presque complice. J'y suis entrée par hasard. Vous n'avez pas l'air en forme aujourd'hui. Un thé à la menthe comme d'habitude ? Une petite pâtisserie, peut-être ? Un thé à la menthe, s'il vous plaît. Et un ti-punch pour la mémoire. Non non, je plaisantais. Le thé suffira. Il fera office de remontant sans alcool.

Les premiers accords de piano retentissent avec force dans le café vide. Keith Jarrett. Je reconnais tout de suite la dextérité profonde, l'authenticité des doigts et de l'âme. Le patron dépose mon thé sur la table. C'est son dernier disque, me fait-il remarquer. Je crois que le connais déjà mais, dans un énième doute sur mes souvenirs, je n'ose pas le détromper. Je suis trop heureuse d'avoir pu relier deux points de ma vie entre la musique que j'écoutais et celle que j'entends là. Et je me demande tout à coup pourquoi j'ai si peu écouté de musique depuis mon réveil. Et pire encore, je n'ai même pas examiné le contenu de ma discothèque. Je ne peux m'empêcher d'avoir la triste pensée qu'en vieillissant, on perd l'écoute de la musique si indispensable aux plus jeunes. Je l'avais déjà remarqué avant de l'expérimenter !

Je n'ai encore jamais déprimé devant la vieillesse que représentent mes années manquées. Je suis plutôt plus mince qu'en 1988, et il me semble que mon visage a pris une forme plus adulte. J'ai perdu le côté rond des joues. J'ai un ventre un peu plus plat, mais cela n'est rien. Au-delà des transformations physiques, des petites rides au coin des yeux qui racontent les fous rires et les bons moments, au-delà de tout ce que j'ai le temps d'observer sur mon propre corps, une marque, une seule, est capable de me faire pleurer : une toute petite vergeture, à gauche, qui doit être rivée à moi depuis l'une de mes grossesses. Elle me rappelle qu'il se peut que je n'aie plus jamais aucun souvenir de mes bébés portés et de leur naissance. Et aujourd'hui, ce regret-là me pèse. Il me renvoie à un désir d'enfant que je ne connais pas.

J'imagine l'avoir vécu durant les quatre années passées avec Pablo, ce moment où une femme est enceinte dans sa tête avant d'être vraiment porteuse d'un bébé. Ne plus avoir aucune sensation à éprouver, être face à mes enfants comme une mère étrangère me transperce le ventre d'une douleur de coupable. Car je me le demande aujourd'hui : qu'est-ce qui peut bien valoir qu'on jette au panier les années précieuses passées avec des êtres aussi merveilleux ? Moi je ne savais pas ce que c'était, d'avoir des enfants !

Marie ! Marie !

Un jeune homme d'une trentaine d'années vient d'entrer dans le bar *L'Imprévu*. Il m'embrasse avec chaleur, je perçois même de l'émotion dans son étreinte. Je décide de le laisser parler. On ne te voit plus depuis quelque temps ! Tu travailles trop… ou alors tu étais en vacances avec ta tribu ? Il s'arrête, sourit et se lance prudemment : Ou alors… Il hésite encore. Ta dernière prestation t'a traumatisée pour de bon. Je ris pour gagner du temps. Qu'est-ce que tu entends par "prestation" exactement ? Eh bien, je suppose que la dernière fois que tu es venue, c'était pour la séance de clôture du stage d'improvisation. Parce que depuis, j'ai assisté à la totalité des cours et je ne t'ai jamais revue. Tu sais, nous en avons encore parlé avec Lucas la dernière fois, et il nous disait que ce genre d'aventure sur scène arrive rarement mais peut perturber le comédien au point de lui faire lâcher une pièce…

Donc je monte sur scène et je fais de l'improvisation. Ça, je devrais le savoir, j'en fais aussi depuis trois semaines, dans un autre genre. Ne me sachant pas comédienne dans mon métier, ça doit être un passe-temps. Mais c'est tout de même curieux que Pablo ne m'ait pas parlé d'un loisir qui est son ex-métier. Il me faut répondre. Le jeune homme attend. Je me lance dans mon canevas de mensonges. J'ai eu pas mal de soucis avec mon licenciement. Oui, j'ai arrêté de travailler. Et puis j'ai eu tout un tas de problèmes, classiques dans une grande famille. Je commence à en parler avec une assurance surprenante. Je suis partie dans un pays inconnu ! Celui de l'oubli, ça j'évite de le préciser, mais là, je crois que je vais pouvoir revenir. C'est vite dit mais bon… Il me coupe dans mes explications laborieuses. Accompagne-moi pour la séance ouverte. Je dois juste remonter chez moi prendre quelques affaires et voir mes messages sur Internet… Je ne sais pas de quels messages il me parle. Je te retrouve dans un quart d'heure et on y va ensemble. J'acquiesce. Si je veux avoir une chance de retrouver le cours dont il est question, j'ai plutôt intérêt à saisir l'occasion. Je profite de son absence pour prévenir la nounou et Pablo en prétextant un dîner avec ma mère, que j'avertis également afin qu'elle ne fasse pas de gaffe. Elle s'inquiète : Tu ne fais pas de bêtises, toi, au moins ? Enfin, ce que j'en dis… Je la rassure en lui expliquant que je rencontre une amie que déteste Pablo.

Décidément j'excelle dans l'art de mentir à tout le monde et cet engrenage ne me plaît qu'à moitié, mais comment pourrais je faire autrement quand de toute façon je mens sur tout le reste ?

Mon premier mensonge, c'est finalement de m'être retrouvée dans la peau d'une autre.

J'ouvre mon agenda et j'examine les jours marqués d'un T qui m'avait tant intriguée. T pour "théâtre", c'était assez simple, tous les jeudis soir à dix-neuf heures trente. Sur le chemin, je pose la question au jeune homme, dont j'ignore toujours le prénom. Que se passe-t-il le jeudi soir au théâtre ? Il ne paraît pas surpris. Maintenant que notre stage d'improvisation est terminé, les séances ouvertes ont recommencé. Et puis je crois qu'il y a un autre stage, le mardi, de mise en scène. Est-ce que tu as réfléchi à la scène que nous pourrions faire ensemble ? Depuis trois semaines, j'ai parfaitement appris à masquer les moments où je ne sais pas répondre. Je ris et, comme un petit miracle, cette parade m'arrive maintenant au moindre embarras. Et puis c'est bon de rire. Ça permet de maintenir la panique à distance, de mieux intégrer le comique de la situation. J'attendais que tu me fasses des propositions… En bavardant, nous avons pris le métro et nous avons changé deux fois de ligne. Je m'aperçois que nous arrivons presque chez moi. J'ai peur de croiser Pablo, mais nous descendons deux stations plus loin. Durant le trajet, mon futur partenaire me parle de plusieurs scènes possibles pour nous, puis du choix des autres. Il m'explique aussi son désir de se consacrer de plus en plus au théâtre, même si, financièrement, ça ne va pas de soi. Lucas, qui a l'air d'être le prof, ou le metteur en scène, je ne sais pas trop, l'encourage. Ces informations sur l'ambiance générale du lieu ne me disent toujours pas ce que je fais dans un cours de théâtre. Bien sûr, j'en ai fait un peu autrefois, quand j'étais adolescente. Mais ça n'a jamais été une grande passion. Je me souviens soudain que Pablo, lors de notre soirée de rencontre, m'a expliqué les finesses du jeu d'acteur. Pourquoi donc ce détail ne m'est-il pas revenu quand je cherchais le métier qu'il pouvait bien faire ? J'entends des cris derrière nous : "Antoine ! Marie !" Ils ont l'air heureux de se retrouver, et ils se serrent très fort, et moi aussi ils m'embrassent, comme Antoine l'a fait une heure plus tôt à *L'Imprévu*.

— Eh, Marie, ça fait longtemps que tu n'es pas venue ! Nous, on attendait la suite de votre superbe scène.

— Et en plus, on doit la visionner avec toi…

— Oui, pour une fois que Lucas ne se plante pas dans les boutons "pause" et "enregistrement"… Toi, tu as de la chance, ta scène, elle a vraiment été filmée.

Formidable ! Je ne sais pas bien si je suis ravie ou terrifiée de la nouvelle. Je vais pouvoir découvrir la fameuse scène qui apparemment a frappé tout le monde et s'est déroulée, selon mon agenda, la veille de ma perte de mémoire.

Lucas nous accueille avec bonhomie. C'est un drôle de type un peu rond, avec un regard malicieux, une décontraction joviale. Il doit probablement créer autour de lui une ambiance familiale que je sens dans la troupe. Je regrette de n'avoir pas de cahier où noter les phrases du metteur en scène qui, me semble-t-il, donne bien plus un cours de vie qu'un cours de théâtre. Je me sens éblouie, interpellée. La beauté de ses propos n'a d'égale que leur pertinence. Toutes les phrases de Lucas semblent sortir d'un livre écrit pour moi.

Remonte le courant de la peur et va à la recherche de la partie de toi que tu ne connais pas… La chair du personnage, c'est toi. Tu es dans un rapport amoureux avec ton partenaire… On ne peut pas faire semblant, au théâtre. Le public y croit parce que les comédiens sont authentiques. Ce qui se passe entre deux personnages, ce n'est pas la réalité, c'est la vérité. Ce qu'on écoute entre les sons, ce sont les silences qui servent à entendre les pensées. C'est la raison pour laquelle, dans la vie courante, nous avons peur du silence et nous le comblons sans cesse. L'ombre, c'est la mémoire, conclut-il. Et mon ombre à moi, ne serait-elle pas partie en douce ? Quelle Autre l'aurait emportée ?

Lucas est ce genre de type à vous accoucher d'un mal-être de quarante ans de vie en dix secondes. Le genre à vous révéler une personnalité cachée depuis deux millions d'années. Là où les psys se demandent pourquoi, nous on étudie le comment de l'émotion, continue Lucas. Le reste, c'est du pathologique… On se rencontre de manque à manque. Ah oui ? Et où était donc mon manque, hein, je voudrais bien le savoir. Aujourd'hui, c'est douze ans qui manquent à l'appel, mais hier, c'était quoi ? Je suis désormais curieuse de voir ma scène d'improvisation. Pendant que les gens passent et jouent des extraits ou improvisent, certains comédiens s'en vont, d'autres arrivent, tout doucement, à pas feutrés. Je sens contre ma nuque un souffle. Une main se pose sur mon épaule, une bouche se colle à mon oreille, une voix chuchote : Bonjour, petite Marie. Tu m'as manqué après la scène. La caresse pourrait être celle d'un homme très intime. Je suis troublée. Je pense soudain à la possibilité d'avoir eu un amant, un autre amour.

Veux-tu passer, Marie ? Pardon ? Une voix me tire de mes interrogations. Est-ce que tu veux monter sur scène ? Je ne sais que répondre. Non je… pas aujourd'hui. Très bien, reprend Lucas. Alors ça pourrait être Bruno. Mais il faudra que nous prenions le temps de revisionner ta scène de l'atelier d'improvisation. Ça pourrait se faire aux séances ouvertes ou dans un autre espace. A moins que tu ne préfères la revoir seule. Mon rire salvateur est au rendez-vous. Je n'ai pas encore réfléchi. Mais je pense que ce serait bien de le faire avec le groupe. Je crois que j'ai peur d'être seule avec Lucas dont je devine la clairvoyance. Déjà, dans sa question, j'ai senti son regard scrutateur.

Je suis lasse. Après l'euphorie je me sens désemparée. J'ai une brusque envie de faire demi-tour, mais pour revenir où ? Ce qui m'effraie, c'est le manque d'appartenance à la vie. La dernière phrase de Lucas me revient comme si je devais y déceler un sens caché :

Tu n'es pas ce que tu es. Tu es en devenir.

Elle est de Sartre, a-t-il dit. Je ne sais plus si je la découvre ou si je la connaissais déjà mais elle ne m'a jamais paru plus vraie qu'aujourd'hui…

Pendant la pause de la séance théâtrale, j'ai trouvé un message de Pablo sur mon portable. Je ne sais pas encore bien m'en servir, et je suis obligée de trouver une cabine pour le rappeler. Ma mère propose de prendre les enfants pour le week-end, m'annonce-t-il, je vais les faire dîner avant de les emmener à la campagne. Comme je sais que tu passes la soirée avec ta mère, j'ai l'intention de dormir sur place, si ça ne t'ennuie pas. Je me sens trop fatigué pour les conduire et rentrer ensuite sur Paris. Mais je reviendrai tôt demain matin. Tu m'attendras ? Je t'apporterai les croissants et nous passerons la journée ensemble. Ce soir, je suis donc seule. Pablo a dit "chez sa mère à la campagne". Où est-ce, la campagne ? C'est un détail qui n'a l'air de rien mais peut poser un tas de problèmes… Je préfère ne pas y penser. J'espère qu'il ne changera pas d'avis en me demandant de le rejoindre là-bas demain ! Pour l'instant, je profite de ma liberté et j'accepte de boire un verre après le cours avec les autres. J'ai failli dire "avec mes amis du théâtre", mais encore aujourd'hui, le mot "amis" me paraît prématuré.

Bref, avec tous les "amis" que je vois pour la première fois, nous atterrissons chez Louise, un petit restaurant proche du cours. Je ne sais même pas si Pablo sait que je monte sur scène chaque semaine. Sinon, je n'aurais pas eu besoin de mentir. Mais s'il le sait, pourquoi ne pas avoir inscrit "théâtre" au lieu d'un simple T sur mon agenda ? Tout de même, quelle actrice, soudain, sur scène ! s'exclame le jeune homme assis en face de moi. Je reconnais celui qui est arrivé pendant le cours, et qui m'a appelée "petite Marie". C'était comme... une métamorphose. Toi, la petite Marie sympa, devenant une mégère hurlante, un monument de haine et de venin... Quelle surprise ! Non, mais c'était très intéressant, dit une des filles, nommée Florence. Du coup, tu as transformé François. Il était méconnaissable. Lui qui joue d'habitude dans un registre un peu léger, genre séducteur... Il proteste, et les autres rient. Sa voisine a l'air d'acquiescer. C'est vrai, il est devenu très surprenant. Il a abordé grâce à toi les rivages inconnus de la colère. Tout le monde y va de son commentaire. Comme dit Jouvet, tonne la voix de Lucas pour conclure, mettre en scène, c'est se placer du point de vue d'un soir et du point de vue de l'éternité !

Un petit silence d'appréciation suit la citation. Au moins, si je ne sais pas ce que je suis venue faire dans ce cours, je sais maintenant à quoi il va me servir. Comment dit-il déjà, Lucas ? Jouer, c'est remonter le courant de la peur, aller à la recherche de la partie de soi qu'on ne connaît pas. J'ai vraiment du mal à imaginer que ce n'est pas un message personnel.

A l'heure où nous sortons du restaurant, il n'y a plus de métro. Mais je n'habite pas loin, et apparemment les autres non plus. A quatre, nous remontons la rue en bavardant. Puis Florence et Christine nous quittent, et je reste avec François. Pendant un court moment, nous marchons côte à côte sans rien dire, en écoutant juste le bruit de nos pas. Tout est étrangement calme. François est le premier à rompre le silence. J'ai failli t'appeler plusieurs fois, depuis la scène. Pourquoi ne l'as-tu pas fait ? Je ne sais pas, j'étais partagé. J'avais senti quelque chose de vrai dans ce que tu avais dit. Tu avais une telle force de souffrance. C'est moi qui, dans l'improvisation, ai déclenché une scène de jalousie. Et puis c'était comme si j'avais appuyé sur un détonateur, tu m'as entraîné dans une spirale de violence, et en même temps, je m'en voulais de te suivre. Je te trouvais terrifiante et désirable. Moi aussi, je le trouve assez désirable en cet instant.

J'aime notre discussion sur l'étrange scène dont je ne me souviens pas. François me prend soudain dans ses bras. Marie, viens chez moi. Ses mains sont douces, et ses lèvres se posent sur les miennes. L'image de Pablo m'effleure, mais sans culpabilité, je suis bien, je vis l'instant. Je me glisse contre le corps de François et nous prenons sa rue en oubliant la mienne. Je ne savais pas que nous habitions si près. Mais nous ne sommes d'ailleurs pas si près que cela, car il nous faut encore dix bonnes minutes pour atteindre son immeuble. Est-ce que je suis déjà venue chez toi ? J'ai posé la question comme si François savait que je n'ai plus de mémoire. J'avais envie, juste pour voir. Il rit. Non, je ne crois pas. Pas avec moi en tout cas. Tout passe. Et même ma question ne lui a pas paru insolite. Il entre sans allumer la lumière. Il y a de la musique, une veilleuse dans un coin de la pièce. Je préfère quand je rentre tard, m'explique-t-il, ainsi j'ai l'impression que quelqu'un m'attend. Etrange comme ses bras me paraissent familiers. J'ai une intimité merveilleuse et immédiate avec lui. Tout est dans l'harmonie. Pas de mots… Nos gestes tissent une trame amoureuse intense… Où que soient les mains, les bouches ou les yeux, pas de fausse note, tout est un voyage dans le plaisir… Je suis surprise par l'intensité de son désir… Et du mien… L'impatience d'une fermeture, d'un bouton récalcitrant déchire le voile. Le temps se libère soudain… Je ne suis plus dans un carcan. Je suis dans la première fois. Je n'ai pas de passé, pas de souvenirs, pas de faux pas à découvrir. J'ai juste tout à vivre. Je jouis, je hurle, je prends, je donne. Parfois, François prend mes mains et mêle des "Je le savais" à mes baisers. Je ne lui demande pas ce qu'il savait, je le sais aussi.

En marchant dans la rue, j'ai failli lui raconter mon histoire. Pour parler avec un homme, dans un autre cadre que celui de mes dialogues avec Raphaël. Mais basculée là, dans ces étreintes, je n'ai plus envie… Si les cours de théâtre, la fameuse scène et notre passé de comédiens n'ont jamais existé, je ne suis qu'une fille de passage séduite un soir… Comment lui expliquer alors que j'ai oublié, mais qu'une part de moi se souvient et me guide ? Si cette part-là n'existait pas, je ne serais pas dans sa chambre, nue, échevelée, sauvage, amoureuse, amante, offerte. Et cela, c'est bien réel.

Je le quitte discrètement dans un sommeil où je ne suis pas partie avec lui, un monde parallèle où vivent les amants d'une nuit. Rythme, cadence, mélodie, harmonie, lune, nuage, je t'aime, j'aime… J'aime qui ?

Je glisse dans le sommeil une fois seule. Je rêve. On me prend encore. Ses mains sont partout, et mon désir encore présent a changé de forme. Nous roulons l'un sur l'autre, et nos doigts noués se serrent. Je n'ai toujours pas ouvert les yeux. Le rêve est magnifique. Je fais l'amour pendant quelques années. On me baise au fil des semaines et jamais je ne m'en lasse… Lacets de vie entrechoqués… Je sens contre ma joue la barbe de Pablo, sa voix à mon oreille murmure le texte des fous du corps… Des mots différents… Toujours différents… Des mots qui m'aiment… Jamais les mêmes. J'ouvre les yeux. Pablo rit. A quoi rêvais-tu ? Tu semblais déjà jouir dans ton sommeil. C'était… comment dire ? Excitant.

Il est rentré. Il est dix heures. Pour une fois, c'est moi qui ai modifié le temps. J'ai envie de parler… Envie de tout lui dire… Et puis non. L'instant est trop beau. Vivons l'instant ! Le soleil est splendide, le petit-déjeuner alléchant.

Entre le souvenir de l'aventure et l'aventure non vécue, les moments juste inventés mais dont je me souviens comme s'ils étaient réels, où est la différence ? Peut-être nulle part ! Alors il faut vivre le moment, par peur de n'être qu'en terre d'habitude. Est-ce juste pour engranger du souvenir ? Je ne sais mais en ce cas je me demande ce que j'ai bien pu fabriquer quand mon vécu a vraiment disparu ! Peut-être goûtais-je déjà l'instant comme aujourd'hui, ou peut-être ai-je voulu me punir d'avoir juste vivoté, sans en jouir vraiment.

Pablo est là, avec son sourire et son air épanoui. Il paraît douze ans de moins, lui aussi. Enfin ça m'arrangerait. Où est-elle, la faille ?

Mon portable sonne. Le numéro qui s'affiche est celui de François. Je l'ai enregistré hier soir quand nous marchions. Je coupe.

Pablo s'étonne. Tu ne réponds pas ? Non. Je n'ai pas envie de parler. Tu as envie de quoi ? Vivre avec toi. Toute la journée. Marcher sur les quais, entrer dans un bistrot et grignoter du fromage. Boire du vin, du bordeaux, du graves. Marcher encore… Prendre un bateau, parler. Peut-être. Aller au théâtre, à la piscine, dans les bois, à la plage. Faire l'amour. Faire l'humour. Partager. Manger, te manger.

Boire encore… Et m'en souvenir ! Tout ça ? En une seule journée ? Nous allons être très occupés ! Si ça ne t'ennuie pas, je voudrais juste me recoucher une heure avant d'aborder ton programme d'enfer.

Il a raison, il est beau, il m'entraîne, je suis si lasse. Une envie encore me tenaille. Il est beau, je me le redis tout bas. Je crois que je l'aime mais je n'ose encore le lui dire. La vie est ainsi faite de croyances, allons bon. Croire dur comme fer, et construire à partir d'une croyance… Un morceau de certitude… Je suis obligée de chasser un instant l'image de François et de ses bras autour de mon corps hier soir.

L'idée de commencer un cahier pour tout noter me traverse l'esprit. J'ai peur soudain qu'il ne soit lu, découvert. Je trouverai un endroit. Je l'enfermerai pour protéger une part de moi couchée sur du papier. Je sens que j'ai besoin de mettre toutes ces histoires quelque part. Une sorte de sac où jeter mes pensées en vrac. Je ne sais pas bien à quoi cela pourrait servir, mais si à nouveau il m'arrivait d'oublier… C'est une idée qui me traverse depuis quelque temps. J'ai une faculté désespérante pour me tourmenter avec le futur immédiat, soudainement, sans crier gare. C'est la conséquence de mon passé pas simple ! Et si je recommençais ?

Amnésie chronique : un petit travail de remise à niveau des compteurs des années, et hop, on y retourne. Et si l'idée me semble incongrue, je ne peux catégoriquement la réfuter : après tout je ne sais rien de l'amnésie ! Et avec ma peur de servir de cobaye, je n'ai pas voulu en savoir plus. Je suis très prudente avec le monde médical. En théorie, je sais qu'un médecin est là pour aider les gens. Mais ce que j'ai, moi, ça ressemble à de la folie. Comment soigne-t-on cela ? Je préfère enquêter moi-même. En tout cas, l'idée du cahier me paraît bonne. Au moins, si je recommence à disparaître à l'intérieur de moi-même, je me retrouverai entre les pages. Et si… et si… Je me sens complètement excitée soudain par l'idée.

Et si je l'avais déjà fait ?…

Autrefois, je veux dire il y a douze ans, je faisais quelques poèmes, j'écrivais bien un ou deux textes de temps en temps. Et si plus tard cela était venu, et si je m'étais mise à tenir un journal ? Mais non, c'est idiot. Et puis c'est juste une idée qui m'arrange. Je l'aurais déjà retrouvé. Depuis que je fouille dans mes propres affaires, je serais déjà retombée dessus. Voilà maintenant un mois que je suis revenue. Je ne passe pas un jour sans inventer une expression nouvelle pour qualifier la disparition de ma mémoire. Mais n'ai-je pas imaginé il y a un instant à peine que je pourrais écrire et cacher soigneusement un journal ? Après tout, n'est-ce pas logique de penser qu'un journal existe déjà, que je pourrais compenser ainsi ma mémoire absente par des écrits de ma propre main ? Et comme j'y pense, une irrépressible envie de commencer tout de suite me prend. J'ai retrouvé quelques poèmes anciens. Il faudrait que je vérifie si j'ai changé d'écriture. Entre vingt-cinq ans et trente-sept ans en principe… Est-ce que j'écrivais à Pablo ? Où sont mes lettres ? Dans son bureau, sûrement. Tout se mélange, je sombre.

C'est l'odeur d'un repas qui me sort de ma torpeur, et quelques éclats de voix. Une tête passe dans l'entrebâillement de la porte.

Querida ? Tu es réveillée ? Eh bien dis-moi ! Quel somme tu as fait ! Il est quatorze heures trente. Il me semble que ça va écourter ton programme. As-tu faim ? Donato est passé. Je l'ai invité à dîner la semaine prochaine, ça ne t'ennuie pas ? *A priori* non, je ne sais pas qui est Donato. J'enfile un jean et j'arrive. Ça sent bon, j'ai faim. Encore !

Pablo me sourit et sort de la chambre. Dès qu'il s'éloigne, je me sens vide, triste, désemparée. Cafardeuse. Je ne sais plus où j'en suis. Je me débats pour être ce que je crois être une mère, et depuis hier, j'ai un amant. Je n'ai même pas fini d'apprendre à être une femme, la seule femme de quelqu'un. Je crois que j'ai perdu tout ce que j'ai pu apprendre en douze ans. Et que reste-t-il à la place ? Des doutes… rien… De la fatigue… Des situations trop lourdes… Et puis non, j'exagère. Depuis que j'en suis là, je me suis beaucoup amusée aussi. Je n'ai pas envie de mourir. Pour-quoi je pense à ça ? Ai-je déjà eu envie d'arrêter, avant ? Suicide ? Ça ne me res-semble pas. Je me souviens d'avoir at-trapé une énorme colère autrefois, avec un amoureux qui me faisait le coup du désespoir mortel. Je lui avais ouvert la fenêtre, mais nous n'étions qu'au pre-mier, apporté le couteau de cuisine le plus pointu, une corde avec un nœud coulant, en lui indiquant la poutre la plus solide de la maison, je n'avais pas le gaz, et j'étais partie… Tranquille… Histoire de ne pas entrer dans ce jeu-là. Mais ça, ce n'était que du bluff. Est-ce que moi, j'ai déjà eu envie de mourir ? Comme ceux qui ne se ratent pas. Ceux qui n'en parlent à personne et quittent la scène sur la pointe des pieds, sans en faire un jeu ou un enjeu. Ceux qui partent tout simplement. Non, je ne crois pas. Mon œil ! Je suis bien partie, moi aussi. J'ai suicidé douze ans de ma vie. Si ça ne se lit pas comme un message pour la suite !

Je croyais que tu avais faim ? Je viens. Tu as l'air triste. Non, je rêvais. J'ai du mal à émerger de mes rêves… C'est le petit blues d'après l'amour. La sensation du vide. C'est ça, c'est juste ça. Tu l'avais déjà, il y a douze ans, tu te souviens ? C'est un petit blues après trop de sensations physiques. Il n'y a vraiment pas de quoi se flinguer. Je me parle, je deviens folle. Je suis lasse de tout. Et puis c'est vrai que j'ai faim. J'entre dans la salle à manger et j'annonce : Ne jamais raisonner le ventre vide. Ah, je croyais qu'elle t'agaçait, cette maxime ? dit-il. Ça fait longtemps que je ne l'emploie plus à cause de ton air exaspéré quand je le disais sans arrêt. Ah oui ? La preuve est là, tout est en moi. Alors quoi lui dire, ça ne m'agace plus quand ce n'est pas déclaré trop fréquemment, et tu vois, c'est tellement vrai que je le dis à mon tour.

Mon portable sonne à nouveau. François. Je coupe. Tu ne réponds toujours pas ? Non, je n'ai pas envie quand j'ai faim. Et puis ce n'est pas si souvent que nous sommes seuls tous les deux. Pablo lève un sourcil. Un amant ? Oui, mais comme je ne sais plus lequel, je préfère ne pas prendre de risques.

Il rit ! Je suis de plus en plus peinée de constater que le mensonge me va comme un gant. Pourtant, j'ai toujours été la première à brandir un drapeau contre les hypocrites. Et là déjà je me donne des excuses : oui, mais je vis une situation particulière. Et on n'a pas de meilleures raisons que celles qu'on se donne ! Tiens, je n'ai pas oublié les bons préceptes de ma grand-mère adorée. Curieusement, j'ai le sentiment d'avoir une meilleure mémoire qu'avant – je parle là évidemment de ma "vieille" mémoire. Quelle ironie ! Mais quelle logique aussi, puisque j'en suis plus proche. Ah, si seulement on n'était pas en 2000 !

Je te propose une petite balade sur les bords de Seine.

Le programme m'enchante. Si j'ai oublié notre vie, il est une danse qui me semble toujours présente avec Pablo, celle de la vie ensemble. Et soudain, la différence me paraît nette avec les heures que je viens de vivre chez François, où seule la vitalité de l'instant semblait compter. Je sais que Pablo m'observe. Sûrement, quelque chose de ce que je suis ne colle plus avec ce que j'étais il y a un mois, mais quoi ? Tu sais, je voudrais te dire… Oui ? Je suis volontairement distraite, légère. Je feins de ne pas avoir remarqué son ton grave. Le stratagème réussit. Il hésite. J'insiste. Oui, eh bien ? Non, rien. Tu es prête ? Oui. Je l'embrasse avant de courir vers la porte.

— Jean-Marc ?

Nous nous étreignons. Je viens de l'apercevoir. Il m'a bien semblé que c'était lui, mais je suis consternée par le changement. Son visage est comme écroulé dans les sillons de la tristesse.

— Ça me fait plaisir de te voir. D'autant plus que j'ai perdu tes coordonnées, et aussi ton nom de femme mariée. J'attendais le bon vouloir du hasard pour te retrouver.

Il serre Pablo dans une accolade.

— Je ne sais même pas comment s'appelait la putain d'agence où tu as été engagée il y a combien, douze ans ? Ouah, le temps, ça passe ! Hein ma belle ? Pourtant, je me souviens de la soirée qu'on a faite ce soir-là. On a tellement chanté que j'en ai eu la voix cassée pendant huit jours !

Il se tourne, rigolard, vers Pablo.

— Toi, évidemment, ce n'est pas la peine de te demander si tu t'en souviens.

Je me sens vaguement mal à l'aise. Ma "fête rencontre", je sais qu'elle a eu

lieu douze ans avant. Mais c'est la première fois que d'autres en parlent devant
moi.

— Tu es toujours dans ton agence,
dis-moi ?

— Non, je viens d'en partir il n'y a
pas longtemps. Et toi ?

— Comme tu vois, je suis rentré du
Japon… depuis presque deux mois
maintenant. Yumi est restée là-bas avec
sa folie des grandeurs… On n'est pas
près de se reparler. Enfin c'est un détail.
Je vois que toi, tu es belle d'amour. Alors
vous en avez combien, des marmots ?

— Trois, nous avons trois enfants.

— Ah, quand même ! Vous n'avez
pas chômé, dites-moi. Bon, on boit un
petit coup ? Pablo, ça te dit ?

Je ne sais plus quoi dire. Je suis abasourdie par le changement physique de
l'ami que j'aimais tellement. L'anéantissement de Jean-Marc est si visible qu'il
m'enlève toute joie de revoir quelqu'un
qu'enfin je peux reconnaître.

Comme je me tais, la conversation se
poursuit sans moi. Pablo explique ce
qu'il a fait professionnellement, et Jean-
Marc lui parle des Japonais, fascinés par
la chanson française, capables de savoir
par cœur le répertoire de Fréhel, que les
Français, aujourd'hui, connaissent à peine.
De temps en temps, il assassine Yumi et

le reste de la race féminine en général. Il l'aime encore, visiblement, et il en souffre encore plus. Je risque une question.

— Depuis combien de temps ne s'est-on pas vus, Jean-Marc ?

— Cinq ans, ma poupette. Depuis ton voyage éclair à Tokyo.

Allons bon, je suis allée là-bas ? J'aurais mieux fait de me taire.

— Et toi, depuis combien de temps n'es-tu pas revenu ici ?

— Ah ! Elle est bien bonne celle-là ! C'est pour m'énerver, je suppose ? Tu m'as assez insulté ! Je ne suis revenu qu'une fois, pour des problèmes de papiers. Quatre jours, il me semble. A l'époque, c'était une sorte d'apnée sans Yumi. Il me semble que je suis passé pendant vos vacances ou je ne sais quel moment. Bref vous n'étiez pas là. Tu imagines, tout ce temps passé sur une autre planète pour rien !

Il ne pourrait pas trouver de meilleure interlocutrice pour le dire. Je le regarde à nouveau. Ne plus se souvenir d'avoir vieilli, c'est une chose. Mais vieillir cinq fois plus vite que le temps, c'est tout aussi incroyable. Il a envers moi la même tendresse qu'autrefois, à l'époque où nous étions très proches. Il a d'ailleurs été le premier à remarquer mon attirance pour

Pablo durant la soirée. Le premier aussi à l'inviter à notre table pour qu'il chante avec nous. Apparemment, Pablo l'aime beaucoup. Quand nous nous séparons, deux heures plus tard, c'est avec de grandes démonstrations amicales. Et nous lui redisons à quel point nous aimerions qu'il passe comme autrefois, à l'improviste avec sa guitare.

Pablo a l'air troublé.

— Tu ne trouves pas qu'il a beaucoup vieilli ?

Pour une fois, nous sommes à égalité devant le temps écoulé.

— Si, je suis encore sous le choc. Je trouve surtout qu'il a l'air de porter une peine immense.

— Tu sais, finalement, nous avons de la chance de nous être rencontrés, même si quelquefois ça n'a pas été facile…

Pablo ne détaille pas, me prend dans ses bras et je me raidis malgré moi. Il m'est difficile de dire à quel point je suis perturbée, perdue.

J'ai l'impression d'être devant un gouffre où le temps est sans barrières, derrière une limite floue qui me sépare de cet homme. Voilà un ami que j'ai vu devant moi, tout espoir d'amour dehors, attendant l'âme sœur, et je le revois à peine un mois plus tard, laminé par le bonheur même qu'il envisageait si récemment !

Et tout cela, sans passer par les années où il l'a réellement vécu.

Heureusement la promenade sur les bords de Seine estompe les sentiments d'angoisse que je sens poindre. Nous sommes proches du Pont-Neuf et de la place Dauphine, le temps est un peu grisâtre et je ne sais ce que j'ai pu vivre là, mais me rapprocher des arcades m'apaise profondément. Je l'enregistre mentalement pour le noter plus tard.

— Dis-moi, Pablo, quels sont les moments où tu m'as vue écrire depuis que nous sommes ensemble ?

— Bizarre question ! Attends que je réfléchisse… Quand je t'ai rencontrée, tu disais que ce n'était pas ton truc. Moi, il me semblait que tu le regrettais, enfin c'était l'impression que j'en avais à l'époque. Comme si c'était un rêve secret. Et puis je crois que l'idée a dû faire son chemin. C'est le jour où tu as décidé d'écrire une pièce, l'année dernière, quand tu es partie à Montaren dans notre cabanon, pour passer quelques jours seule, tu te souviens ? Quand je t'ai rejointe, tu avais ton fameux cahier, que tu n'as jamais voulu que je lise. J'étais vexé comme un pou. Je peux bien te le dire maintenant : une nuit, je me suis levé pendant que tu dormais, pour essayer de lire ce que tu avais écrit. Je sais, ce n'est pas très intelligent. Mais tu me connais, je suis en relation constante avec des auteurs, des réalisateurs, des scénaristes. Je sais trop bien ce que signifient ces poussées d'écriture dans une vie. Peut-être que je voulais savoir ce qui sortait de toi, où j'étais là-dedans, si tu m'aimais, si nous étions en danger... Enfin un alibi de ce genre-là. Je dois avoir l'air effarée, car il ajoute : Je sais. On a promis, on ne parlera jamais plus de rien. Et d'ailleurs, je t'admire. Je n'ai jamais osé te le dire, mais là, tu m'épates. Quel talent ! Tu es vraiment une comédienne. Enfin je le pensais. Et puis à force de t'observer, j'ai fini par comprendre que tout est vrai. Tu ne triches pas. Il y a quelques semaines, je te prenais pour une hypocrite, mais aujourd'hui, j'ai changé d'avis. Ton talent pour le bonheur m'entraîne aussi, et je me sens magnifiquement bien avec toi.

Le spasme m'a saisie au creux de l'estomac depuis que Pablo s'est mis à parler ! Savoir qu'il y a quelque part un cahier où j'ai pu écrire il y a un an... Ou peut-être plus récemment. Et ce cabanon dont j'ignore l'existence. Et surtout ce discours sur l'oubli, ce qu'il appelle "ne plus parler de rien". Je finis par m'en sortir, je réussis à articuler quelque chose qui a un rapport avec la conversation sans abandonner ce que je voudrais savoir. Tu as voulu lire, et… ? Et il n'a pas trouvé mon cahier. Je t'ai même observée, les jours suivants, pour tenter de comprendre où tu le cachais. Je te voyais avec lui ou sans lui, mais jamais je n'ai découvert sa planque. Au début, ça m'a rendu fou. Je me disais : Si elle le dissimule avec tant de soin, c'est qu'il y a quelque chose que je ne dois pas lire. C'était obsessionnel, il fallait que je sache. Et puis j'ai été rappelé à Paris pour le tournage. Heureusement pour moi ! Ça m'a permis de lâcher mon idée saugrenue et indiscrète. Et jusqu'à aujourd'hui, je n'ai jamais réussi à t'en parler. Mais je voulais le faire. Après les vacances, je ne t'ai jamais plus revue avec ton cahier, et je me disais que peut-être tu avais abandonné l'idée d'écrire. Mais je n'ai pas osé t'en parler.

Je ris et je l'embrasse.

C'est plutôt sympathique comme aveu. Pourquoi ne voulais-tu pas m'en parler ? Il a l'air surpris. Est-ce que tu crois que c'était vraiment le moment ? Je suis persuadé que tu l'aurais fort mal pris.

Probable… Je me sens à nouveau légère. Une petite voix me souffle que c'est parce que j'ignore ce que contient le cahier. Peu importe… Son existence suffit à ma joie. Si ce n'était l'obsédante idée de le cacher…

Dans l'appartement, plus tard, Pablo travaille dans son bureau, mais je ne cherche pas le cahier secret. Je sais qu'il n'est pas là. Il est sans doute encore dans notre cabanon dans le Sud, car entre-temps j'ai découvert le village dont Pablo a parlé. Dans nos papiers administratifs, il y a des notes de téléphone, l'adresse. Et en feuilletant à nouveau deux ou trois albums, je retrouve quelques photos qui ont l'air d'avoir été prises dans le village situé à côté d'Uzès. Ledit cabanon est charmant, entouré d'un jardin et, si j'en crois les images, nous y avons passé quelques Noëls. Peut-être devrais-je aller y jeter un œil, seule ou avec les enfants pendant les prochaines vacances. Mais les prochaines vacances, à propos, ne sont-elles pas celles de l'été ?

C'est un des aspects les plus surprenants de ma vie de *femme mère* : tout est plein de rythmes, de dates, de rendez-vous à prévoir. Et il me semble que toute une partie de la vie maternelle est faite d'organisation et de calendriers. Deux mots qui ne sont jamais entrés dans mon vocabulaire quand j'étais célibataire. Je n'ai même pas le souvenir, en tant qu'écolière, d'avoir été si bien rythmée par les dates. Mais peut-être la vie des enfants, des adolescents et des étudiants est-elle oublieuse des fameux rythmes quand un "organisateur" est là pour eux. Quoi qu'il en soit, j'ai dû vite me mettre au pli des samedis relâchés, des samedis pleins, des semaines ceci ou cela, et des moments à prévoir. Où est la place du hasard quand tout est à inscrire à un jour ou une heure ? Parfois je m'écroule le soir, épuisée par la succession des choses à faire dans un temps mal réparti, et je me demande comment j'ai pu y arriver quand j'avais en plus un boulot. Que veux-tu faire pour les vacances ? Je sursaute. Je n'ai pas entendu Pablo entrer. Je te vois dans les albums et je réalise que tu ne m'as pas encore posé la question. Ah bon, c'est moi qui la pose habituellement ? Je ne sais pas. Bien sûr, j'ai envie d'aller au fameux cabanon, mais comment savoir si ma demande ne sera pas une gaffe ? Peut-être ai-je dit l'année dernière que je ne voulais plus y mettre les pieds l'été ? Pablo ne dit rien, ou plutôt il doit écouter mes pensées.

Est-ce que tu as envie de passer quelque temps au cabanon ? Oui… Que dirais-tu d'y aller plutôt en début de vacances ? C'est une bonne idée. Au lieu de le mettre en location pendant deux mois, nous y passerons les quinze premiers jours de juillet et si tu veux, ensuite, nous irons ailleurs. Je dois être à Paris le 20 août. Ça va ? J'ai un peu froid… Tu n'es pas assez couverte, mon amour. Tu es plus frileuse qu'avant, je crois. Veux-tu que je fasse un petit repas chaud ?

J'ai toujours peur quand je me retrouve seule avec Pablo. Je suis traversée par le désir de continuer l'histoire écrite par une autre, tout en me l'appropriant, mais il y a toujours une question qui me taraude : qu'est-ce que je fous là ? Suis-je à ma place ? Et cette question, je ne me la pose jamais quand je suis avec les enfants. Ils ont une façon merveilleuse de me raconter sans mots que je leur suis indispensable. Avec eux, je suis évidemment à leur côté, même si je ne sais plus rien du désir qui m'a sans doute animée à l'époque où je les attendais, et plus encore à celle où j'ai dû les désirer sans les connaître. Ce qui me déstabilise, c'est le manque d'un quotidien charmant et immédiat quand nous sommes à la maison. Dans ce que j'appelle mes premiers pas avec Pablo, de nombreux moments avec les enfants masquent notre histoire de couple. Et quand les enfants ne sont pas là, je voudrais que Pablo m'emporte, qu'il m'embrasse derrière toutes les portes. Il me semble un peu trop pantouflard. Mais je n'ose ni dire ni faire. J'ai peur de lui paraître ridicule. Il a l'air de se sentir tellement bien. C'est peut-être comme ça que la vie se déroule plus tard. Quand on se connaît bien et qu'on vit dans le même lieu depuis longtemps, se rencontrer entre la salle de bains et la chambre n'est plus un événement remarquable. Mais pour moi, ça l'est encore, et j'ai du mal à ne pas le lui faire savoir. Je remarque son œil surpris d'abord, puis souriant ensuite, quand je marque ces rencontres, quand j'ai le réflexe de l'embrasser ou de l'arrêter dans sa course alors qu'il allait simplement chercher à boire dans la cuisine. Après quatre semaines d'élans spontanés, j'essaie de réfréner mes ardeurs. C'est fatigant de ne pas vivre le même temps des choses. Mais après tout, pourquoi ne pas profiter de l'œil neuf que je porte sur notre couple douze ans plus tard ? J'ai la chance de voir ce que sans doute lui ne voit plus... Alors pourquoi ne pas l'utiliser pour agir en conséquence ?

Ne pas pouvoir partager avec Pablo mon lourd secret est un poids que je porte seule. Surtout le soir, quand nous nous serrons l'un contre l'autre dans ce lit qui est le nôtre, je retiens mon souffle pour ne pas tout lui dire. Concentrée sur la respiration, je peux laisser libre cours à ma peur de sa réaction. Et puis je ne sais toujours pas pourquoi j'ai perdu "notre mémoire". Et l'idée est si troublante qu'elle m'attache à mon silence. C'est "nous" que j'ai liquidés dans mon oubli, *nous* !… Et toute la vie autour. Comment jugerait-il ce qui s'est passé, si je lui en parlais ? Et s'il comprend, si mon oubli est relié à une histoire secrète, aura-t-il l'honnêteté de me le dire ? Je crois que tous les "si" me font reculer. J'ai peur de la vérité, mais j'ai peur aussi des conséquences du mensonge. Car je ne doute pas qu'un jour, je pourrai parler et tout raconter à Pablo… Un jour… Une fois que… j'aurai tout retrouvé ? Peut-être que je n'aurai plus envie, peut-être que ça n'aura plus aucun sens… Ce qui en aurait, du sens, ce serait de partager !

Mes journées sont épuisantes… Parfois j'ai envie de me poser et de me confier à un cahier. Je voudrais laisser tomber sur une page tous les moments traversés. J'habite à l'intérieur de ma tête, je m'y retranche et peut-être qu'écrire… Mais je sais autre chose encore qui me cheville à une envie d'écrire. Si jamais ma mémoire ne revient pas, car il me faut l'envisager, je continuerai cette vie-là. Je m'adapterai à ma vie de douze ans d'absence et tout sera banal. Tout sera perdu. En me fabriquant de nouveaux souvenirs, j'oublierai l'intense vie des jours où je n'en avais plus. Je serai rattrapée par le vice de l'habitude. Ainsi se déroulera ma vie de femme et de mère, et les années s'accumuleront et plus jamais je n'aurai une occasion unique d'observer la vie de l'extérieur. J'aurai réintégré une fois pour toutes l'enveloppe que je crois encore n'avoir pas choisie. Par exemple, je ne pourrai jamais comprendre ou retrouver l'immense et charnel émerveillement qui capture mon regard à chaque instant de la journée. Toute parcelle de vie qui me relie à mes enfants est une mesure entre le désir et l'accomplissement. Chaque phrase qu'ils prononcent, chaque geste qu'ils font passe dans une lunette d'observation qu'il ne me sera plus possible de retrouver ensuite. Saurai-je décrire ou faire éprouver à travers des mots ce mélange d'instantanéité et d'éternité en le couchant sur du papier ? Je n'en ai aucune certitude mais ça vaut la peine d'essayer. Ce qu'on ne veut pas dire passe aussi par les mots dans le choix que l'on fait d'en coller un puis un autre, et qui entre eux glisse un soupir où se dit ce qu'on voulait taire. Jusqu'à maintenant, j'ai vraiment eu peur de me lancer. Et comme toutes les fois où j'ai peur, je n'ai pas le temps. Ecrire est un risque d'être lue et donc découverte. Ecrire est une tentation de se relire et de se découvrir : toutes les mauvaises raisons sont au rendez-vous pour repousser l'instant du recul donné par le texte. Alors je garde, je brasse mes pensées, mes peines, mes doutes. J'attends une impulsion assez forte pour déclencher l'écriture. Peut-être que j'attends de savoir. Et maintenant que j'en ai appris un peu plus grâce aux révélations de Pablo sur ce que j'ai déjà écrit, je comprends mieux la force d'un désir inexpliqué. Un peu comme la cigarette, j'avais le souvenir d'avoir fumé, mais plus l'envie. J'ai le désir d'écrire, mais plus le souvenir de l'avoir fait. C'est vrai que j'ai délaissé les poèmes, les chansons d'adolescente, pour courir le vaste monde avec ma seule mémoire en guise de carnet de notes. Funeste erreur, me dis-je aujourd'hui.

J'appelle Lucas. Après tout, une vidéo de théâtre vaut bien un cahier. Il se charge de rassembler ceux qui étaient là lors de la séance pour un visionnage que, déjà, je devine détonant.

Lucas a donc convié ceux qui assistaient à la scène… Une dizaine de personnes sont là… Nous l'aidons à installer le téléviseur, le magnétoscope… Je suis tendue… Certains me jettent un regard furtif, d'autres m'envoient un gentil sourire. Ils doivent sentir. Lucas visionne sa cassette en accéléré et, soudain, j'aperçois le début d'une scène entre François et moi. Il stoppe, repositionne le film à son début. Antoine, que j'avais rencontré au café, s'est assis à côté de moi. François arrive en courant. Encore essoufflé, et sur un signe de Lucas il vient lui aussi à mes côtés. Nous ne nous sommes ni revus ni parlé depuis la nuit passée ensemble.

La scène démarre par du silence. Très vite, nous tournons l'un autour de l'autre, avec une hostilité contenue. Ce qui me paraît étrange, c'est que je peux percevoir l'ambiance du public dans le film et celle du public aujourd'hui, qui est exactement le même. C'est François qui parle le premier.

— Où as-tu passé la nuit ?

Je me défends. J'explique que j'ai marché à travers la ville. Et soudain, j'explose :

— C'est toi qui demandes où j'étais ? Tu ne manques pas de culot ! Toi tu ne fais pas état de tes absences, tu ne donnes pas le contenu de tes emplois du temps, et pourtant, moi aussi je pourrais jouer les enquêteuses. Peut-être serais-tu plus embarrassé que moi pour répondre.

Le dialogue s'envenime très rapidement, à cause de moi, semble-t-il. Mais est-ce bien moi là, sur l'écran, la femme, folle échevelée qui hurle sa souffrance et sa haine ? En vrac, je lui reproche d'avoir trahi notre amour, d'avoir été le contraire de ce que nous voulions, d'avoir aimé quelqu'un d'autre sans être capable de le dire. Je lui reproche sa lâcheté, et je fais une sorte de constat terrible d'une histoire banalement triste, celle de tous les couples vieillissants dont l'exigence se noie dans le nombre des années, le quotidien, et toutes ces fallacieuses raisons invoquées quand on ne sait plus lesquelles se donner. François est surpris de ce débordement. Et sur un plan strictement théâtral, ma démesure ajoute à son air déstabilisé. Je sens que malgré l'étonnement, j'ai fait mouche. Il part dans la colère. La mauvaise foi est communicative. Il se laisse glisser : mauvaises raisons, mauvais sentiments, tout le passif. Et c'est un vrai couple au cœur de la tempête que j'ai soudain sous les yeux. Je n'ose pas penser que tout est vrai dans ce que je dis mais c'est flagrant.

Seul l'interlocuteur n'est pas le bon. Sans que j'aie un seul souvenir de la scène, du contexte de vie qui l'entoure ou de ce qui en est responsable, je sens des larmes rouler sur mes joues. Le visionnage semble parler à une partie de moi qui est encore là… La mémoire fantôme… Je suis toujours ignorante de l'autre, mais je pleure pour elle. Cette femme abandonnée, en perte d'amour, m'émeut. C'est l'autre que je découvre. Elle est plus vieille que moi et je suis en quelque sorte son sauveur.

François m'a pris une main d'un côté, Antoine de l'autre. Je sens aussi quelques regards, et une ferveur douce qui m'entoure. Tous sans doute devinent que ce qui s'est passé ce jour-là sur les planches a une part de vérité dans ma vie. Est-ce une sorte d'exorcisme ?… Ai-je été réellement trahie par Pablo ? En quoi ? Trompée ? C'est un mot que je n'aime pas. Il ne correspond pas au plaisir d'être ensemble. Il me semble qu'il fait référence au moment où l'amant désaime et laisse place au propriétaire qui se fâche. Ai-je été si malheureuse ?

Je jette un regard désespéré à Lucas. Quand la scène s'arrête, je suis à genoux, prostrée. François s'est approché, il a posé ses mains sur ma tête, s'est laissé glisser en m'entourant de ses bras. Il me berce doucement, me demande de me calmer. Il dit qu'il m'aime.

Lucas arrête la scène, la lumière se rallume. Antoine et François tiennent toujours mes mains. Lucas sourit. Et comme si chacun attendait une explication, je me sens obligée de parler :

— Je… Je ne me souvenais pas bien de la scène. Je n'ai pas eu conscience de tout… de tout ce que je viens de voir là. C'est très… perturbant pour moi de la découvrir en spectatrice…

Lucas vient à mon secours.

— Si tu avais eu conscience sur le moment de ce qui se passait, tu n'aurais jamais pu interpréter ainsi… Ce qui fait la qualité d'un comédien dans ces moments-là, c'est le lâcher-prise. On ne peut pas s'écouter et se regarder jouer.

J'ai presque l'impression qu'il me protège en insistant sur les termes de jeu et d'interprétation. Il est probable qu'il sait la vérité. Bien plus que moi qui tâtonne dans le souvenir de ma propre vie… Ou alors il a raison : rien de cette scène ne correspond à ma vie. J'ai tort de la croire vraie. Longtemps encore nous parlons de la part de vérité et de fiction dans le métier de comédien. Lucas répond volontiers aux questions de chacun sur la façon de dompter ou d'apprivoiser le jeu, l'humeur, et de jouer avec. Il finit en me remerciant d'avoir accepté de visionner mon improvisation avec le groupe. Je sais qu'il n'est pas facile de revoir ce genre de moment, me dit-il, mais encore une fois, et c'est important de toujours s'en souvenir, nous ne sommes pas ce que nous jouons. J'aimerais tellement qu'il ait raison. Je suis encore sous le coup de l'émotion. J'ai encore à travers mon désespoir filmé des mots terribles qui martèlent ma pensée : trahison... J'ai parlé d'une femme... d'être deux fois trahie... d'amour mort.

C'est surtout mon anéantissement visible, le désespoir, et une chose encore m'étonne : mon visage, presque vieilli. Cette tristesse, dont il ne restait plus rien le lendemain ! Si je m'en réfère aux dates, je n'ai pas le choix, le lendemain, c'est le jour où je me suis "réveillée" après ma nuit d'amour avec Pablo... Notre première nuit d'amour ! Quand je me suis regardée dans la glace, je me suis trouvée un peu vieillie mais je ne me suis pas fait peur. Se pourrait-il qu'en gommant douze années d'existence, j'aie pu éliminer des marques de souffrance qui avaient l'air indélébiles sur mon visage filmé en pleine lumière ? Et ce serait alors comme si jouer la comédie avait remplacé la vie.

Ça me paraît tellement invraisemblable que je finis par me demander si je n'ai pas tout simplement joué. Car je m'emporte, je m'obstine à vouloir trouver une explication à cette scène de jalousie. Mais avant, à quel moment de ma vie suis-je devenue jalouse ? Est-ce une vue de mon esprit qui cherche absolument des raisons, une folie peut-être, une de plus, de me dire que la scène est vraie ? Ou alors je me suis servie du théâtre pour exorciser une vraie souffrance, une vraie tromperie. Et notre nuit d'amour ? Je ne l'ai pas inventée non plus ! Même si elle s'est déroulée douze ans plus tard, je sais qu'elle a eu lieu. J'en avais toutes les marques et les fatigues du lendemain. Et pour autant que je sache, on ne vit pas une nuit d'amour avec un homme qui vient de vous trahir. Je suis encore plus perdue après le visionnage. Et dire que j'en espérais une explication cohérente.

Les autres se sont levés et s'apprêtent à quitter le théâtre. Je remercie Lucas assez vite pour éviter de rester seule avec lui. François me serre dans ses bras. Ça va, tu tiens le choc ? Il laisse les autres s'éloigner et me propose de boire un verre avec lui. Nous marchons, silencieux. Nous allons au hasard, ni vers chez lui, ni vers chez moi. Il me semble que nous suivons les arbres comme un appel de verdure.

Tu vois, Marie, après la scène, j'attendais ton retour au théâtre, et tu ne revenais jamais. J'avais un besoin viscéral de te serrer contre moi, de te consoler… Comment te dire ?… C'est comme si j'avais été réellement le salaud qui t'avait trahie. Ça a l'air idiot de dire ça… C'est le contraire d'un vrai comédien qui parle… Marie, pardonne-moi d'être indiscret, mais la part de vérité que tu as mise dans notre scène… existe-t-elle ou j'affabule ? Et si elle existe, où est-elle ?

Je n'en sais rien. Je n'ai pas l'explication de ce qui s'est passé ce jour-là. Peut-être le découvrirai-je plus tard… Et je te promets que tu en auras alors la primeur. Je ne crois pas l'avoir convaincu. Il a passé son bras autour de mes épaules. Tu as le temps de passer chez moi ? Non, désolée, François. Je t'appelle demain… Viens me voir, si tu veux. Je ne bougerai pas. Demain, je vais travailler des textes.

Il m'embrasse, et la douceur de ses lèvres me trouble à nouveau.

En rentrant chez moi, les moments visionnés au théâtre continuent à se dérouler en boucle devant mes yeux. Fort heureusement, les enfants me capturent à nouveau dans leurs jeux, leurs câlins et leurs rires. On lave les cheveux, on pleure, on a du savon dans les yeux, de la mousse dans les oreilles, on se pince les doigts dans la porte… C'est un soir de pleine lune ! L'ambiance est survoltée. Pablo n'est pas là. Il donne des interviews pour la sortie prochaine de son film. Il m'appelle entre chaque passage de journaliste pour faire ses commentaires.

Celle-là, elle est très con, elle n'a rien compris. Elle n'a sûrement jamais vécu une histoire d'amour… Et le type du journal *Mon cinéma* n'a pas aimé le film, mais il aime la direction des acteurs et la réalisation. C'est quand même curieux d'extraire l'histoire et de garder le reste… La promo démarre et j'en ai déjà marre ! Je leur dis tout le temps la même chose, et j'ai tout le temps la même pensée, en tout cas pour ceux qui ne l'ont pas vu : voyez-le d'abord, et après vous vous ferez une idée par vous-mêmes. Il me fait rire… J'essaie de le consoler à chaque coup de fil. Je lui promets de l'attendre pour me coucher. En fait, je ne suis toujours pas très à l'aise avec le quotidien de notre couple. Il me semble que j'y mets plus de ferveur qu'il ne faudrait. Et puis zut ! Je m'en veux d'avoir ce genre de pensée. Après tout, l'amour c'est l'amour.

Mais aujourd'hui, je ne sais plus où est l'amour. Est-ce que j'aime Pablo ? Ai-je cessé de l'aimer ? Ai-je voulu oublier que je ne l'aimais plus ou ai-je voulu oublier pour l'aimer à nouveau ? Et voilà des questions que j'aimerais bien lui poser. Mais rien qu'à l'idée d'en parler, je me sens révoltée. Quant aux amis, je sais qu'ils seraient une source de questions supplémentaires. Cette intuition-là ne peut s'en aller. Il faut décidément que je m'en sorte seule. J'ai peur de me coucher avec toutes mes interrogations. Et puis j'ai promis à Pablo de l'attendre.

Je revois à nouveau, par bribes, la scène avec François. Et j'essaie de me souvenir de ce que je disais. Mais non. François n'est pas le bon interlocuteur. Et même si j'ai dit une vérité, il n'a pas pu répondre à mon désespoir, puisqu'il ne savait pas de quoi je parlais. Et si j'avais joué avec moi-même, sans tenir compte des réponses de l'autre ? Y a-t-il un moment où les réponses n'ont plus d'importance, tant est grande la souffrance des questions ? Peut-on déclencher chez plusieurs hommes différents les mêmes réflexes de défense vitale quand on leur balance ainsi la violence d'un manque ? La femme de la cassette, je ne la connais pas. Elle me hante. J'ai envie d'appeler François mais je ne le fais pas. Si je lui parlais maintenant, je sais que je craquerais. Je lui dirais tout, et je n'en ai pas envie.

Pour ce qui est de simplifier la situation, je l'ai plutôt compliquée en prenant un amant. Pourtant, ça m'a paru presque naturel. Je croyais qu'il fallait que je sache, que je "retrouve ma liberté" pour comprendre si j'étais vraiment cette femme établie. Mais je n'en sais pas plus qu'avant. J'ai agi avec de l'émotion, du désir, de l'instinct, et puis j'ai laissé faire François. Avant, il y a douze ans ou quatre semaines, je n'étais pas un modèle de fidélité. Je pensais l'amour en termes de plaisir. Je n'avais aucun esprit de vengeance, aucune ardeur pour combler les manques de l'un avec la nouveauté de l'autre. Je regardais avec consternation le cirque des petits couples qui m'entouraient. J'avertissais mes amants : J'ai besoin de liberté. Je ne comble jamais les vides, j'accumule le bonheur. L'autre n'a rien que vous n'avez pas. Il est juste autre, et en cela, il est irremplaçable. En face, c'était l'incrédulité ! Le principe affirmé de la jouissance à deux et sans la contrainte de l'exclusivité n'est pas facile à assumer pour une femme. Tout de suite, on me reprochait de fonctionner comme un homme, ce qui est un comble ! une hérésie totale ! Dans le souvenir de mon désir de vivre et d'aimer, je n'ai jamais inclus un programme de vie heureuse avec un seul.

Je crois que je pensais qu'une histoire d'amour ne pouvait exister qu'entre deux êtres qui se ressemblent et partagent sur ces sujets délicats la même façon de voir. Cette concordance me semblait indispensable afin qu'aucun des deux ne puisse faire souffrir l'autre.

Je me heurte au souvenir de la femme que je fus il y a si peu de temps. Et si nous partagions la liberté, rare dans un couple, de ne pas enfermer l'autre, que viennent faire là cette femme aigrie et sa scène de jalousie dont la simulation me paraît décidément peu probable ? Plus j'y repense et plus je me dis que la Marie, souffrante, que j'ai vue sur scène dans ce film n'a pas de talent de comédienne. Elle s'est juste servie d'un espace qu'on lui offrait pour exploser.

Instinctivement, je me rapproche des albums de photos et je les regarde à nouveau. Dans chaque image, je cherche un déclic. Il y a toujours des visages qui sont pour moi des inconnus. Je réalise soudain que je ne sais même pas si Pablo a d'autres frères et sœurs que l'individu louche que j'ai rencontré à la projection. Lui aussi m'effleure l'esprit de temps en temps. Il me paraît être plus qu'un simple beau-frère dans notre histoire. Un peu comme un mauvais génie, un ange qui aurait mal tourné.

Je ne peux retracer tout ce qui me traverse au moment où je vis ces événements. Je ne sais pas ce qui est normal chez les amnésiques du passé. Je distingue la forme étrange de mon oubli de ceux qui sont amnésiques au jour le jour et qui semblent oublier cinq minutes après ce qu'ils faisaient cinq minutes avant. Le plus difficile à décrire dans la situation que je vis depuis quelques semaines, c'est le nombre d'idées qui me traversent. Certes, une partie importante de mon passé me manque, mais je ne vois pas très bien où je le mettrais, car mon présent prend une place folle !

Jusqu'au coucher des enfants, je n'ai plus le temps de penser. Youri vient dans mon lit faire un immense câlin et me demande comment "ça fait" quand on est amoureux. Décidément… On a mal à l'estomac et on a tout le temps envie de rire. On dit plein de bêtises, mais à celui ou celle dont on est amoureux, on ne dit rien. On rougit beaucoup quand il nous parle. On a le cœur qui bat très fort, comme s'il allait exploser dans la poitrine. Il me regarde d'un air épouvanté. C'est exactement ça ! On est très content mais on a mal partout… Je vais te confier un secret. Elle s'appelle Lucie et elle a les plus beaux cheveux du monde. Dis maman, pourras-tu me donner un peu d'argent ? Il faut que j'achète une bague à mon amoureuse, sinon, je n'aurai jamais le droit de l'embrasser. Je suis perplexe. Comme dans chaque échange avec ces enfants qui sont, à ce qu'il semble, les miens, je m'intéresse à leurs propos avec une curiosité amusée, celle d'une étrangère, mais en réalité il n'y a rien de léger dans mon attention. Ce que je ressens à l'intérieur de mon corps est un prolongement presque douloureux de leur chair. Si d'un coup de baguette magique, je pouvais aujourd'hui choisir de revenir en arrière, je ne le ferais pas et je sens que c'est à eux que je dois mon envie de rester.

Ce soir, je ne veux plus penser. Trop de choses me traversent. J'ai regardé les photos, et maintenant je fouille dans l'ordinateur. J'examine les dossiers que j'ai traités depuis douze ans à TV Locale et Cie. J'ai inventé des concepts de télévision, d'émissions, mis en relation des entreprises avec le monde audiovisuel… A un niveau toujours plus haut, semble-t-il. Je le vois aux en-têtes des lettres que j'écrivais dans les derniers temps, je le constate aussi en voyant les programmes de travail que je me faisais au début, puis ceux que je distribuais en notant pour chacun son rôle : quatre personnes d'abord, puis sept, puis vingt. J'ai presque envie de rire. J'ai l'impression de parcourir la carrière de "l'autre". J'entends la ronde du monde du travail. L'équipe a l'air sympathique. Il y a quelques lettres enregistrées là. De la convivialité, du respect, des échanges intelligents, passionnants et passionnés sur le boulot. Rien de très significatif pour aujourd'hui. Je suis fatiguée.

Il y a également des signes que je ne connais pas. Je n'ose pas trop toucher à ce qui m'échappe. Ce sont souvent de petites formes, de petits dessins. L'un particulièrement m'attire, mais je ne sais pas pourquoi. C'est une petite main accrochée à une mappemonde, et au-dessous il est noté "Navigation Internet". Allez, tant pis, je clique. "Le chargement a échoué." Ça m'apprendra ! J'abandonne. Il est vingt-trois heures, Pablo n'est toujours pas là.

J'allume la télévision… Pour la première fois depuis mon réveil. J'ai vaguement aperçu les informations avec Pablo, mais rien de plus. Je tombe sur le plateau d'une émission pseudo-scientifique qui m'ennuie, mais au moment où je décide d'éteindre pour aller m'allonger, le présentateur annonce un reportage :

— Nous allons maintenant faire connaissance avec Henri. Vous avez peut-être vu son visage, il y a quelques semaines, dans les journaux. C'est la seule chose qu'Henri ait trouvée pour récupérer son identité. C'est un cas très rare : un homme qui a perdu la mémoire sans choc et sans accident… Il s'est retrouvé dans un lieu public, sans aucun souvenir, sans papiers, sans adresse. Pendant quelques mois, il a ignoré qui il était. C'est finalement grâce aux journaux qui ont publié sa photo qu'il a pu retrouver sa famille.

J'ai bondi de mon fauteuil. J'écoute le témoignage de l'homme. Je suis agacée par l'interview si mal menée du journaliste qui l'interroge. J'aimerais tellement que ce soit moi qui lui pose des questions. Dans le reportage, il y a également le témoignage de sa femme. Je note l'émission, le nom du journaliste. Aucun commentaire n'a été fait sur la façon dont il a été soigné. Il n'a apparemment pas encore retrouvé qui il était vraiment. On lui a tout raconté. J'entends la porte claquer. Pablo est rentré, il est minuit. Tu m'as attendu ? Tu es adorable. J'éteins précipitamment, surprise comme une coupable. Pablo s'en aperçoit mais il est souriant. Il regarde mon cahier de notes.

Alors, la télé encore ? Ça te retravaille ? Pas du tout. J'ai juste pris quelques idées pour écrire une histoire. Ah oui ? Une histoire ? Tu me racontes ? Je ne crois pas !

— Je voudrais parler à Loïc Bellieu.
— C'est moi-même.
— Vous êtes le journaliste qui a fait le reportage sur l'homme amnésique ?
— Tout à fait. Et vous êtes ?
— Marie de Las Fuentes. Je travaillais à TV Locale et Cie et j'envisage d'écrire un roman sur une amnésique. Pensez-vous que je pourrais le contacter, après que vous lui en auriez parlé, bien entendu, afin de lui poser quelques questions sur son expérience ?
— Je pense que vous pouvez. C'est quelqu'un de très ouvert. Je pourrais vous laisser ses coordonnées, et vous attendrez simplement quelques jours pour que je l'avertisse de votre coup de fil.
— Je suppose que vous n'avez pas pu tout dire dans le reportage. Mais vous, que pensez-vous de son histoire ?
— Eh bien, moi qui ne le connaissais pas avant, pour être honnête, je le trouve assez étrange. Il me semble très loin de tous les gens qu'il a retrouvés. Ça vous paraît normal, à vous ? Moi ça m'a surpris dans un premier temps. Je lui ai posé la question, et il m'a répondu comme si

tous ses proches étaient pour lui des étrangers. Pire encore : il a l'air de ne jamais les avoir choisis, y compris sa femme. C'est très étrange. Mais à part ça, c'est quelqu'un de sympathique.

— Il a été soigné ?

— Oui, en partie. Il a été suivi dans un hôpital, car n'ayant aucun moyen de paiement et ne pouvant prouver son identité, il a d'abord été dirigé dans un commissariat. Là, très vite, ils l'ont amené à l'hôpital, où il a subi toutes sortes d'examens, qui ont établi qu'il n'y avait pas eu de choc et qu'il ne s'était pas échappé d'un asile.

... Ensuite, on m'a fait des examens d'aptitude. On s'est rendu compte que je parlais plusieurs langues, que j'étais très doué en informatique. Au niveau des lieux, je me souvenais de Paris. Mais je n'y habitais pas, sauf dans ma jeunesse.

Je parle enfin avec Henri, l'amnésique, au téléphone. J'ai mis une semaine avant de me décider à le joindre. La peur de le contacter, sans doute. Je ne lui ai pas dit : "Je suis dans le même cas que vous." Je lui ai parlé du livre que j'écris, de l'histoire d'une femme qui vit la même chose que lui, ou presque.

Je lui explique que j'aimerais le rencontrer et lui propose de lui parler de mon personnage pour qu'il me dise si ça lui semble plausible de réagir ainsi face à une situation d'oubli, il ne paraît pas opposé à apporter son concours à un roman à condition toutefois qu'on ne parle pas de son cas. Je le rassure, mon héroïne a déjà sa propre histoire !

— Je travaille dans le 10e arrondissement, dans une boîte d'informatique. Venez donc déjeuner avec moi après-demain. Mais vous savez, je ne suis pas sûr de pouvoir vous aider car ce type dont me parlent mes amis ou ma famille est un individu sans intérêt ! C'est un autre pour moi, un autre qui ne m'intéresse absolument pas. Je n'ai même pas l'impression que ça a pu être moi un jour. Moi je sais qui je suis aujourd'hui et ça me suffit.

Je note l'adresse comme une automate. Je vais rencontrer un amnésique comme moi. Il faudra que je lui demande s'il a éprouvé le besoin de mentir. Mais c'est vrai que pour lui, tout a été dit à l'entourage dès le début, parce que son histoire et sa photo ont été publiées dans les journaux. Et puis lui, il avait tout oublié, jusqu'à son propre nom. Combien de temps a-t-il vécu ainsi en ignorant tout de lui-même ? Six, sept mois ? Je ne sais plus ce qu'il m'a dit. Finalement, j'ai peut-être de la chance, moi qui n'ai gommé qu'une partie de ma vie.

La grand-mère s'avance. Viens, mon grand Youri, viens, ma petite Lola. Je vous ai fait des gâteaux spéciaux pour le goûter. Zoé est déjà sur sa chaise. Ils s'éloignent tous deux en tenant la main de leur Babouchka. Une fois dans la cuisine, Pablo aide sa mère à installer les enfants devant leur goûter. J'ai parfois du mal à me repérer dans cette grande maison que je ne connais pas, et je fais bien attention à ce que personne ne me voie dans ces moments-là. J'ai mis un temps fou à trouver les toilettes, par exemple, à cause d'une porte en trompe-l'œil. N'en aurai-je jamais fini des tâtonnements avec le quotidien qui me ramènent aux premiers jours de mon amnésie avec palpitations, montée de stress et peur d'être "découverte" ? Heureusement, depuis que j'ai parlé avec Henri, je me sens moins seule dans mon histoire. Je pense à ce que je vais lui demander demain, lors de notre déjeuner.

Marie, voulez-vous m'accompagner à la ferme voisine pour chercher quelques fromages que j'ai commandés ? Carlos, le père de Pablo, vient de me proposer de partir avec lui. Il me sourit. Je n'ai pas envie d'y aller tout seul, et ils sont assez de deux pour faire goûter les enfants. Bien sûr, je vous accompagne. A tout à l'heure, la compagnie. Je prends un air enjoué, mais je trouve l'invitation très insistante. Ne pas connaître les gens, ça me permet d'avoir une perception plus fine de leurs intentions.

Carlos prend sa canne et son chapeau. Même en pleine campagne française, il est argentin. Presque noble, bel hidalgo jusqu'au bout des ongles. Au début, nous marchons sans dire un mot. Je voudrais lui poser des questions sur la maison, sur Pablo petit, sur sa vie avec sa femme. Mais évidemment, je n'ose pas. Je ne dois pas oublier que nous nous connaissons depuis douze ans ! Qu'est-ce que vous voudriez savoir, ma petite Marie ?

Je ne sais pas. Pourquoi me demandez-vous ça ? Je vous sens pleine de questions. Je vous sens différente d'avant, pour tout vous dire… Vous m'intriguez. Et certainement que je ne suis pas le seul à être… disons interpellé. Je suis sûr que Pablo l'est aussi… Je connais bien mon fils… Presque aussi bien que sa mère. Et je le regardais tout à l'heure : il vous observait, et je sentais qu'il se posait des questions à votre sujet. Alors je me suis mis à vous observer moi aussi, et je me suis rendu compte que vous aviez l'air perdue dans notre maison. Au point de chercher les toilettes, même. Vous ne dites rien… Je me souviens très bien de la dernière fois où vous êtes venue ici. Vous étiez distante, solitaire, presque agressive. Très loin de Pablo pour tout vous dire. Vous nous avez même inquiétés. Les enfants avaient l'air de vous fuir… Moi ? Non… Pas seulement vous. Vous deux. Comme si quelque chose que vous viviez dans votre couple leur faisait peur. Olga et moi avons failli vous appeler, vous écrire. Et puis vous nous connaissez, nous nous sommes dit qu'un couple doit se débrouiller avec ses histoires personnelles, sans que les parents s'en mêlent, et nous avons juste proposé de prendre la petite pour vous soulager un peu. Après tout, c'était peut-être de la fatigue. Vous travailliez beaucoup dans les derniers temps. Vous à TV Locale et Cie, Pablo sur son film… Nous étions contents, Marie, que vous arrêtiez votre job trop prenant. Moi, je voulais aller déjeuner avec Pablo. Je me disais qu'entre hommes, peut-être, on pouvait se dire des choses. J'aurais pu essayer de savoir. Olga était contre. J'ai même essayé de passer outre. Mais Pablo n'avait aucun jour possible pour déjeuner avec moi. Je l'ai senti distant, lui aussi. Il avait l'excuse d'être angoissé pour son film. Mais j'étais certain qu'il n'y avait pas que ça. Et aujourd'hui ? Aujourd'hui, je vous sens mieux tous les deux. C'est pour ça que je vous en parle. Alors je me dis qu'une fois de plus, Olga avait raison et qu'il fallait laisser faire les choses… Est-ce que je peux vous poser une question indiscrète ? Allez-y, Marie. Comment avez-vous fait pour vivre longtemps avec Olga ? pour… disons… réussir votre vie à deux ? Enfin je dis ça, mais je ne sais pas si vous estimez avoir réussi. Carlos a plissé les yeux. C'est fou comme Pablo lui ressemble quand il prend son air coquin. Il redevient grave soudain. Nous avons appliqué en grande partie ce que vous disait votre grand-mère. C'est pour cela que chaque fois que vous parlez d'elle, nous rions tellement avec Olga. Et puis surtout, encore aujourd'hui, nous ne considérons jamais que tout est gagné. Vous connaissez sûrement l'histoire extrêmement bourgeoise que l'on raconte sur la longévité des couples : c'est un petit vieux et une petite vieille de quatre-vingt-seize et quatre-vingt-dix-huit ans qui demandent le divorce. Et l'avocat étonné leur demande : "Pourquoi divorcer après tant d'années de vie commune ?" Le plus sérieusement du monde, ils répondent : "On attendait que les enfants soient morts." C'est terrible, dis-je tout en riant. Oui, c'est effectivement ce qu'on pense quand on nous la raconte. Et elle fait plus ou moins rire selon les personnes. Mais notez tout ce qu'il y a d'espoir sur la vie qui reste. Et c'est cela, Marie, que dit cette histoire plus philosophique qu'il n'y paraît : à tout âge, quelles que soient les convenances stupides d'un environnement ou d'une morale, on a encore droit au bonheur quand on s'est trompé. C'est aussi ce même espoir qui nourrit la vie d'un couple : se donner des chances de bonheur. Comme vous le savez, il y a une forte différence entre nos deux fils. Quand j'ai rencontré Olga, Igor avait sept ans. Il m'a détesté d'emblée. Et encore aujourd'hui, quand nous nous voyons, il n'y a que du venin dans son regard. Cet enfant a été une souffrance terrible pour Olga et pour moi-même. Plus Pablo grandissait, et plus Igor était colérique. L'écart entre eux se creusait. Igor haïssait son demi-frère, il a même essayé de l'étouffer sous un oreiller quand il n'était encore qu'un bébé. Nous avons tout essayé pour rétablir un bonheur familial avec Igor. Rien de ce que nous avons entrepris n'a marché ! Mais un jour, peut-être, nous n'avons pas perdu tout espoir, Igor aussi sera touché par l'amour que nous lui avons porté, Olga et moi. Il laisse un silence que je n'ose troubler d'une question. Il paraît perdu dans ses souvenirs. Et voilà un moment que je lui envie !

— … Quand j'ai rencontré Olga, j'étais encore un séducteur, un homme enfant, un Argentin coureur de jupons. C'est elle qui m'a appris à inventer l'amour, à considérer chaque jour comme une nouvelle aventure dans un couple. C'est dans cette aventure qu'a grandi Pablo.

— Je crois que je le sais…

— Elle vous a aimée tout de suite quand elle vous a rencontrée. Je me souviens qu'elle avait très peur que Pablo s'ennuie avec une femme et ne passe toujours à la suivante. Je vous aime comme ma fille, ma petite Marie. Si vous avez un problème quelconque, n'hésitez jamais à venir nous voir ou à nous en parler. Je ne sais pas quoi, mais je pressens que quelque chose de difficile vous est arrivé avec Pablo.

— Merci Carlos, vous êtes si gentil et si profond.

Je le serre contre mon cœur, et une fois de plus je suis anéantie par tout ce que j'ai quitté, cette famille formidable.

— Pouvez-vous me dire ce que signifie ce signe ?

— Vous plaisantez, là.

— Non, s'il vous plaît, expliquez-moi… Vous savez, je ne me suis jamais servie d'un ordinateur… Moi, mon truc, c'est l'écriture. J'écris à la main, et je tape sur une vieille machine à peine électrique.

Je suis avec Henri dans son bureau. Et j'ai revu sur l'écran de son ordinateur la petite mappemonde et la mention "Navigation Internet"… Il n'en revient pas.

— Eh ben vous alors ! Vous abordez bizarrement l'an 2000. Bon. Commençons par le début : ça, c'est Internet. C'est-à-dire un réseau d'échanges d'informations par le biais informatique. Vous pouvez aller chercher des infos sur n'importe quoi, faire des courses, écrire à vos amis à l'autre bout de la terre, enfin tout ce que vous voulez. Vous me suivez ? Vous pouvez même jouer en réseau avec d'autres gens.

— Vous allez penser que je suis bête, mais on joue à quoi en réseau ?

— Vous ne regardez pas la télévision et vous ne lisez pas les journaux non plus !

Il continue à m'expliquer le monde dont je me suis absentée et que je commence tout juste à comprendre. J'essaye de cacher ma surprise et ma fascination.

J'entrevois tout ce que ça pourrait m'apporter.

— Mais soudain j'y pense. Expliquez-moi comment vous, qui avez perdu la mémoire, avez été mis au courant de ce truc-là. Comment avez-vous appris à vous en servir ?

— Ça va vous surprendre, mais je ne sais pas comment j'ai appris. Je savais très bien ce qu'était Internet la première fois que je me suis retrouvé devant un ordinateur. J'ai dépanné une hôtesse dans une agence de voyages où j'étais en train d'acheter un billet pour Paris. C'est là que je me suis aperçu que je maîtrisais vraiment l'informatique. Tout était en rade dans le bureau et j'ai tout remis en circuit. Ensuite, j'ai recommencé avec l'ordinateur de mon pote le médecin, et c'est avec lui que nous avons approfondi mes connaissances en informatique.

J'ai sans doute moi aussi une adresse électronique ? Peut-être même pleine de messages en attente depuis cinq semaines.

— Je passe du coq à l'âne, mais dites moi comment vous avez vécu les moments où vous vous êtes réveillé.

— J'avais des obsessions. Je voyais certains quartiers de Paris où je voulais absolument retourner, alors que j'habitais

Nice. C'est là-bas que je me suis retrouvé au tout début de mon réveil. J'étais à l'aéroport, donc j'aurais pu venir d'ailleurs…

— Et vos flashes de vie étaient-ils liés à des souvenirs précis ?

— Non, plutôt à des lieux. Et plus tard, j'ai su, à certaines périodes de ma vie. J'avais vécu à Paris pendant mes études. Je connaissais Tours où mes parents avaient habité quand j'étais enfant.

— Et quand vous ne saviez plus jusqu'à votre nom, comment vous sentiez-vous ?

Il éclate de rire.

Plutôt bien… C'était un peu étrange comme situation, bien sûr. Je suis d'abord allé à l'hôpital, puis nous avons sympathisé, le médecin et moi, et il m'a proposé d'habiter chez lui. On en a profité pour faire le point sur ce que je savais faire ou pas. C'est avec sa fille que j'ai découvert que je savais changer une couche. Et donc nous avons imaginé que j'avais un enfant, peut-être plusieurs. J'ai aussi réparé sa voiture. Je me sentais plutôt bien avec tous les trucs mécaniques. Je connaissais la plupart des dialogues d'Audiard par cœur, mais je n'avais aucune autre culture cinématographique… Et je faisais bien la charlotte aux poires ! Tout ça en résumé, bien sûr. C'est ce que nous avons découvert au fil des jours. Quand j'ai retrouvé ma famille et mes amis, j'aurais dû être content. Mais je me suis tout de suite senti très mal. Le pire, c'est que je ne savais pas pourquoi... Je ne le sais toujours pas, d'ailleurs. Et votre femme ? Ah, elle ! C'était un vrai mystère. Je sentais que l'homme que j'étais devenu – puisqu'il paraît que j'avais changé – l'attirait. Je vous ai dit que nous étions séparés ? Nous avons essayé de revivre ensemble. Trois jours. Une catastrophe ! Mais pourquoi, puisque vous étiez séparés au moment de votre oubli ? Je ne sais pas. Quand nous nous sommes revus, j'étais intrigué par ma famille. J'avais envie de savoir.

Tout en parlant, nous avons quitté son bureau et je le suis. Il a l'air de connaître le quartier. Nous entrons dans un bistrot à vins. Vous n'avez rien contre un bon petit plat du terroir ? Ici, c'est menu unique.

Pas du tout ! Je viens moi-même du terroir. Henri se met alors à me questionner sur l'héroïne de mon roman. Je lui raconte ma femme amnésique, son désir de trouver, ses peurs. Je décris son sentiment d'être une autre dans sa propre vie, qu'il m'a lui-même si bien exprimé depuis que je l'écoute. A la décrire ainsi, ce n'est plus moi, elle devient un vrai personnage, et je pense de plus en plus à coucher son aventure sur le papier. Je prends le recul nécessaire en transposant ainsi mon histoire à la troisième personne. Et vous connaissez le dénouement de votre histoire ? Enfin, je veux dire… vous savez pourquoi elle a perdu la mémoire de ces douze années ? Pas tout à fait. J'ai bien une idée mais je me laisse un peu guider par l'instinct. Il prend une grande inspiration. Eh bien, moi qui n'ai gardé aucune de mes années vécues, je peux vous le dire : quand nous ne pouvons plus rien maîtriser des sentiments, des émotions qui nous arrivent, quand des forces extérieures rencontrent nos gouffres intérieurs, nous mourons ou nous devenons fous. Votre personnage et moi n'avons pas su choisir. Nous avons suicidé l'intérieur et, vus de l'extérieur, nous sommes fous…

J'ai craqué. Après la démonstration sur Internet, j'avais honte, c'était comme si je sortais d'une détention sur une autre planète. Devant mon ignorance, j'ai décidé d'arrêter de me regarder le nombril. Me voilà dans la plus grande bibliothèque de Paris. J'ai les douze volumes devant moi.

1988-2000… C'est terriblement impressionnant ! Comment toutes ces informations peuvent-elles être bien rangées dans une tête munie d'une mémoire ? Gardons-nous la totalité des événements ou seulement les sentiments qu'ils nous insufflent ? Pour l'instant je picore… J'ouvre une année puis une autre, je parcours, je vais en diagonale ! A la fin de l'après-midi, j'ai retenu des perturbations du monde la guerre du Golfe, la guerre en Bosnie, le deux cent millième épisode des conflits israélo-palestiniens, une impressionnante avancée du sida, la chute du mur de Berlin, la mort du communisme, la France titulaire de la Coupe du monde de football, des guerres un peu partout, ethniques, affreuses… Et toutes les informations qui me semblent minimisées mais vont sans doute marquer les années à venir : le réchauffement de la planète, les perturbations climatiques, la percée de la couche d'ozone et la folie humaine de vouloir tout fabriquer, même ce qui est vivant ! Bref, le coup de théâtre du siècle n'a pas eu lieu pendant que je "dormais". Mais tout prendre ainsi en pleine face en un seul après-midi me cloue dans la peur. J'avais raison de ne pas me pencher sur tout ça. Ce n'est que du passé… A un détail près. Mes enfants vont vivre dans ce monde-là et le recul que me donne cette froide découverte bien plus effrayant que les événements vécus au jour le jour. En sortant de la bibliothèque ce soir-là, je regarde autour de moi et il me semble voir le monde en sursis…

— Je ne sais plus qui je suis… J'ai perdu la mémoire. Et toi, qui es-tu ?
— Arrête, Geneviève, tu n'es pas drôle.
— Où sommes-nous ? Et toi, dis-moi ton nom… Tu me connais ? Je m'appelle comment ?

Je me réveille en sursaut. Il est deux heures du matin, tout est calme. A mes côtés, Pablo endormi a posé un bras sur mon ventre. Je suis encore dans ce rêve étrange, répétition parfaite d'un épisode de mon enfance. Nous habitions à côté, sa mère était amie avec ma grand-mère. Sa mère était un peu la mienne, ma grand-mère était un peu la sienne. Une sorte de famille recomposée. Son père aussi était un peu le mien, puisqu'il n'y avait pas d'homme à la maison. Nous avons grandi ensemble, nous avions un an de différence, j'étais l'aînée. Elle était ma sœur, mon double, ma moitié, l'autre versant de mon âme. Nous avions la même coupe de cheveux, les mêmes vêtements, les mêmes jeux et parfois une certaine cruauté l'une envers l'autre. Cette fois-là, c'était elle qui m'avait embarquée dans son délire. Un autre jour, j'avais été capable de l'enfermer pendant deux heures dans le garage pour l'entendre me supplier à travers la porte. Jusqu'à l'âge de dix-huit ans environ, tout était une partie commune de plaisir, de rires, de sorties et de partage. Puis j'avais rencontré Jeff, et là tout avait changé. Geneviève ne supportait pas le chiffre deux quand il se conjuguait avec un autre qu'elle. Pour ma part, je me fichais de ses études de psychologie. Je lui démontais ses mécanismes de jalousie. Je lui disais : Tu fais psycho comme on cache quelque chose dans l'endroit où ça doit être rangé, pour être sûr de ne jamais l'y retrouver. Pour me récupérer, elle essaya tout, y compris de séduire Jeff, qui était tellement dans sa musique qu'il ne s'en aperçut même pas. A l'époque, il ne me serait jamais venu à l'esprit de lui en vouloir. Je sentais seulement son désir de me ressembler. Elle voulait vivre l'amour, elle aussi. Ça me flattait. Je devenais un modèle. Puis elle devint secrète. Elle commença à avoir des amants qu'elle jetait aussitôt consommés. Elle les traitait de haut, en séductrice jamais satisfaite. Elle voyagea beaucoup plus et nous nous vîmes moins. Quand elle rentrait à Paris de temps en temps, nous nous retrouvions seules. Elle disait qu'elle n'avait pas le temps de voir ceux que je fréquentais, de construire une amitié. Elle voulait me voir moi, me raconter, partager nos souvenirs. Elle disait : C'est embêtant pour un mec, un amant, un conjoint, les petits souvenirs d'anciennes combattantes. J'ai trop peu de temps à passer ici pour te partager.

Je comprenais, j'étais d'accord. Et voilà que cette nuit je rêve d'elle et qu'un épisode de notre enfance me revient. Quel âge avions-nous le jour où elle fit semblant d'être amnésique ? Neuf ans ? Dix ans ? Certainement pas plus. Depuis combien de temps ne l'ai-je pas vue ? Connaît-elle Pablo ? Pourquoi n'ai-je jamais pensé à elle depuis mon "réveil" ? Quand j'ai rencontré Pablo il y a douze ans (cinq semaines), elle était partie depuis un an et demi au Liban. Nous nous écrivions de temps en temps, mais assez peu. Est-ce qu'elle connaît mes enfants ? Et elle, a-t-elle un amour, des enfants aussi ? J'aimerais la retrouver, savoir. Je suis triste de tout ce temps écoulé, un temps sans repères, comme un trou noir dans ma vie.

Je reprends mon carnet d'adresses. Il y a bien le téléphone de ses parents, mais rien pour elle. Je me vois mal appeler sa famille sans savoir où en sont nos relations à toutes les deux. Et si elle était morte…

Mais pourquoi est-ce que je m'obstine soudain sur elle ? Elle ne va pas m'apporter de l'information sur ma vie récente. Je ne sais pourquoi il me paraît soudain si important de la retrouver. Peut-être est-ce à cause du rêve où elle faisait semblant d'être amnésique, un épisode de notre enfance qui n'a plus l'innocence dont il était paré autrefois. J'ai appliqué la recommandation de Raphaël. J'essaye de me souvenir de mes rêves. Il m'a expliqué que ça peut avoir de l'importance, alors je note. Je me réconcilie avec l'idée toujours repoussée d'écrire.

En fouillant dans de vieux cartons, je retrouve des lettres de ma grand-mère, des objets de mon enfance que j'aimais, des choses d'un passé plus éloigné. Je porte depuis deux jours une vieille montre qui lui a appartenu. Il faut la remonter… Pablo m'en fait la remarque : Ça ne t'agace pas que ta montre s'arrête quand tu oublies de la remonter ? Toutes ces contraintes qui ont disparu avec nos superbes mécanismes à quartz… Non, ça me plaît. Je remonte le temps… Et le temps peut s'arrêter. Tu sais, Pablo, les petits détails insignifiants du passé sont très importants parfois. Peut-être que ma grand-mère prenait garde au temps qui passait quand elle remontait sa montre… Bien plus que nous qui vivons dans un tourbillon. Aujourd'hui nous sommes emportés, nous n'avons pas le moindre arrêt. Ma petite femme aurait-elle le blues du temps qui passe ? Possible mais je ne suis pas la seule. Qu'est-ce que tu peux me dire de la période où nous avons vécu seuls sans les enfants ? Quels souvenirs précis en as-tu gardés ? Sur ces quatre années, combien de journées en détail pourrais-tu me raconter ? Deux ? Trois ? Une semaine ?… Et je ne m'exclus pas de l'exercice, je me pose aussi la question.

A ce moment précis, je trouve que je prends des risques presque risibles mais tant pis, je suis lancée. Qu'avons-nous gardé des instants qui passent ? Moi rien, mais je ne l'en informerai pas tout de suite… Explique-moi la différence que tu fais entre un instant que tu as réellement vécu et un autre instant que tu as pu désirer sans le vivre. Il devient ensuite un souvenir ou, si tu ne l'as pas vécu, c'est un regret. Certains ont une prédilection pour transformer leurs regrets en souvenirs. Mais l'un comme l'autre donne au final de la nostalgie, non ? Je me suis arrêtée devant l'air grave de

Pablo. Il sourit avec douceur et, me semble-t-il, un brin de malice. Je ne me pose pas toutes ces questions, Marie. Je pense juste, lors d'un anniversaire, que le temps va trop vite. Je me souviens de la fois où nous nous promenions dans la rue et je t'expliquais que j'avais encore dix-huit ans, t'en souviens-tu ? Pas vraiment… Ah, tu vois ! A nous deux, nous allons doubler la mise de nos souvenirs.

S'il savait à quel point son score sera meilleur que le mien ! J'ai de trop beaux souvenirs pour être triste de les accumuler, ajoute-t-il. Ils sont passés, d'autres événements ont pris place dans mon présent. Mes souvenirs sont une sorte de cinéma personnel. Et parfois je vais au cinéma de mes souvenirs : je te revois, c'est la naissance de Youri… Tu es si belle, tout en bleu, avec ce petit nourrisson blotti dans tes bras, la bouche collée à ton sein. Et c'est ton émerveillement qui moi m'étonne. Tu me dis : "Tu te rends compte, Pablo ? Il est sorti de mon ventre. Il est sorti de moi. Je l'ai fabriqué avec toi ! C'est incroyable, non ? C'est ce que j'ai fait de plus beau dans ma vie !"

L'injustice de l'oubli m'apparaît comme un gouffre. J'éclate en sanglots. Pablo désolé me prend dans ses bras. Pardon

Marie, je m'en veux de t'avoir fait pleurer. Je proteste en me serrant contre lui.

Non, non, tu n'y es pour rien… Je n'ai même pas la force de lui mentir. Pablo m'entraîne dans la chambre et me déshabille. Il m'aide à mettre une petite chemise de nuit. Mon corps lui dit les manques dont je n'ose pas parler et il m'entoure d'une tendresse que je ne connais pas. Je glisse dans la douceur d'un rêve. Je vois Youri nourrisson, accroché à mon sein dans la blancheur d'une chambre aseptisée. La mère de Pablo m'embrasse et me félicite. Soudain, elle me regarde d'un air grave : Quand je venais d'avoir Pablo, il était ainsi dans mes bras, j'étais fatiguée et j'ai fermé les yeux cinq minutes. Quand je les ai rouverts, il avait vingt-cinq ans. Prenez garde, Marie, au temps qui passe. Vivez chaque seconde de votre enfant comme un cadeau… Je m'éveille, lucide, en alerte, surexcitée. Je me lève. Je suis debout dans l'appartement. Je marche et je réfléchis. Il est trois heures du matin. J'ai un souvenir parfait de mon rêve, de la tête de Youri tout petit ; comment ai-je su que c'était lui ? Je suis en émoi. Est-ce un souvenir ? un rêve ? Je sens les larmes m'envahir à nouveau. Demain, je vais appeler la mère de Pablo. Je trouverai un prétexte pour l'interroger. Si ce moment a vraiment existé, elle s'en souviendra sûrement.

Il faut que je joigne Raphaël. Je veux savoir si ce genre de souvenir, si c'en est un, est annonciateur d'un retour plus massif, ou si mon passé a décidé de revenir à doses homéopathiques. Que m'a dit Henri, déjà ? Ah oui, il se peut, selon les médecins, qu'un autre choc du même ordre fasse resurgir tout en bloc… *Il se peut…* C'est-à-dire éventualité, ou encore possibilité de vivre tout le reste de la vie comme je vis aujourd'hui… Avec cette perte pour toujours.

Zoé, donne le téléphone à maman, s'il te plaît… Non, ne crie pas. Allô ? Ah, c'est vous Olga. Ne vous inquiétez pas, Marie, à la maison, Zoé fait pareil avec notre téléphone. C'est amusant l'attirance des enfants pour cet engin détestable ! Je ris, pour ce qu'elle dit mais surtout pour l'aubaine que représente son appel. Dites-moi Olga, hier soir, nous avons eu une conversation passionnante, Pablo et moi, sur le temps qui s'écoule, sur notre perception du passé, nos souvenirs. Et j'aimerais vous poser une question. Est-ce que vous vous souvenez de m'avoir dit quelque chose de particulier quand vous êtes venue me voir à la clinique à la naissance de Youri ?

Vous parlez du moment où vous étiez en train d'allaiter votre fils, je suppose ? J'en sauterais de joie. J'articule à peine, dans un souffle. Oui. Je vous ai raconté un semblable moment à la clinique avec Pablo. Le spectacle que vous m'avez offert avec votre fils me faisait penser à lui, à sa naissance. D'autant que Youri lui ressemblait beaucoup. Je ne vous l'ai pas dit sur le moment, car je sais combien ça peut être désagréable pour une mère d'avoir porté un enfant neuf mois, de l'avoir mis au monde, et d'entendre sa belle-mère ou son beau-père affirmer : "Oh, vraiment, il est tout le portrait de mon fils." Je le sais parce que je l'ai vécu. Donc pour en revenir à Youri et Pablo, je vous ai expliqué quelque chose sur la fuite du temps, qui devient plus importante dès qu'on a des enfants. Vous avez parlé de fermer les yeux cinq minutes… et de les rouvrir vingt-cinq ans après ? Je lui explique que j'essayais de dire à Pablo que le nombre de souvenirs précis est extrêmement restreint et que, même avec une bonne mémoire, on est très amputé de son propre passé. Le mot "amputation" lui paraît violent. Pas moi ! Mais plus le temps avance, et plus ce que vous dites devient vrai, concède-t-elle, nous faisons le tri. Pour ma part je reste persuadée que les souvenirs sont sûrement cachés quelque part dans notre tête… Tenez, il me semble parfois que j'ai du mal à me souvenir de ce que j'ai fait la veille avec Carlos, alors que je retrouve sans problème des fresques entières de ma petite enfance russe avec mes sœurs. Il paraît que c'est courant à l'approche de la sénilité. Je ne la laisse pas finir. Olga, vous êtes loin d'être sénile ! Au fait, je vous ai volé la raison de votre appel avec mes histoires.

Oui, je voulais donner une réponse à la question de Pablo pour vos vacances. La maison de nos amis à l'île Maurice sera libre durant les prochains mois. Après votre séjour au cabanon, vous pourrez y passer au moins cinq semaines.

J'ignorais que Pablo avait demandé à ses parents de s'occuper de nos vacances. Peut-être s'agit-il de la maison dont nous avions parlé à Malte, et peut-être a-t-il voulu me faire une surprise ?

— J'ai déjà essayé de le joindre sur son portable, mais je n'ai eu que le répondeur. Autre chose encore : s'il fait très beau, venez passer votre dimanche à la campagne.

— Merci beaucoup, Olga. Considérez déjà que s'il fait beau, nous serons chez vous dimanche. Je vous quitte, Zoé est en équilibre et…

Surexcitée par la confirmation d'Olga, je suis incapable de tenir en place. C'est mon premier souvenir. Et quel souvenir ! La vision de mon premier enfant. Je peux donc imaginer que tout est encore là. Contrairement à Henri, les cases qui pourraient se rouvrir ne me font pas peur... De toute façon, j'aperçois déjà une partie des difficultés et, de jour en jour, elles me semblent plus acceptables. Je m'enferme dans le petit bureau attenant à notre chambre pour appeler Raphaël. Je lui raconte l'épisode du rêve et ma rencontre avec Henri. Nous convenons de nous revoir la semaine suivante.

Parfois, j'ai des messages téléphoniques dont je ne connais pas l'origine. Je ne rappelle pas. Si j'ai les interlocuteurs au téléphone, je les laisse parler. Je rebalance les coups de fil professionnels sur l'agence TV Locale et Cie. Ce sont souvent des relations qui ne m'ont pas appelée depuis longtemps. Il est probable que mes contacts quotidiens ont été informés de mon départ. Seul un message m'intrigue, un dont j'ai noté le nom et le numéro à rappeler :

— Bonjour Marie, c'est Dominique Mariette. Nous devions, je crois, nous revoir dans la semaine, mais j'ai peut-être mal noté le rendez-vous. Ou alors nous devions seulement nous appeler jeudi pour convenir d'un rendez-vous, je ne sais plus. J'espère que tout va bien pour toi. Embrasse les enfants. J'ai un nouveau portable dont je te laisse le numéro… A bientôt, je t'embrasse.

Je suis sûre d'avoir vu son nom quelque part. Je vérifie dans l'agenda, le répertoire. Le nom est bien là, mais ça ne m'en dit pas plus sur l'identité de cette Dominique. Et pourtant le nom m'est familier. François aussi m'a laissé un message. Il se demande à nouveau pourquoi je ne viens plus au théâtre, et pourquoi je ne suis pas passée le voir. Je lui promets de faire un saut dans l'après-midi. Mais avant cela je déjeune avec Pablo. C'est drôle, je ne peux pas m'empêcher d'avoir le cœur battant chaque fois que je dois le retrouver. Mais qu'en est-il pour lui ? Nous avons rendez-vous place des Vosges. Je me prépare comme une femme qui doit retrouver l'homme qu'elle aime…

J'écris… Je suis dans une pièce assez sombre, une mansarde. Les fauteuils sont en cuir et les lampes ont des abat-jour rouges. Je suis attablée à un petit secrétaire et il me semble que je pleure. Je vois des portes qui se ferment. Je me sens mal, j'ai besoin d'air et de lumière. Je sais qu'il fait très beau dehors. Alors je me lève et je vais à la fenêtre de la mansarde. J'en ouvre les battants, puis les volets. Mais derrière, il y a encore d'autres volets, et chaque fois de nouveaux volets, et je ne peux jamais atteindre la lumière du jour. L'impression est si désagréable que je m'éveille.

La chambre est bleue, magnifique. Presque royale. Le seau à champagne et les restes du déjeuner trônent encore sur la petite table. Un coup d'œil rapide à la montre de Pablo m'apprend qu'il est dix-sept heures. La mienne s'est encore arrêtée, je la bénis.

Mon bel amant s'est endormi lui aussi. Pour notre déjeuner, sieste comprise, il nous a invités à l'hôtel. Un sourire flotte sur ses lèvres. Ses rêves ont l'air moins perturbés que les miens.

J'embrasse doucement le sourire.

— C'est l'heure du goûter.

Il s'étire comme un félin, m'attire dans ses bras et soupire :

— J'ai rendez-vous à seize heures trente.

— Alors tu as déjà une demi-heure de retard. C'est grave ?

— Non. C'est juste pour prévoir ma participation à un festival. Je vais appeler pour m'excuser. Tiens, à propos, il y a la sage-femme qui t'a accouchée de Lola qui a appelé. Comment s'appelle-t-elle déjà ? Merde, j'oublie tout en ce moment.

Lueur superbe. Dominique Mariette ? C'est ça ! Tu es ma mémoire. (Oh, non, ça ne va pas recommencer.) Ça vient de me revenir. Le nom du message de mon portable, je sais où je l'avais déjà vu : dans le carnet de santé de Lola. Je sais qu'elle cherche à me joindre... Pablo s'inquiète. Rien de grave ? Mais non, nous devons simplement nous voir. Et à propos, tant qu'on en est aux oublis, je suis au courant pour la maison à Maurice. J'ai eu Olga dans la matinée... J'attends je ne sais quelle réaction révélatrice, mais il se contente d'éclater de rire. Maman a vendu la mèche. Tant pis, c'est de ma faute. Je voulais te faire la surprise, mais j'ai oublié de lui préciser que tu n'étais pas au courant. Ça te plairait ? C'est un rêve ! Il ne te reste plus qu'à réserver les billets d'avion. Dis-moi, tu ne réponds plus à tes messages électroniques ? J'en étais sûre. Moi aussi je me servais donc de ce système barbare d'Internet que m'a montré Henri. Je cherche une excuse. Le mieux, c'est de dire la vérité, disait ma grand-mère. Si on te prouve que tu as menti, tu as l'air d'un imbécile. Dommage, dit Pablo dans un bâillement, je t'avais envoyé une superbe image d'amour qui est restée lettre morte. Je promets de lui répondre très vite. Avant la semaine prochaine, ça t'ira ? Réfléchis à ma proposition d'écrire à deux une histoire d'amour, un scénario bien sûr, et donne-moi ta réponse par écrit ! Il faut que je me sauve. J'ai réussi à repousser le rendez-vous à dix-huit heures mais cette fois, il faudrait peut-être que j'y sois. Attends ! Je l'embrasse. Merci, Pablo, pour tout, c'était magnifique. Tu le mérites, mon amour. J'ai failli passer à côté de ma propre femme…

Il ne finit pas sa phrase et sort, et je me dis que je vais très vite quitter la chambre où je me sens déjà horriblement seule. Il est dix-sept heures trente… C'est bien cet après-midi que j'avais promis à François de passer le voir ! Je n'ai même pas envie de lui téléphoner… Il faut que j'appelle Henri pour savoir comment on récupère le code perdu d'une messagerie personnelle… Je vais être obligée de dire que c'est pour une amie…

Quarante messages en attente ! Certains sont des courriers professionnels. Je fais une petite phrase gentille, j'explique que je ne suis plus à TV Locale et je renvoie sur l'agence. Je pense à Henri. Il n'a même pas été surpris par mon problème informatique. Il m'a juste demandé des nouvelles de mon personnage.

Il n'a toujours pas un seul souvenir qui tienne la route. Il se contente de ce qu'on lui a raconté. Et il vient de rencontrer quelqu'un. Ça l'ennuie un peu, il n'a rien à lui dire de son passé. Alors il invente… Je lui ai conseillé d'être honnête, mais il a peur… Je le comprends. Un nom soudain attire mon attention dans les adresses des messages reçus, genlin@springtime.com (Geneviève Linéar). Mon amie d'enfance ! Il y a quatre messages d'elle. Je clique sur le dernier. "Salut Marie. Alors, pas de réponse ? Vas-tu bien ? Que t'arrive-t-il ? Je m'inquiète un peu après nos derniers échanges, réponds-moi vite, ma chérie. Je t'embrasse tendrement. Geneviève."

Celui d'avant : "Marie, tu ne donnes pas de réponse. J'espère de tout mon cœur que tu vas bien. Je m'inquiète pour toi. Ecris-moi. Je t'embrasse fort. Geneviève." Le troisième message date de quatre jours après mon "réveil". "N'as-tu pas reçu mon petit mot ? Ici, tout est au bleu fixe, c'est déjà l'été sur Manhattan. Il y a des amoureux partout dans Central Park. Moi aussi je me sens plutôt d'humeur vagabonde. Et toi, ta vie avec Pablo, comment est-ce ? Raconte-moi. Et les enfants, comment vont-ils ?"

Je suis émue, nous avons gardé le contact, nous nous écrivons. Que fait-elle à

New York ? Peut-être a-t-elle un poste dans une organisation humanitaire ? A Beyrouth, qui est mon dernier souvenir, elle s'occupait d'enfants traumatisés par la guerre.

Soudain, une idée me vient, et je regarde dans les courriers envoyés ce que j'ai bien pu lui écrire. Il n'y en a qu'un. Il date de neuf jours avant mon "réveil". Je l'ouvre avec fébrilité.

"Chère Geneviève, comme je te l'expliquais la dernière fois, j'ai arrêté mon travail à TV Locale et Cie. Je sentais que c'était mieux ainsi. Je crois que c'est important de stopper à certains moments et de prendre du temps pour soi, pour les enfants et pour Pablo aussi. Comme je te l'avais dit, j'ai eu une année très dure. Je ne vais pas t'ennuyer avec ça (tu avais trop l'air de culpabiliser la dernière fois de n'être pas venue me voir). Bref, il était temps que je m'arrête. Pour l'instant, je ne peux rien te raconter. Il se passe actuellement des choses très importantes dans ma vie. Pardonne-moi de ne pas en dire plus. J'adore nos échanges, qui sont restés intenses malgré la distance, et je me souviens des quelques fois où je suis venue te rejoindre à New York. J'espère venir d'ailleurs bientôt. Bises, Marie."

Je suis déçue et perplexe. Je ne dis pas tout à Geneviève. Soit je suis devenue secrète, soit ce qui m'arrive est grave et je n'ai pas envie d'en parler… Enfin pas tout de suite, puisqu'il semble que je prévoies de la mettre au courant plus tard. Je me reconnais dans les situations critiques. Agir seule d'abord, parler aux proches ensuite.

Et elle, comment se fait-il qu'elle soit restée seule ? Elle était si jolie… Elle doit avoir… voyons… à chaque fois mon calcul idiot, plus douze… trente-cinq ans. L'âge d'une vieille fille, bien que, de nos jours, l'expression ne veuille pas dire grand-chose.

Le reste des messages envoyés ou reçus ne m'apprend rien de plus. Je réponds des petits mots gentils en remerciant ceux que je connais, et en inventant pour les autres suivant le degré d'intimité perçu dans leur texte. En parcourant le carnet d'adresses de l'engin, je retrouve le nom d'un copain d'il y a douze ans qui est inscrit dans mes adresses.

J'ai envie de me relier au monde dont j'utilise les outils sans comprendre d'où ils sortent. Pour la première fois, je me dis qu'il faudrait peut-être que je me penche sérieusement sur l'histoire des techniques depuis douze ans. Sur quoi avons-nous progressé, qu'avons-nous perdu ? Je me sens larguée. J'ai vingt-cinq ans d'autrefois, et je n'ai même pas trente-sept ans d'aujourd'hui. L'impression est terrifiante ; je ne suis ni jeune ni vieille, j'appartiens à un autre temps, celui du non-vécu…

La fin de l'année scolaire est vite arrivée. Je me suis habituée aux trajets quotidiens à l'aspect insignifiant : matin, midi et soir, je prends avec mes enfants le chemin des écoliers qui descend des vignes de la rue Saint-Vincent à la statue des amoureux. Nos relations se tissent à l'intérieur de conversations pleines de gravité qui m'en apprennent beaucoup sur l'être-là. Ils me ramènent à l'enfance en m'en éloignant. Et toujours je m'étonne de la charnelle histoire… Avant de venir dans mon ventre, que faisais-tu ? Je soignais des gens qui étaient morts, et après ils n'étaient plus morts… C'est avec ce genre de réponses que l'un ou l'autre de mes enfants me renvoie, sans l'ombre d'une hésitation, creuser au plus profond de mon identité. Youri et Lola avec respectivement huit et quatre ans de souvenirs sont en contact avec un certain "moi" qui ne semble pas fait de l'accumulation que nous connaissons une fois adultes. Ils ont accès à une autre dimension, plongent dans l'eau profonde de leur être qui diffère de notre notion illusoire d'un "je" de surface. Ils ne sont pas englués dans le macramé des années empilées, un ensemble de concepts, d'idées ou de désirs sur lesquels nous nous construisons. Cette base, je ne l'ai plus et, tout en cherchant à la retrouver, je me demande si ma mémoire, dont la perte m'a semblé un temps irréparable, ne constituait pas un simple orgueil fait de promesses que je n'aurais jamais réalisées. Je découvre que l'oubli a le talent de fabriquer autre chose que la mémoire ne sait pas produire. Mais pour en être tout à fait sûre, il me faut continuer à explorer ma vie.

Je fais le point avec Raphaël et, de semaine en semaine, il me renvoie toujours à la partie la plus cachée, celle que je ne veux pas voir. Lui seul est dans le secret de mes interrogations les plus douloureuses. C'est une sorte d'ange bienveillant qui me guide dans mes recherches et me soutient en tant qu'ami dans les moments difficiles. J'ai maintenant conscience de vouloir découvrir ce que j'ai voulu oublier… Mais est-ce bien raisonnable ?

Je n'arrive pas encore à être honnête sur toutes les interrogations qui me traversent, et particulièrement celles qui concernent le secret avec Pablo. C'est désormais ainsi que j'appelle la zone d'ombre, la part de mystère qui demeure entre nous. Je suis presque sûre que peut-être, dans un recoin secret de notre cabanon du Sud, traîne un cahier où tout est consigné. Je sais maintenant que je n'ai parlé à personne. Geneviève n'a pas l'air d'être au courant, je lui ai seulement promis de lui raconter plus tard. Juliette pressent, mais ne sait rien, et Catherine n'était pas dans ma vie durant les seize derniers mois. Je crois avoir fait le tour de mes amis les plus proches. Depuis six semaines, j'aurais eu connaissance de ceux qui éventuellement manquaient à l'appel. J'ai répondu à Geneviève pour ne pas l'inquiéter, mais je suis restée fidèle à mon silence. Je n'ai pas eu envie de lui dire que j'ai tout oublié même si j'ai été occupée par la pensée obsédante de la retrouver. Malgré ma joie de voir que nous avons gardé le contact, quelque chose en moi reste muet. J'ignore si c'est une attitude générale de méfiance que j'ai envers tout le monde ou si mon intuition soudaine concerne uniquement cette relation-là, mais je m'y tiens. Raphaël m'a recommandé d'écouter attentivement tout ce que dit la petite voix intérieure. Il sera toujours temps d'expliquer le moment venu. Au fil des jours, j'ai acquis une tranquillité. Quand j'ai découvert mon amnésie, il me semblait être embarquée dans une sorte de train fou qui ne s'arrêterait qu'à la terrible découverte d'un pourquoi effrayant. J'ai peu à peu perdu mes frayeurs. J'ai tout le temps devant moi.

Troublé par mon aventure et mon isolement, mon ex-professeur de piano me téléphone presque chaque semaine. Il a pris le soin de m'enregistrer les morceaux que je jouais avant de tout oublier. Sonates de Mozart, études et nocturnes de Chopin, ballades jazzy et le fameux tango d'Astor Piazzolla sont désormais les musiques qui rythment mes journées. Sa voix douce revient à la charge presque à chacune de nos conversations. Comprenez-moi bien, Marie : je ne veux pas être payé. Je voudrais tant que la musique vous aide, qu'elle soit pour vous un déclic. Il veut me réapprendre le piano. Repartir de zéro ! Il a même imaginé que je vienne au studio où il répète pour ses concerts afin que ce soit plus discret, me suggérant de travailler quand je serais seule à la maison. Je suis confuse devant tant de gentillesse. Est-ce que Pablo ou les enfants vous demandent pourquoi vous ne jouez plus ? Oui, bien sûr. Mais inventer une raison pour Pablo, ce n'est pas difficile, j'ai évoqué un éloignement de la musique, des préoccupations d'écriture, un besoin de faire une pause qui m'a été offerte par votre soudaine activité de concerts. Pour les enfants, c'est plus compliqué, ils voudraient que je rejoue *Au clair de la lune* en jazz ou l'histoire de la petite souris, Youri surtout qui aime chanter quand sa mère l'accompagne. Je ne sais trop comment faire pour ne pas les décevoir.

Enrique trouve là des arguments en faveur de son projet. Commençons par ces morceaux-là, ils sont faciles. Vous y arriverez, vous ne pouvez pas être une mauvaise élève là où vous aviez si vite réussi. Je ne sais si c'est de cela que j'ai peur mais je résiste encore, je le contourne. Ça risque d'être fastidieux pour lui de tout réapprendre à la même personne. Mes objections sont balayées par son enthousiasme. C'est une expérience intéressante et puis qui sait… Peut-être votre mémoire auditive… La musique comme thérapie contre l'oubli, pourquoi pas ? Je me rends. J'accepte de reprendre quelques cours avant notre départ. Enrique m'a expliqué qu'il y a un piano au cabanon. Il valait mieux que je le sache avant de me retrouver de nouveau devant la mine consternée de mes enfants quand je refuse de jouer. Pour l'instant, je les ai consolés en retrouvant ma guitare et les vieilles chansons que je chantais adolescente.

Pablo continue à être tendre et doux, amoureux, me semble-t-il. Moi aussi, mais à ma façon. Je ne vis toujours pas en couple sur sa planète. Depuis ma conversation avec son père, je suis plus attentive et ma vigilance m'a confirmé qu'il avait raison : je surprends parfois les regards étonnés ou interrogateurs de Pablo. Il ne dit rien, bien sûr, mais je sens qu'il m'observe. J'en suis sûre maintenant : je ne dois plus du tout agir comme je le faisais juste avant "l'oubli". Peut-être mon attitude de "femme qui vient de rencontrer l'âme sœur" le pousse-t-elle à surenchérir. La surprise de notre déjeuner à l'hôtel place des Vosges, c'est typiquement le genre de cadeau qu'on se fait dans une histoire de jeunes amoureux. Sans en avoir l'expérience, je sais que c'est loin d'être le fonctionnement quotidien des couples déjà établis dans une certaine routine. Que disait Lucas, déjà ? "C'est difficile de vivre un quotidien normal quand on a pris connaissance d'une mise en danger permanente de ses émotions."

Bonjour, j'avais rendez-vous. Avec quelle sage-femme ? Dominique Mariette. Entrez, elle vous attend. C'est la deuxième à gauche. Je suis en retard ? Non, en avance. Son rendez-vous d'avant n'est pas venu. Je pousse la porte bleue, et je suis dans une grande salle… Bleue également, et baignée d'une douce luminosité. Des tentures roses et mauves aux murs, des coussins par terre, des espaces ronds autour de petites tables basses. A l'autre bout, un bureau, une table d'examen. Une jeune femme avec un beau visage éclairé d'un regard profond m'ouvre ses bras. Elle m'embrasse, recule et me scrute. Je me sens examinée jusqu'au fond de l'âme !

— Désolée pour notre rendez-vous incertain. Je ne savais plus du tout ce que nous avions décidé.

Elle se dirige d'emblée vers une estrade couverte d'un tapis et confortablement aménagée avec des coussins colorés de formes diverses. Je faisais du thé, tu en veux ? Mûre sauvage, comme d'habitude ? Je regarde autour de moi. Elle sourit. Alors, comment trouves-tu notre nouvelle maison de naissance ? C'est très beau, très reposant. Harmonieux. Elle me regarde à nouveau avec attention. Avant tout, je voudrais savoir comment tu te sens par rapport à la dernière fois où nous nous sommes vues. Je sais que Dominique a mis Lola au monde ; pour Zoé, il y avait un autre nom sur le carnet de santé. Mais je me suis aperçue en arrivant que l'autre sage-femme avait également son nom sur la porte du centre de naissance dans lequel je me trouve. Elles doivent donc travailler ensemble. Tout de suite, je raconte à Dominique ce que j'ai vécu, sans rien omettre de mes découvertes, de mes doutes, et du silence que j'ai gardé dans mon couple. Elle réfléchit de longues minutes à la fin de mon récit et, si elle est abasourdie par l'événement, elle est suffisamment fine pour ne pas trop le laisser paraître.

— Qu'attends-tu de moi, Marie ? Je suppose que si tu m'as tout raconté comme tu viens de le faire, c'est parce que tu penses que je peux t'aider.

— Je souffre beaucoup de n'avoir retrouvé qu'un seul épisode de ma vie de mère. Je voudrais tout savoir des jours où j'attendais Lola et Zoé. Je voudrais que vous… que tu me racontes l'accouchement, les premières semaines, ce que je disais, ce que tu as senti de moi dans ces moments-là, de Pablo, de notre couple. C'est très étrange pour moi de parler de tout ça alors que depuis cinq ou six semaines, je m'efforce de me convaincre que j'ai trois enfants, que j'ai mis au monde ces trois enfants. L'épisode du rêve où je voyais Youri est une lueur. Je souhaite de tout mon cœur me souvenir de mes histoires maternelles, même si aucun autre souvenir ne revient.

Mais parle-moi, je t'en prie, de la dernière fois où nous nous sommes vues, et de la raison pour laquelle nous devions nous revoir.

Dominique esquisse un sourire. Tu dois avoir encore un sacré instinct au milieu de ton brouillard. J'allais justement aborder ce sujet avec toi, qui me semble essentiel. Sache d'abord que chacune de tes grossesses a été un chemin de bonheur. Contrairement à beaucoup de femmes que je côtoie, tu étais très à l'écoute de ton corps. Tu voulais vivre dans un rapport naturel et harmonieux chaque nouvelle vie qui s'annonçait. Tes filles sont nées à la maison parce que Youri était né à l'hôpital et que tu avais mal vécu ton accouchement qu'on t'avait confisqué, disais-tu. Tu as décidé de mettre au monde ton deuxième bébé sans aucune autre aide médicale que celle de tes sages-femmes, dans le corps à corps naturel d'une mère ancestrale, et tu es entrée dans un autre genre d'aventure. Je te raconterai plus tard les deux naissances dans lesquelles votre histoire avec Pablo a joué son rôle. Il était ébloui par l'arrivée de ses filles. C'est lui qui t'a entourée, soutenue avec toute sa force, et il en faut pour tenir une femme en train d'accoucher. Mais parlons d'abord du plus difficile. Assieds-toi et détends-toi.

Elle a perçu la crispation intérieure qui m'a fait croiser brusquement mes bras sur ma poitrine. J'ai peur. Elle me parle doucement. La dernière fois que nous nous sommes vues, je t'ai accompagnée car tu as perdu un bébé… Enfin pas exactement un bébé, plutôt un fœtus. Mais pour une "déjà maman" comme toi, c'était déjà une promesse d'enfant. C'était quand ? Fin avril début mai.

Quinze jours avant l'amnésie, donc. Il y a deux mois. A nouveau je me comporte comme si je parlais des événements de l'autre, comme si mon propre corps ne les avait pas vécus. Elle se tait, le temps de laisser mon esprit s'imprégner de cette révélation, et elle est de taille. J'ai perdu un bébé, il y a seulement deux mois. La proximité de mon corps en état de grossesse me paraît incroyable. Les neuf lunes lointaines de mes autres enfants sont éclipsées par ce morceau de chair porté si récemment. Dominique continue et sa voix me parvient comme assourdie par mes pensées. Tu étais enceinte de trois mois. Tu ne t'en étais pas aperçue car tu étais protégée. Bien qu'il y ait des risques, tu tenais à garder l'enfant et nous avons enlevé ta protection. L'échographie était parfaite…

Cette cuisine récente sur mon corps me paraît incongrue, est-ce bien de ma vie qu'elle parle ?

Tu voulais attendre, être sûre que tout se passait bien avant de parler de l'enfant à Pablo. Et puis quelque chose est arrivé dans ta vie… Tu as débarqué chez moi un matin. Tu saignais beaucoup… Je t'ai emmenée à la clinique. Tu as perdu le fœtus dans la journée. Et surtout tu as refusé que j'appelle Pablo. Tu as beaucoup pleuré. Je n'arrivais pas à savoir ce qui se passait vraiment. J'essayais de t'accompagner dans ton deuil, de parer au plus pressé. Tu as voulu le voir, c'était un garçon. Tu as dormi chez moi ce soir-là… Tu n'as pas voulu rester à la clinique. J'ai accepté parce que j'habite à côté et que, sur un plan strictement médical, il n'y avait plus de risque. Tu as réussi à téléphoner à Pablo en fin de journée, et j'ai entendu que tu inventais je ne sais quelle histoire de boulot qui t'obligeait à partir en province. Tu étais comme une automate, une vraie professionnelle du mensonge. Je ne sais pas comment mais ton histoire a eu l'air de le convaincre. Pendant la soirée, j'ai essayé de parler avec toi, de te donner un espace d'intimité et de silence pour que tu puisses poser ton sac plein de souffrance… J'ai essayé… Mais je n'ai pas réussi. Dès que je te parlais de Pablo, tu étais comme un torrent de montagne après les crues. Alors je t'ai bercée, j'ai remis à plus tard le dialogue sur les pourquoi. Je ne pouvais pas te laisser ainsi dans ta peine. Le chagrin est une blessure qui demande à saigner pour pouvoir guérir. Anne, l'autre sage-femme, qui t'a aidée à mettre au monde Zoé, est passée le lendemain. Je devais partir pour un accouchement. Elle s'est occupée de toi. Chaque jour de la semaine qui a suivi, nous avons eu des moments où nous parlions de musiques ou de livres. Et puis voilà. Nous sommes convenues de nous revoir aujourd'hui.

Je sens qu'elle attend ma réaction. La première image qui me vient est celle d'une vision. C'est comme si j'avais été brûlée vive dans une autre vie et que je n'aie plus peur du feu dans cette vie-ci. Je suis déçue. L'histoire semble être là mais Dominique ne sait rien et me voilà retournée à la case départ… Enfin presque, car il y a l'enfant perdu… Et je ne t'ai rien dit durant la semaine suivante ? Non, malheureusement. Tu paraissais mieux, mais toujours enveloppée d'une tristesse infinie, d'une dureté parfois. C'est ce qui m'a le plus étonnée quand tu es entrée tout à l'heure. Je te retrouve telle que tu étais pendant tes grossesses ou juste après la naissance de Lola et de Zoé.

Ainsi l'amnésie a passé l'éponge. En quelque sorte, je suis repartie au début de ma vie d'adulte avec le sac en moins… un sac de mémoire. Elle esquisse un sourire.

Je ne dis rien, Marie, je constate. Comme tu n'as rien omis de tes doutes sur ton histoire avec Pablo, je comprends mieux ta réticence, ton envie de ne rien dire. Et mon histoire semble confirmer tes doutes. Pourtant… Oui ? Je crois que tu devrais lui parler. Surtout si votre relation est belle aujourd'hui. Il ne doit pas être le dernier à être averti de tout ça.

Crois-tu qu'il ignore toujours que j'ai attendu un bébé et que je l'ai perdu ? Je n'en sais rien, Marie… Mais je crois que s'il avait été au courant, il nous aurait appelées. Peut-être que je me trompe. Mais je suis sûre que tu devrais lui en parler. Tu ne peux pas laisser le silence persister entre vous, quelles que soient les circonstances.

J'ai peur… Peur de parler ou de ne rien dire ? Je ne sais pas. Je crois que maintenant, c'est pareil. Je crois que je vais profiter des vacances au cabanon. Je voudrais être sûre qu'il ne va pas m'en vouloir pour ces six semaines de mensonge.

Mais tu me dis toi-même que ton attitude a changé la nature de vos relations. Il ne peut pas faire abstraction de cela, Marie. C'est peut-être grâce à ton oubli que tu as sauvé une situation très difficile.

Oui, c'est possible mais… Autre chose encore : toi, tu raisonnes, je le vois bien, comme une jeune femme qui est dans une relation jeune. C'est étrange à entendre et c'est surprenant pour moi de voir à quel point ta description de votre couple a changé. Mais lui, Pablo, il a la mémoire de tout ce que vous avez vécu. Il n'est pas au même point que toi, Marie. Il est plus vieux dans votre relation que tu as oubliée mais qui a existé. Elle marque une pause. Est-ce que je peux parler avec Anne de tout ce que tu as vécu, ou préfères-tu que cela reste entre nous ? Parle-lui. Après tout, elle connaît aussi bien que toi mes aventures intimes d'enfants, et elle aura peut-être d'autres suggestions. Dominique, je voudrais que tu organises une soirée avec Anne. Je voudrais que vous me racontiez la naissance de mes filles… Réfléchis bien, Marie, peut-être Pablo serait-il heureux de te raconter lui-même ces histoires de naissances. Peut-être est-ce à lui que tu devrais faire ta demande. Elles sont vos bébés, Marie… Nous pourrions t'en faire notre récit par la suite. Mais une naissance est d'abord l'arrivée d'un enfant sur terre, et ce miracle est une histoire entre deux personnes qui ont désiré, imaginé et conçu leur enfant. C'est un partage… Et nous ne sommes que les accompagnatrices des deux personnes et de leur enfant. Tu ne t'en souviens sûrement plus mais je suis d'origine espagnole et, dans ma langue, "donner naissance" se dit *dar luz*, "donner la lumière". Je crois que c'est aussi ce que tu es en train de faire avec ta vie enfouie. Alors éloigne-toi des zones d'ombre.

Ce soir-là, Pablo a l'air perturbé, et même exaspéré. Les enfants ne parviennent pas à le dérider. Je ne l'ai jamais vu ainsi. Il ne participe pas à leurs jeux et il s'enferme dans son bureau. Je suis perplexe et je ne sais trop quoi faire. En même temps, j'ai envie de rire. Le comique de la situation ne m'échappe pas. Le nuage noir qui barre son front est comme la première ombre qui passerait sur notre histoire d'amoureux. Et même si je n'en suis pas la cause, ça ne m'empêche pas de chercher comment ramener le soleil.

Après le repas pendant lequel j'ai essayé sans succès de détendre l'atmosphère, je m'enfuis dans la chambre avec les enfants. Zoé est fatiguée. Je l'allonge dans son petit lit et elle s'endort sans même écouter la chanson que je lui fredonne depuis quelques jours. Youri et Lola se blottissent dans mes bras. Ils sont inquiets. De mon enfance, je me souviens qu'il n'y a pas de pont entre la vie des adultes et ce que les enfants en perçoivent. Deux mondes se côtoient dont les habitants de l'un ont oublié ce qu'ils pensaient dans l'autre. Est-ce que papa est à nouveau fâché contre toi ? Pourquoi Youri dit-il "à nouveau" ? Je bloque ma respiration. Mais non, pas du tout. Pablo doit être préoccupé par quelque chose de désagréable dans son travail. Je ne sais pas à quoi comparer les soucis d'un père. Arrête de dire Pablo quand tu parles de papa. C'est vrai, je dis souvent "Pablo" en parlant de leur père aux enfants, mais aujourd'hui ils ne se contentent pas de me regarder en fronçant les sourcils. Ils me le reprochent ! Que disais-je avant ? Je ne peux tout de même pas leur poser la question. Et que diraient-ils si je leur apprenais que je viens de rencontrer leur père qui est avant tout pour moi Pablo mon amour !

Un jour, j'aimerais leur raconter, beaucoup plus tard, quand ils seront grands, comment je les ai aimés en les découvrant, comment j'ai pu les reconnaître, faute de les connaître déjà. Plus tard, quand… je continue de l'espérer, j'aurai retrouvé ma mémoire. Je ne dis pas retrouver "la" mémoire, je dis retrouver la mienne. Comme si je voulais réintégrer une deuxième personne dont j'ai pris la vie aujourd'hui. C'est paradoxal mais il me semble que je ne pourrai jamais oublier aucune des conversations que j'ai eues avec les enfants de l'autre. Et je ne crois pas être folle. La folle, c'était l'autre. La souffrante, la triste, celle qui avait raté ou perdu quelque chose, quelqu'un, une partie de son âme, qu'en sais-je ? Rien encore. L'autre moi a perdu son bébé. Est-ce le contrecoup de son histoire ? Est-ce qu'on est toujours seule quand on perd un enfant ? Est-ce un deuil qu'on ne peut pas porter à deux ? A deux on les fait, et toute seule on les porte ou on les perd. Pourquoi n'ai-je pas voulu partager cela avec Pablo ?

Je suis devant le bureau de Pablo avec un thé à la menthe. Il a embrassé les enfants avant de repartir dans son refuge. Je voudrais entrer et je n'ose pas. Je n'ai pas de notice pour dérider un homme en colère après douze ans de vie commune. Pas de son de voix. Je frappe et j'entre. Je pose le plateau sur la table basse.

Thé à la menthe, mon amour. C'est l'heure de la pause conjugale.

Pablo me sourit. Je le reconnais enfin. Je m'avance vers lui, je le prends dans mes bras et je le serre. Pablo, je t'aime. C'est la première fois que je le lui dis, que je le chevrote plus exactement d'une voix pas très sûre. Mais il a l'air d'en percevoir l'émotion. Je crois qu'il va m'étouffer. Il me fait tellement de bien, ton amour, dit-il. Si tu savais comme je regrette tous les moments que nous avons gâchés bêtement. Je pose prestement ma main sur sa bouche. Pas d'aveu surtout, que rien ne filtre, j'ai trop peur des mots…

Oui, je sais, tu as l'air plus douée que moi pour ne plus reparler des choses. Et pourtant, tu étais tellement… Enfin tu pouvais te souvenir de la moindre anecdote idiote, rigolote entre nous. Et même les scènes de ménage, tu ne les oubliais pas. Tu as été la mémoire vivante de notre couple. Comment fais-tu aujourd'hui pour te taire à ce point ?

J'explose d'un rire nerveux. C'est trop drôle. Et ça doit être communicatif car l'humeur de Pablo s'améliore. Je sers le thé entre deux hoquets. Je n'ai pas rêvé ! Il m'a bien appelée "la mémoire vivante de notre couple" ? Eh bien, voilà qui rajoute du piquant à l'histoire. Je pourrais lui rétorquer : Aujourd'hui, j'ai changé de statut, je suis la mémoire morte de notre couple. Mais ne serait-ce pas plutôt une occasion de dire : Je compte sur toi pour tout me raconter.

Peut-être faut-il écouter les signes, comme dit Raphaël. Peut-être est-ce l'occasion de parler qui m'est donnée là. Dominique me l'a encore redit sur le pas de sa porte. Partage, Marie. L'amour, c'est du partage. Non. Pas ce soir, s'il vous plaît. Ce soir, j'ai dit "Je t'aime" à mon amoureux d'il y a douze ans pour la première fois. Laissez-moi, fantômes du souvenir. Laissez-moi encore ce soir vivre avec lui cette histoire d'amour dont il ne sait que le temps et moi l'espace. Laissez-moi l'aimer, nous le méritons. Laissez-moi effacer la tristesse de son cœur et le passif du mien, ce passif dont je ne sais rien. Laissez-moi l'homme qui un jour m'a fait un enfant dont il ignore tout, un enfant parti. Est-ce qu'un enfant qui s'en va nous signifie qu'il ne voulait pas rester ?

Nous buvons le thé. Nos yeux brillent. Son portable sonne. Il le coupe sans même regarder qui appelle. Il prend ma main. Je sens que je ne vais rien lui dire et je ne crois pas qu'il veuille entendre quoi que ce soit.

Voilà sept semaines que j'ai une famille, trois enfants, et que je suis une autre femme que celle que je croyais être. En résumé, je pourrais dire : je vais mal, mais je vais bien. Et si ce n'était le tourment du secret et du pourquoi, je me sens plutôt en équilibre dans ma vie. J'ai quelques sursauts de révolte parfois. Envie de me sentir seule, d'éloigner ma tribu bruyante. Envie d'être égoïste, d'aller danser, de ne plus avoir ni horaire ni programme. Mais en cela, comme me le faisait remarquer Juliette, je ne suis pas différente d'une autre femme dans la même situation, celle d'une famille nombreuse. Je proteste. Mais c'est injuste. Moi, j'étais célibataire, sans enfants et j'avais vingt-cinq ans. Oui, si tu veux, mais au fond de toi, ces années n'ont pas disparu. Oui mais c'est tellement insupportable parfois de ne pas les avoir vécues… vécues consciemment…

Je me débats dans cette injustice que je finis par accepter. Et voilà une des conséquences de mes rencontres avec Raphaël. Au début, je lui racontais où j'en étais ; il me renvoyait avec un nouvel éclairage à ce que je venais de lui dire. Et je passais la moitié du temps à lui dire non. Mais j'ai découvert que l'oubli est un art qui m'autorise à ne pas respecter l'avenir étriqué que je m'étais sans doute forgé. Cultiver cet art m'a permis d'être en joie profonde, sans rancœur d'existence. J'ai appris à jouir de l'oubli dans une partition nouvelle, l'autre face de ma perte de mémoire.

Nous avons passé un après-midi avec Dominique et Anne autour de mes grossesses et de mes accouchements. J'ai passé mon temps à regretter cette partie oubliée de mon existence. Pour soulager ma peine, elles ont tenté de me restituer les moments que nous avons passés ensemble durant les dernières années. Je devrais dire qu'elles se sont creusé la tête pour retrouver ce que je disais de mes enfants. Elles ont ramené à la surface leurs souvenirs des sentiments et gestes de Pablo, repassé le film des naissances. Avec finesse, elles n'ont pas oublié de faire la différence entre leurs perceptions et la réalité se déroulant sous leurs yeux. Elles ont distingué les "Tu avais l'air de", "Tu nous semblais" des "Tu nous as dit", "Tu faisais".

Ce qui me paraît étrange, quand je relie les histoires racontées aux albums de photos, c'est que tout m'est extérieur. Je ne ressens pas. Je ne connais pas la sensation de l'enfant dans mon ventre… celle des contractions… la douleur, le bonheur, les pleurs, les peurs… Tout est loin de moi. Je pose des questions, sans doute innocentes, et c'est à mon étonnement devant tel ou tel aspect qu'elles peuvent mesurer que je n'ai pas menti sur l'étendue de mon oubli. On reprend l'histoire à son origine. Ma rencontre avec elles pour concevoir une émission appelée *Le chemin des neuf mois*, notre amitié puis la décision prise avec Pablo de faire naître nos enfants à la maison. Elles me décrivent un homme capté par la douceur ou la violence de ces naissances et je suis troublée de découvrir que j'ai connu avec lui une intimité presque animale dont je ne mesurerai sans doute jamais l'étendue. Que m'en reste-t-il aujourd'hui dans ma relation avec Pablo ? Un couple qui a vécu une telle histoire… Tout est une découverte dans les récits qu'elles font de ma propre vie ou plus exactement de la vie de cette femme qui fut moi.

Un autre après-midi passé avec Catherine et Juliette éclaire d'autres versants de notre vie familiale. Je crée la surprise en leur demandant si elles étaient au courant de ma quatrième grossesse. Je leur explique que j'ai perdu mon bébé, en omettant volontairement le caractère soudain et douloureux de la perte. Malgré tout, je ne peux leur cacher que Pablo n'était pas au courant et ça ne manque pas de les surprendre, Juliette s'en étonne la première.

Je sais bien que tu ne peux pas t'en souvenir, mais ça ne te paraît pas étrange de n'avoir rien dit à Pablo ? Aujourd'hui, là où tu en es de ta vie, perçois-tu le caractère anormal de ce silence ?

Et encore aujourd'hui, remarque très pertinemment Catherine, tu n'as toujours pas parlé de ton amnésie à Pablo. Il doit y avoir un truc à fouiller du côté de tes omissions. C'est tout de même curieux ce refus, l'idée de vouloir garder pour toi des épisodes si importants de votre vie. C'est quand même l'homme que tu aimes, l'homme qui t'aime, non ?

Avec tous les récits, les anecdotes qu'elles sont allées rechercher dans leur mémoire, me voilà fin prête à partir en vacances en famille. Je me sens moins isolée dans mon oubli, moins handicapée. Certes, je possède des souvenirs de l'extérieur, d'un point de vue perçu par mes amies. C'est la première fois de ma vie que j'ai une mémoire sans l'émotion du souvenir. Je sais les événements de ma vie comme si je les avais lus dans un roman, comme s'ils ne m'appartenaient pas vraiment.

Je réalise soudain que Raphaël est le seul homme très proche de la famille à qui j'aie parlé de mon amnésie. Je lui demande s'il peut, en tant qu'ami, me

mettre en contact avec certains souvenirs, et ce, malgré le travail que nous faisons ensemble. Je ne veux pas avoir un
point de vue exclusivement féminin sur
ma vie d'avant. Et puis je me rends compte
que mes amies, malgré leur gentillesse,
leur désir de m'aider, le font aussi de
façon très subjective. Raphaël est d'accord tout en émettant quelques réserves
s'il estime que mes questions vont au-
delà du travail que nous effectuons. De
notre discussion, il ressort que je devrais
mieux identifier quel est mon rapport
aux autres, comment je me laisse embarquer ou non dans leur système de pensée.

A plusieurs reprises, il me fait remarquer que j'avais une exigence d'amour
vrai qui pouvait aller vers les conces-
sions, mais certainement pas vers les
compromis. Quand l'authenticité ren-
contrait des fêlures, le retour en arrière
devenait impossible. Ai-je voulu le rendre plus impossible qu'il ne l'était déjà ?
Il refuse de répondre à ma question.
Mais je sais maintenant me diriger dans
nos conversations. Dès que je pointe le
nez sur une interprétation hasardeuse,
facile ou possible qui m'arrange, il est
ma sonnette d'alarme. J'avance donc à
petits pas sur le bord de la falaise, ou
sur un fil tendu entre deux montagnes.
Mais je sais que je ne vais pas tomber. Et

cette certitude est ma plus grande conquête sur ma vie d'avant. Je sais que je
suis en danger !

III

Tu VAS BIEN, Marie ? Depuis que nous sommes partis de Paris, tu ne dis rien. Je l'entends comme dans un rêve. Ai-je l'air souffrante ? Il a raison, les enfants se sont endormis et je vagabonde dans les étendues du silence. Il faut dire que mes pensées sont déjà si bruyantes… Pablo se moque. Charmante compagne de voyage ! Je sens qu'il voudrait me garder éveillée au risque d'une conversation sans charme. Nous avons bien fait de partir aujourd'hui, il n'y a presque personne sur la route. Je fais un effort pour lui proposer de le remplacer s'il est fatigué. Il doit sentir que je me force à lui parler. Tout va bien, je crois que je vais piquer un petit somme, tu me réveilleras quand nous serons arrivés. Quel idiot ! Je passe ma main dans ses cheveux. Ils sont longs et forment des boucles noires que je fais danser entre mes doigts. J'aime ce côté sauvage qui encadre son visage rieur. Je te sens heureuse d'aller au cabanon. S'il savait à quel point ! J'aimerais lui demander d'où nous vient la maison, mais bien sûr je ne peux pas. Depuis combien de temps n'y sommes-nous pas allés ? Je n'ose pas non plus. Une petite voix me souffle que je vais aimer l'endroit.

Je jette un coup d'œil à l'arrière. Youri et Lola se sont écroulés, tête contre tête, et Zoé a l'air d'un ange dans son petit siège. Pablo a compris mon regard et fait de même dans son rétroviseur. Ils sont craquants, hein ? Il a perçu mon émerveillement sans en percevoir la vraie origine.

Bien qu'il ne connaisse pas les vraies raisons de mon désir, Pablo a vu juste : j'attends impatiemment d'être au cabanon. J'espère retrouver mes écrits. Ensuite, je déciderai. Mais si je dois lui parler, je le ferai pendant les vacances parce que nous avons du temps pour être ensemble. C'est sans doute pour cela que je suis heureuse de m'éloigner de Paris. J'espère ne pas connaître trop de monde dans le village. Au pire, je passerai pour une bêcheuse. Mais non ! que dis-je là, ils sont du Sud, comme ceux du village de ma grand-mère, ils s'avanceront les bras grands ouverts : Salut, Marie. Alors les pitchouns sont de retour ? Je me débrouillerai.

J'ai bien réussi à retrouver tout un groupe au cours de théâtre sans être aidée par personne. Notre dernier cours d'avant les vacances a été une grande partie de rires. Nous avons finalement décidé de monter une pièce l'année prochaine. Je ne sais trop comment, puisque je ne suis encore jamais remontée sur scène, mais tant pis : je réapprendrai tout.

Lors du repas de fin d'année avec toute la troupe, la présence de François m'a été d'un précieux secours. Le plus curieux, c'était sa façon d'anticiper les événements. Tout s'est passé comme s'il était au courant. Il m'a couverte, protégée. Je me suis sentie bien avec lui. Et je sais maintenant que ce que je ressens à son égard n'appartient pas à la sphère des sentiments amoureux, mais à celle de l'intimité.

En considérant les nombreux messages de Pierre, le patron de TV Locale, j'ai fini par lui écrire une gentille lettre, en lui racontant les bienfaits de l'arrêt de mon travail. J'ai inventé de jolies formules pour le remercier de notre collaboration de plusieurs années et de sa compréhension de ma situation personnelle difficile. J'ai fait ma lettre instinctivement en expliquant que je me sentais bien dans l'harmonie retrouvée de ma famille. Je n'ai pas parlé de retour professionnel, j'ai laissé la porte ouverte. Après quoi je me sentais mieux, comme si je venais de résoudre en aveugle une situation abandonnée par "l'autre". Bien sûr, chaque fois avec un petit pincement au cœur, j'espère que je ne commets pas d'impair, mais je crois que je m'en sors de mieux en mieux. Depuis une semaine, je me prenais un peu pour le sauveteur de ma propre vie. Je réglais tout avant de partir vers le cabanon où j'espérais trouver la clé de la disparition de ma mémoire.

Un nouvel événement a failli me déstabiliser. Un matin, alors que je venais d'accompagner les enfants, Igor est passé… à l'improviste… faisant mine d'être surpris de l'absence de Pablo et de ma présence. J'ai immédiatement senti un danger. J'ai fait un pas dehors, agrippée à ma clé.

— Je sortais justement, j'ai rendez-vous.

— Ma petite belle-sœur n'a même pas le temps de m'offrir un café ? Pourquoi ne parlerais-tu pas un peu avec moi, Marie ? Je sais tant de choses sur Pablo qui t'intéressent et que tu ignores complètement.

— Je ne sais pas quel jeu tu joues, Igor. Et je ne suis pas sûre que le temps où tu désirais étouffer ton frère sous un coussin soit révolu. Seulement Pablo a grandi, il n'est plus un bébé et si tu le touches, ça ne pourra pas passer pour un accident.

J'ai attaqué de front en aveugle et pour me débarrasser de la peur qu'il m'inspire.

— Ah, tu sais cela aussi ? Alors mon beau-père ou ma mère ont vendu la mèche. Intéressant comme toute la famille se mobilise quand les situations deviennent passionnantes. Et toi, la petite hypocrite, la petite épouse modèle, tu es bien sûr prête à renier la splendide soirée où tu t'es jetée à mon cou ? Disparue, l'idée de m'offrir ton corps et tout le reste, pour te venger des infidélités de mon petit frère ! C'est curieux comme en quelques semaines on peut remettre en place une situation bourgeoise ! Ha ha ! Le paraître du couple idéal et socialement correct a vite refait surface !

Je transpire, je tremble, je suis désemparée par ce que dit Igor, je devrais être capable de me maîtriser. Ce n'est pas moi qui me suis jetée à son cou, c'est "l'autre". Celle que j'ai reniée en oubliant sa vie et ses erreurs. Moi, j'ai récupéré son amour, ses enfants, et l'harmonie.

J'ai laissé ses manques, peut-être sa haine, ses peines de femme blessée. Je ne sais rien des infidélités de Pablo. Pour l'instant, j'ai juste les miennes à mon actif. Je ne sais pas ce que Pablo a fui ou le plaisir qu'il a rencontré, je m'en fous. Je l'aime. Certes, j'ai douze années de retard sur lui. Moi, j'ai juste sept semaines d'amour et quelques années d'inconscient stockées quelque part derrière une barrière dont je n'ai pas la clé. Et pour l'heure, je n'ai qu'une seule chose à régler : le départ de cet homme plein de venin qui se dresse devant moi et qui espère me voir m'écrouler.

— Va-t'en, Igor. Prends d'autres victimes. Le bonheur, ça ne se vole pas, ça se construit. Je ne t'en veux pas. Ce que tu dis m'est étranger, lointain. Je n'ai rien à justifier, je n'ai rien à te répondre. J'aime ton frère, et je me fous de ce que tu me racontes. Tout ça m'indiffère. Je suis dans un au-delà, si tu veux. Je suis sur une autre planète. Je ne sais pas comment te le dire… Je suis libre.

Je n'ai plus peur. Je ne tremble plus. Tout en lui parlant je me suis calmée et je lui souris. Il doit sentir le changement. Il paraît déstabilisé.

— Alors, ça ne t'intéresse pas de connaître celle qui te l'a enlevé ?

— Personne ne m'a rien enlevé, Igor. Pablo et moi sommes très amoureux, et s'il nous est arrivé de nous manquer, cela ne regarde personne. Et surtout pas toi !

Je lui souris encore, et je dévale l'escalier en le laissant sur le palier.

Ce n'est qu'une fois dehors que le sens de ses paroles me frappe. Et je me remercie secrètement pour la première fois. Heureusement que j'ai tout oublié : pour se jeter au cou d'un individu pareil, il faut être vraiment très perturbée.

Il fait nuit à notre arrivée… C'est un monde de parfums que j'aborde dans le noir. Il me semble qu'il y a un terrain assez grand autour de la maison. J'en ai aperçu quelques parcelles sur les photos. C'est une sorte de paysage très sec, planté de pins, d'oliviers et de lauriers. Par terre, de l'herbe folle et des fleurs sauvages.

La maison est tout en pierres, en poutres et entourée de balcons de bois. On dirait une ferme rénovée. N'étant plus au volant, je suis priée de descendre ouvrir le portail. Je tâtonne, je suis maladroite, et je sens que Pablo s'impatiente. Enfin, cela cède.

Dès qu'il a rentré la voiture, je prends Zoé dans mes bras afin que ce soit lui qui m'ouvre les portes suivantes. Mais une fois celle de l'entrée passée, je ne sais pas où aller. Je la dépose sur le premier canapé. Je bredouille et me touche le dos tout en grimaçant :

— Elle est lourde, pourras-tu revenir la prendre dans tes bras ?

Je prends Youri par la main et je le laisse me guider. Pablo porte Lola, je m'écarte pour le laisser passer.

La maison n'a pas d'étage. Comme à Paris, les enfants dorment tous les trois dans une très grande chambre, presque une salle de jeu. Je les couche rapidement. Youri me fait remarquer que d'habitude, je les mets en pyjama dans la voiture et que c'est mieux quand on arrive. Je lui promets de ne pas oublier la prochaine fois.

Je demande à Pablo d'aller embrasser les enfants qui le réclament, et j'en profite pour repérer vite les lieux. Notre chambre est à droite, la cuisine à l'autre bout, en face une autre chambre, une salle de bains, les toilettes… Je crois savoir l'essentiel. Et, surtout, ce premier coup d'œil me confirme ce que je pressentais : j'adore la maison. Elle est en pierres à l'intérieur aussi. Il y a une cheminée, un bureau aménagé dans les combles du living. Je suis sûre que c'était là que j'écrivais. C'est comme une niche.

C'est à la fois intime et éclairé, car il y a une lucarne et une fenêtre donnant sur le toit. Pour l'heure, c'est un rayon de lune qui se faufile. Et je reconnais la mansarde aux tons rouges dont j'ai rêvé lors de notre petite escapade à l'hôtel.

Dans ma joie de posséder un souvenir de plus, je propose à Pablo de l'aider à vider le coffre, mais il proteste.

— Je vais tout fermer, Marie. Nous ferons ça demain. Je suis fatigué, et toi aussi, sans doute.

J'acquiesce. Pendant qu'il ferme les portes, je prends possession de la salle de bains. En me déshabillant, je regarde notre chambre, décorée avec amour, un nid, cela se sent. C'est un peu exotique, assez vieux, semble-t-il. Un panneau en bois marocain ou dans un style oriental, sans doute une ancienne porte, avec une grille. Des tentures rouges et violettes… Un vieux lit, sans doute indonésien ou balinais… Des couvre-lits dorés et soyeux.

Bien sûr, je ne m'étonne plus de ne rien reconnaître. Je n'ai pas perdu tout espoir mais j'ai cessé de m'accrocher à l'idée saugrenue du déclic. Quelque chose de beaucoup plus important est là : le parfum de la terre… Je ressens… L'odeur des pins, les senteurs du Sud, et le goût même. Je peux le sentir au bout de la langue, cette maison a un goût. J'y perçois de la nostalgie, des ondes de bonheur, du bien-être. Je ressens ici quelque chose d'immense et de très étrange, comme un morceau d'enfance laissé sur le chemin et qui m'aurait attendue là…

Ai-je ressenti une émotion la première fois où je suis venue ici ? Il y a décidément des questions que je ne peux poser à personne tant que je n'aurai pas parlé à Pablo. Qui d'autre que lui, qui partage ma vie depuis douze ans, pourrait savoir ? Il me semble que jamais, depuis sept semaines, je n'ai eu si grande envie de tout lui dire. A un tel point que je n'ai même plus peur des conséquences de mon mensonge. Tout me semble explicable. Peut-être ai-je créé avec lui un lien suffisant pour ne plus le voir comme un étranger, ou même un suspect. Il faut que je retrouve le cahier dont il m'a parlé. Ensuite, je pourrai dire les choses ou les taire en sachant que certains mots existent pour leur rendre vie.

Je m'aperçois soudain que Pablo est là, dans l'embrasure de la porte, et me regarde.

— Tu as l'air si pensive depuis quelque temps… Je t'ai parfois observée sans que tu t'en aperçoives. Qu'est-ce qui te préoccupe, Marie ? Jamais je ne t'ai sentie si mystérieuse. Je crois que j'ai vécu plusieurs vies avec toi. C'est tellement fou de voir une femme qu'on connaît depuis si longtemps et de n'avoir aucune idée de ce qui peut lui traverser l'esprit que j'en oublie ma fatigue en te regardant.

J'éclate de rire. Ce genre de déclaration, qui récemment m'effrayait, me met aujourd'hui en joie.

— Tu vas avoir plusieurs semaines pour m'observer. Et qui sait, peut-être pourras-tu découvrir quel spécimen tu as épousé ? Ou alors une femme cachée derrière celle que tu connaissais...

Nous nous blottissons l'un contre l'autre. Il est tard, il fait très doux, et j'ai demandé à Pablo si ça ne le dérange pas que j'ouvre la fenêtre. Allongée dans ses bras, je remplis mes narines des parfums du Sud, et il y en a un que je n'arrive pas bien à identifier. Thym ? Lavande ? Laurier ? Je ne sais plus, un mélange sans doute. Je me sens partir dans un doux sommeil. Marie, tu dors ? Oui, presque, je grogne plus que je ne dis. Marie, j'adorerais te faire un autre enfant. Il faut vraiment que je lui parle, à celui-là. Cette déclaration me flanque la frousse mais, presque malgré moi, un sourire se dessine sur mes lèvres dans le noir : comment accoucher pour la quatrième fois quand on ne se souvient pas des trois autres ?

J'ai dormi, dormi comme la fameuse nuit de l'envol de ma mémoire... Sans rêve, sans réveil d'aucune sorte, sans conscience de me retrouver au milieu de la nuit. J'ai dormi avec la même profondeur que dans les apnées nocturnes d'une vie d'enfant. Je me suis réveillée ailleurs, ne sachant plus où j'étais, ne me souvenant plus de la chambre... ne retrouvant qu'au bout de quelques secondes, avec un peu d'affolement, le lieu où je m'étais endormie. Et tout de suite, les parfums du matin m'ont reprise. Le Sud. Les herbes aromatiques du jardin, la chaleur du soleil baignant mes jambes enroulées dans le drap, et l'odeur du café.

C'est ensuite un festival de sons qui me parvient, comme si mes sens s'éveillaient les uns après les autres. Le galop d'un cheval, du vent dans les branches, des cris d'enfants, le grincement d'une balançoire, l'aboiement d'un chien, les cigales. La voix de Pablo conversant avec un homme dont l'accent me paraît local. De la chambre, je n'arrive pas à saisir leur conversation ponctuée de rires.

Ma porte grince... Un tout petit bout de femme, cheveux en bataille, s'avance vers le lit. Je ne bouge pas. Des petits doigts effleurent ma joue... Je n'y tiens plus. Je saisis Zoé dans mes bras et je la mange de baisers. Elle rit aux éclats. Quelques minutes plus tard, nous sommes rejointes par Pablo. Aha ! La plus grande et la plus petite sont réveillées. On va pouvoir déjeuner… Zoé, je t'ai fait un biberon. C'est le mot magique. Zoé glisse de mon lit et se précipite vers son père. Il me souffle une bise sur ses doigts avant de l'emmener vers le biberon convoité.

Je me lève et j'ouvre les volets. Le soleil qui se limitait à mon lit inonde la pièce. Cri de joie intérieur : le jardin est magnifique, vallonné, avec des recoins de détente. J'aperçois un hamac, une table dressée sous une tonnelle, des lilas, des glycines. C'est l'odeur d'hier. Thym et glycines emmêlés. A droite, une cabane en pierre ressemble à une remise de jardinier, et un peu plus loin, je vois une balançoire où Lola en riant se fait pousser par Youri. Plus loin encore, au fond du terrain, il me semble apercevoir une forêt.

Je suis surprise dans mes découvertes par les bras de Pablo qui se referment sur ma taille. J'ai dormi comme un loir, et toi ? Moi aussi. Je suis très heureuse que nous soyons ici… Je voudrais lui dire plus mais je ne sais quoi se noue dans ma gorge. Est-ce que tu vas écrire à nouveau ? Je ne sais pas, je vais improviser. Profiter de toi. Peut-être abuser de toi. Mes mains parcourent son corps et nous jouons à nous chatouiller sous l'œil étonné de Zoé que je n'avais pas vue, et que j'aperçois soudain planquée derrière le lit. Elle fronce un sourcil et lève l'autre, et c'est un choc immédiat : Regarde Zoé ! Elle a souvent cette expression… Mais oui, je sais, soupire-t-il, ta grand-mère avait exactement la même. Tu me l'as déjà fait remarquer des dizaines de fois. Tu radotes, ma chérie. Eh oui, dis-je, rassérénée, c'est le propre de ceux qui n'ont pas de mémoire !

Pablo m'a proposé d'aller au marché, à Uzès. Je commence par dire que je vais rester à la maison pour ranger, mais je me ravise en pensant qu'il vaut peut-être mieux que je sois avec lui si nous devons revoir quelques amis du village que je ne connais pas. Aujourd'hui, il me sera plus facile de calquer mon attitude sur la sienne au lieu de les rencontrer seule sans les reconnaître un autre jour. Bien que j'aie hâte de fouiller un peu notre maison de vacances, j'habille les filles pendant que Youri enfile un short en m'expliquant qu'ici il n'a jamais froid.

A mon grand soulagement, Pablo prend d'autorité le volant. Je me posais justement la question en préparant les enfants et je craignais que son long voyage d'hier ne lui donne l'idée de me faire conduire aujourd'hui. Le marché est un tableau de couleurs provençales sous les platanes de la place principale, tout ce que j'aime. Certains commerçants me saluent chaleureusement et félicitent Pablo pour son film. Hé Pablo, ton actrice, elle est belle, mais c'est une torturée de la tête. Il faut nous l'envoyer ici vivre quelque temps, elle perdra son air de Parisienne.

Les enfants courent, mendient un morceau de pain à droite, un bout de fromage à gauche. Lola veut que je lui achète une robe de princesse. Zoé pleure parce qu'un chien lui a mangé son bout de saucisson. Nous finissons au café où une jeune femme m'accueille à bras ouverts : Marie ! Vous êtes revenus ? Pour combien de temps ? Passez à la maison prendre l'apéro ce soir, on fera des brochettes. Elle s'appelle Françoise, elle vit là. Dans le peu qui est dit, je comprends qu'elle a des chambres d'hôtes. Merci Pablo, qui lui demande si ça marche. Elle semble avoir aussi des activités théâtrales, une troupe d'adolescents et une troupe d'adultes. Elle me parle soudain théâtre à voix basse tandis que Pablo salue un type qui passe et se révèle être son mari. Alors, tu as continué ? Tu me raconteras ? Elle confirme ainsi ce que j'avais déjà perçu : je ne partageais pas cette passion avec Pablo. Finalement, je suis assez contente de connaître quelqu'un ici. Le mari s'appelle Serge et félicite Pablo pour son film tout en déplorant que l'histoire soit un peu déprimante et qu'il fait bien de venir se reposer ici !

Nous reprenons nos paniers et nous rentrons au cabanon. Les enfants sont heureux de retrouver la maison. Avec la chaleur, Zoé va sûrement avoir sommeil. Et moi aussi je ferais bien la sieste avec toi, me glisse Pablo avec un clin d'œil. N'est-ce pas la coutume ici ? Il faut rester en accord avec son lieu de vie, qu'en penses-tu ?

Après le repas, je couche Zoé dans la chambre et les deux autres s'installent sous les arbres, sur de grandes couvertures. Pablo leur lit des histoires russes qui se passent dans la neige et le froid, ce qui déclenche mes moqueries. Les voyant ainsi occupés, j'en profite pour m'éclipser et faire l'inventaire des placards et des tiroirs. J'ai mon excuse : je cherche une broche qui était à ma grandmère et que j'ai laissée ici la dernière fois que nous sommes venus. Sans le savoir, j'ai pris là une bonne raison car j'ai entreposé dans la maison beaucoup d'objets lui ayant appartenu.

J'ai visité le petit bureau, mais je n'y ai trouvé aucun cahier d'écriture. Comme j'en avais l'impression hier, être là confère à chaque instant un charme immédiat. Il y avait une partie du bureau que je ne pouvais pas voir d'en bas et qui est une sorte de salon-bibliothèque minuscule garni de coussins, avec un plafond très bas. Je glisse les mains entre les livres. Rien.

Dans la chambre des enfants, je trouve des vêtements d'été d'un peu toutes les tailles, des maillots de bain, des tenues de cheval, et dans un coin de la pièce, derrière la porte, une échelle que je n'avais pas remarquée et qui monte vers une partie mansardée. C'est une sorte de salle de jeu pour les enfants. J'y trouve un coin lecture, des poupées, un train électrique, de gros coussins en forme de grenouille. Là encore je retrouve quelques jouets qui étaient à moi quand j'étais petite. Se pourrait-il que j'aie vidé la maison de ma grand-mère ? J'ai souvent pensé autrefois qu'il fallait que je m'occupe de débarrasser la ferme dans laquelle je n'avais plus aucun plaisir à venir depuis sa mort. Je n'arrivais pas à le faire. Et personne n'avait envie de passer ses vacances dans un petit village du Périgord, moi la première. Et voilà, je devine aujourd'hui que j'ai fini par m'en occuper, puisque toutes les choses auxquelles je tenais dans sa maison ont l'air d'être là.

En fouillant dans les papiers, je trouve un dossier marqué *Cabanon* et je découvre l'acte de propriété de la maison. Elle est à moi. En tout cas, seul mon nom figure sur l'acte. Est-ce par commodité financière, parce que l'appartement parisien est celui de Pablo ? Pourtant cette appartenance ne me surprend pas, j'ai l'impression d'avoir aujourd'hui choisi notre maison, sans doute pour la deuxième fois.

Par la fenêtre du petit bureau, je vois des vignes dans le vallon en contrebas. Notre propriété est curieuse, c'est à la fois le Sud et le Sud-Ouest. Elle est isolée, à deux ou trois kilomètres du village. La plus proche maison est à cinq cents mètres. J'aperçois une petite tour et une piscine assez grande. Il y a quelqu'un ? Marie ? Pablo ? Les enfants ? Oui, je suis là. Une femme s'avance dans le living et m'aperçoit dans la mezzanine. Je descends l'escalier à sa rencontre. Comme je l'avais imaginé dans la voiture en venant, elle se précipite vers moi et me serre dans ses bras : Marie, comment allez-vous tous ? René m'a dit que vous étiez là. Il a vu Pablo. Il paraît que toi tu dormais encore. Elle doit avoir environ soixante-dix ans. C'est une petite femme du Sud, très brune, à la peau mate, avec quelque chose qui me fait penser à ma grand-mère. Je l'embrasse. Elle me regarde attentivement. Je devrais même dire qu'elle m'inspecte. Ah, je suis contente. Tu as une meilleure mine que la dernière fois. On peut dire que tu m'as inquiétée… Demande à Pablo s'il veut que je fasse la bouillabaisse chez moi, ou s'il préfère autre chose pour samedi. Comme j'ai l'air de ne pas comprendre, elle ajoute : Il ne t'a pas dit ? René vous a invités avec les petits. Ils sont sous les arbres, dehors. La pitchounette est là aussi ? Depuis décembre que je ne l'ai pas vue, elle doit avoir changé. Je vais les embrasser. Ah… Et puis comme d'habitude, la piscine est à vous. On a traité les bords et il n'y a plus de guêpes, tu pourras le dire à Youri. Le pauvre titounet en avait tellement peur l'année dernière ! Et puis Gérard te signale que Lola a laissé toutes ses affaires de cheval au ranch, ne les cherche pas… Je ne sais pas si tu le sais mais ils attendent leur petit troisième. Je vais pouvoir être une vraie grand-mère. Deux petits-enfants, ce n'était pas sérieux.

Elle est pour quand, cette naissance ? Le Gérard dont elle parle doit être son fils. Septembre. La pauvre, elle souffre de la chaleur. Mais je lui ai dit qu'elle n'a qu'à rester dans la piscine. A mon époque, je passais mon temps dans la rivière, tout habillée. Je me faisais sonner les cloches par ma mère, mais je ne pouvais pas m'en empêcher.

Elle me fait rire, j'aimerais connaître son prénom, sa peau exhale un parfum de pomme au four. Elle a parlé de piscine. Peut-être est-ce la propriétaire de la maison que j'ai aperçue par la fenêtre ? Je continue mes recherches. J'essaye de me fier à mon instinct. Si je devais cacher un cahier là maintenant, où le mettrais-je ? Je regarde en priorité dans les vieux sacs, dans les affaires de ma grand-mère, dans son horloge posée à l'entrée du cabanon. Elle ne fonctionne plus depuis longtemps mais il n'y a toujours pas de cahier à l'horizon. J'ai même regardé dans la remise, au milieu des vélos, des boules de pétanque, des marteaux et des outils de jardin, dans les recettes de cuisine, dans les livres de la bibliothèque. Il n'y a toujours rien. Pourtant, je suis sûre que j'ai gardé mes écrits, et ils doivent être sacrément révélateurs pour que j'aie pris un tel soin en les dissimulant. Je cherche dans les placards à linge, dans les serviettes de toilette. Sans succès.

Pablo m'appelle. Les enfants veulent retrouver leur poney. Tu as vu Jeanne ? Marie, tu m'entends ? Oui, je suis là, j'arrive. C'est le grand rangement de l'été ? Qu'est-ce que tu fabriques ? J'accompagne les enfants au ranch, Gérard les attend. Donne-moi les affaires de Youri. Je cours chercher les équipements équestres que j'ai trouvés dans la chambre des enfants. Pablo me saisit la main. Moi qui craignais tant de revenir ici avec toi. Je suis un con. Je n'aurai jamais plus peur de rien. Tu n'es plus la même et moi non plus. Je le regarde sans rien dire. Cette fois je soutiens son regard. Peut-être prend-il mon air grave pour un défi silencieux. Je sais, nous avons fait un pacte. C'est un vrai miracle… Il paraît hésiter, s'apprête à dire quelque chose mais Lola nous rejoint et le tire par la manche. Il s'éclipse avec une mimique d'excuse.

Papa, viens te baigner… Je t'assure, elle n'est pas froide. Hein maman, c'est vrai ? Oui, ma chérie. Elle n'est pas froide, tu as raison. Elle est glacée. Nous sommes à Collias, sur les bords d'une rivière. La journée est magnifique. Voilà une semaine que je me laisse vivre, je jouis du soleil, de l'amour de Pablo, du moindre éclat de la vie quotidienne… Je n'ai encore retrouvé aucun cahier. Je suis un peu déçue mais je laisse la vie m'emporter… Peut-être n'existent-ils pas, ces écrits…

Marie ? Il paraît que tu es venue ici, début mai ? René m'a dit qu'il était venu te chercher à la gare d'Avignon. Je ne savais pas. Je croyais que tu avais eu un problème à régler en province.

Je crois que Pablo parle du moment où j'ai perdu le bébé. Ainsi, après le deuil, je suis venue dans notre maison. Ça ne m'étonne qu'à moitié. A nouveau, je sens l'urgence de retrouver un cahier, une trace…

Marie, tu ne dis rien ? Toujours l'angoisse de parler à côté de la vérité ou de parler vrai en distribuant du mensonge. Je crois que je voulais faire une pause, être seule. Quelque chose de cet ordre-là… De ce désordre-là. Surtout être calme, ne pas paniquer. Je le sens aux aguets, prêt à devenir inquisiteur. Je me glisse dans ses bras. Tout ça, c'était avant. Tu sais bien. Là j'en rajoute ! On reparlera de tout ça un jour, tu es d'accord ? Je ne le laisse pas répondre et l'embrasse. Il proteste mais le prend bien. Ai-je vraiment le choix ? A l'autre bout de la clairière, les enfants crient : Ouah, c'est dégoûtant, ils font l'amour !

Me voilà, les enfants, je viens, je suis l'ogre et je vais vous manger. Une fois encore, sauvée par le gong. Jusqu'à quand ? Ça n'a plus aucun sens de se taire. Dominique a raison. Et parfois, dans ma fatigue d'avoir perdu jusqu'à la nostalgie de ce que j'ai vécu, je me moque en me gourmandant. J'ai au moins une chance dans mon malheur, celle d'avoir rajeuni de douze ans pour supporter tout ce cirque d'avoir vieilli et de n'en plus rien savoir.

Toute la famille se jette sur le pique-nique. Pablo m'embrasse dans le cou. René m'a dit que tu avais très mauvaise mine quand tu es venue. Ils se sont fait beaucoup de souci pour toi avec Jeanne. Je crois que c'était juste avant l'anniversaire de Juliette. Je me souviens bien de cette fête qui n'en était pas une. Dis, Marie, pourquoi es-tu venue au cabanon sans m'en parler ? Maman, tu n'as pas apporté ta guitare ? Je saute sur l'occasion que me donne Youri de changer de sujet. Pablo, pardonne-moi de ne pas y arriver. Il faudrait que je te dise tout, mais comment ?

Vous savez, les enfants, dit Pablo, notre maison, c'est maman qui l'a trouvée pendant que nous faisions du poney, Youri et moi, avec Gérard. Maman promenait Lola qui était encore un bébé et elle a découvert le cabanon. Et ensuite, nous l'avons acheté à René et Jeanne.

C'est vrai, maman ? Et il y avait déjà la balançoire ? demande Youri.

Non, pas encore, mon chéri. Ça, c'est le coup de foudre de papa ! Pablo éclate de rire : Ah oui, tu te souviens… La folle course à Avignon dans les magasins pour acheter la balançoire ?

Eh non, je ne me souviens toujours pas ! Mais parfois, n'importe quoi, ça tombe juste. Regarde, maman, le rocher, c'est mon siège, me fait remarquer Lola. Il est exactement à ma taille, quatre ans. Ton rocher est aussi celui de la guitare de maman, dit Pablo, c'est là qu'elle posait son étui. Ma première guitare. Une Epiphone achetée par mon grand-père quand j'avais tout juste quinze ans. Je la revois dans son coffret à l'intérieur soyeux orangé, avec son compartiment pour mettre les partitions… Mon cœur bondit dans ma poitrine. Le compartiment de la guitare ! C'était toujours là que je mettais mes carnets de poèmes autrefois. J'y ai rangé le cahier, j'en suis sûre !

"Juillet 1999. De quoi sont faits mes rêves ? L'idée, c'est toujours de regarder ses rêves, pour les réaccorder à la vie. Savoir ce qu'on a perdu, savoir ce qui est encore là. Qu'est-ce qu'on ne donne plus et pourquoi. Je sais une chose, une seule, qui je crois ne me quittera plus : je ne veux pas vivre un amour mort. Je ne veux pas vivre selon des règles établies par des couples vieillissants, complaisants, compulsifs ou éteints. Je ne veux pas vivre un faux amour fait de faux-fuyants, de faux dialogues, de faux rapports, de faux dîners d'amoureux, de vrais faux-semblants et de vrais arrangements avec la vie. Je ne veux pas vivre un amour moribond qui fait tout ce qu'il peut pour cacher qu'il ne se remet pas de son passif. Je ne veux pas vivre avec un homme qui ignore tout ça, et ne sait plus qu'il a pu être un jour un homme amoureux. Ou alors je ne veux pas vivre !

"Je ne sais plus qui je suis. Parfois j'essaye de me souvenir de la jeune fille qui a rencontré Pablo, de son insouciance, de son rire. Etait-ce bien moi, cette fille légère pour qui la vie était facile ? Qu'est-ce qui a changé ? Le regard de Pablo sur moi est lourd, très lourd. Je crois que notre relation s'est doucement dégradée depuis la naissance de Zoé, mais je ne sais pas pourquoi. Au début, comme pour Lola ou Youri, nous étions dans la beauté des moments vécus à deux. Et puis ma fatigue, l'extrême exigence de ce bébé difficile au sommeil capricieux, la lenteur du corps à se remettre, et voilà, Pablo s'est mis à me regarder différemment. Je m'en aperçois surtout depuis que nous sommes ici. Il ne me regarde plus, il m'évalue. Il me soupèse. Il m'examine sur la longueur, sur la grosseur devrais-je dire car il m'a demandé si je ne pouvais rien faire pour mon pauvre corps. Il m'a signalé que lui, en tant qu'Argentin, est un esthète et que, se connaissant, la séduction d'une «fille bien foutue» (c'est le terme qu'il a employé) sera trop grande pour un homme comme lui. Même les mots qu'il aligne ne lui ressemblent plus. Et soudain, j'ai eu sous les yeux un petit mec pas très intéressant, exigeant et méprisant. J'ai découvert un homme que je ne connaissais pas, un homme qui ne se pose aucune question sur lui-même ni sur ses qualités d'amoureux. Parfois même, je croyais voir Igor et son cynisme exaspérant. Je ne crois pas qu'il puisse savoir la peine que représente chacun de ses mots et de ses doutes. Comme si une femme qui aime pouvait oublier son corps ! Se laisser aller, oublier la séduction ! La seule chose difficile à oublier, c'est le corps, justement.

"J'essaye de me dire que c'est le tournage, ses angoisses de réalisateur, ses sauts de puce à Paris au milieu des vacances, mais je ne crois plus aux excuses que je lui donne. Ses attaques verbales sont trop violentes. J'ai essayé de lui parler, mais c'est un dialogue perdu. Il n'écoute rien, il n'entend que lui. Où est passé l'homme avec lequel je vivais avant ? J'ai l'impression qu'il me sort des phrases toutes faites, des pensées sur le couple qui étaient les miennes autrefois, des pensées qu'il a retournées et dont il se sert contre moi. Il s'étonne que je ne puisse en quinze secondes oublier les horreurs qu'il débite en ayant l'air de les penser.

"Je n'arrive pas à sortir de la tristesse de son rejet. Je me sens dévalorisée dans l'amour que je lui porte. Je ne me demande pas, moi, s'il me conviendra dans dix ans. Je l'aime tel qu'il est. Jamais je ne doute de lui et de sa capacité à me plaire. Je pense au bonheur présent. Je regarde les couples autour de nous, leur capacité à se manquer.

"Quel est le moment où se rompt le dialogue, où la vie à deux devient une lente agonie ? Je pense à Romain Gary dans *Clair de femme* : «Des problèmes de couple ? Quels problèmes de couple ? Il y a des problèmes ou il y a couple.» Les romans sont pleins de ces amoureux fusionnels qui se loupent et ne s'aiment qu'en se détruisant et nous les lisons avec une avidité de noyés… Est-ce parce qu'ils nous ressemblent tant ?

"Combien de fois vais-je me souvenir avec douleur de mes désirs d'autrefois, qui me paraissent si peu conformes à ce que je vis aujourd'hui ? Je rêvais d'un couple idéal, sans cris ni déchirements. «Je t'aime jusqu'à la fin du monde, je t'aime pour toujours», des phrases que plus personne ne dit, des rêves que plus personne ne fait car ce n'est plus un idéal de s'aimer toute une vie…

"Je rêvais de voyages, de découvertes, à deux, à quatre, à cinq, je rêvais d'une vraie famille harmonieuse. Je rêvais que chacun invente l'amour pour l'autre, le veille comme un trésor. Je ne voulais pas oublier ce que sont les battements du cœur, l'attention, le regard sur l'autre, les surprises, l'intensité des corps. Tout ça, où l'avons-nous perdu ?… A quel moment avons-nous oublié que l'amour est un feu qu'il faut nourrir ?

"Pour la première fois de ma vie, j'avais en face de moi un homme avec son romantisme, son émotion, son sentiment, son rêve, son sexe et ses exigences. Il avait aussi un petit ego collé à lui comme à tout acteur. Et je me disais que sa tendance à vouloir faire le beau était toute masculine, qu'elle s'estomperait avec le temps. Je plaisantais souvent à ce propos, et il le prenait fort bien. Il prenait tout très bien, il avait bon caractère. Il savait rire de lui-même et de ses défauts ; cette qualité le rendait émouvant.

"Que s'est-il passé depuis la naissance de Zoé ? Je ne pourrais le dire. J'ai bien sûr pensé à ce qui a changé en moi. C'est même la première chose qui m'a troublée. Je me sentais plus libre, plus disponible pour être à nouveau une amante, malgré la fin de ma troisième grossesse si fatigante. Mais je n'avais pas en face de moi un homme prêt à m'aimer. J'avais un homme fatigué de moi et prêt à le nier à la moindre occasion.

"C'est une histoire banalement triste de deux personnes qui se perdent de vue et deviennent des étrangers. J'ai l'impression que je n'ai plus envie de me battre, que tout est trop tard, trop loin. Revenir en arrière me semble difficile. Quand on est catalogué par l'autre, on est laid dans ses yeux, et ça n'est pas facile à vivre, et surtout c'est impossible à oublier."

La lecture du cahier est pesante. Comme je le pensais au bord de la rivière, je l'ai trouvé dans l'étui de ma guitare. Mais le moins que je puisse en dire, c'est qu'il est vraiment éloigné de toute harmonie musicale et conjugale aussi. Pourtant, je ne suis pas surprise en le lisant. J'avais bien perçu ce désarroi en croisant toutes les informations dont je disposais. Une chose m'intrigue cependant, comme un élément qui gripperait dans le scénario de la vie : j'ai devant moi un Pablo idéal. Je vis avec lui une vraie histoire d'amour. Comment la tendance s'est-elle inversée ?

Marie ? Oui, je suis là, dans la chambre. J'ai tout juste le temps de glisser le cahier dans un tiroir. J'ai promis aux enfants de les emmener au manège. Je vais à Uzès, veux-tu venir avec nous ? Non, je n'ai pas très envie. J'ai quelques... trucs à ranger, des petits plats à préparer. Peux-tu me rapporter du parmesan et des tomates en grappe ? Ce soir, le dîner sera plutôt italien. Et le séducteur du jour, tu le préfères argentin ou russe ?

J'ai du mal à me replonger dans ma lecture. Ne serait-il pas mieux de laisser la douceur des choses prendre le dessus ? Je veux du bonheur et je fais tout ce qui est en mon pouvoir pour l'empêcher d'exister. Ce qui serait plaisir devient exigeant, ce qui fut désir se mue en contrainte ; les inclinations naturelles à l'humour se coincent, quelque chose est grippé. Mais pourquoi ? Au nom de quoi ? C'est un tel effort de reprendre maintenant le cours de mon cahier que si je n'étais pas sûre qu'il recèle un élément qui me permettra d'éviter le prochain écueil, je m'en abstiendrais.

"Octobre. Si j'ai rêvé un jour d'écrire, ce n'était sûrement pas pour raconter mes doutes et mes peurs. Et pourtant, jeter sur ces pages ce qui me tourmente est une sorte de mal nécessaire. Pablo est de plus en plus lointain. Le montage de son film a commencé, il semble absent. Parfois, j'ai l'impression qu'il me regarde comme s'il se demandait ce que je fais encore là. Ce qui me sauve, c'est de ne pas penser à lui toute la journée. Je travaille et ce que je fais me passionne et ne me laisse aucun espace-temps pour ruminer mes rêves perdus. Mais quand j'y pense à nouveau, je me pose une question essentielle : ne devrais-je pas me préoccuper davantage de ce qui est en train d'échapper à ma vie ? Je regarde de plus en plus comme des extraterrestres les femmes que je croise au hasard de mes rencontres professionnelles. Je me suis retrouvée sans l'avoir cherché dans un déjeuner de filles, de femmes. Leur rigidité, leur sens du cahier des charges, leur surveillance du porte-monnaie m'ont glacée. En rencontrant Pablo à vingt-cinq ans, j'ai grandi dans un autre monde, j'ai échappé à toute une partie de ce que j'écoutais, horrifiée, pendant le déjeuner. Elles avaient le même âge que moi, mais elles étaient célibataires, sans enfants et carriéristes. A la fois masculines et féminines, elles semblaient n'avoir pris que les défauts de leurs deux origines. Aujourd'hui, à ce moment-là de leur vie, le premier mâle qui passerait deviendrait un géniteur possible. Alors le plan d'urgence se déclencherait : tout sucre tout miel, ce serait la conquête. Le pire, c'est qu'elles avaient l'air de croire réellement au conte du prince charmant. Mais dans leurs histoires, point de princesse charmante. J'ai fui cette tablée dont les préoccupations étaient à mille lieues des miennes. Et là soudain, devant mon cahier, je me sens inadaptée. Je ne vois personne avec qui partager mon désarroi. Nous sommes tellement devenus le couple idéal de nos amis que je vois mal comment ils pourraient m'apporter le moindre éclairage dans une situation qui les dépasse.

"Mais qu'est-ce que je cherche ? Rien de difficile ou de spécial : passer la soirée à écouter de la musique, à partager vraiment le phrasé d'un violon, l'envolée d'une harpe, ou vibrer au son d'une contrebasse. Et puis le reste : la simplicité d'une lecture, une phrase dite les yeux dans les yeux, un silence même… Se jeter dans les bras l'un de l'autre dans un couloir… Marcher toute la nuit dans une ville ensemble… Regarder l'autre avec indulgence, lui accorder du mystère, de la surprise. L'attendre ou le précéder, mais savoir ce qu'on fait de sa vie auprès de lui, pourquoi on est là, ou pourquoi on n'y est pas. L'absence aussi dit des choses que les êtres se cachent. J'attends les choses simples du bonheur qui ne sont pas racontables dès qu'elles se conjuguent à deux.

"Tout, plutôt que le non-être, le non-recevoir, le non-dit, le non. Tout plutôt que l'anonymat soudain de deux personnes qui se côtoient et ne savent plus rien de l'autre que ses soucis quotidiens, ses rythmes intestinaux. Mon amour, mon amour, toi et moi nous ne ferons qu'un… Oui mais lequel ?…

"Ma grand-mère, elle, disait qu'un couple était la représentation de sa chambre à coucher : tables de nuit encadrant le lit, ce lit où tout commence, où tout finit aussi. Il y en a toujours un, disait-elle, qui éteint la veilleuse de l'autre. Mince, je n'ai jamais pensé à lui demander si l'inverse peut avoir lieu, si parfois, quand on s'est trompé, on peut rallumer la lumière de l'autre. Pablo, je t'aimais tant, je t'aime tant, mais ce que j'aime, est-ce le souvenir de ce que nous fûmes, ou la possibilité de ce que nous serons ? Parler au présent de l'amour ne me paraît pas possible. Mais je ne suis pas comme une gamine qui tape du pied. Je n'oublierai jamais, malgré le déjeuner avec les folles d'hier, qu'aimer, c'est toujours donner."

"Je ne peux pas continuer car je n'arrive pas à doubler le cap de ce morceau de terre où je suis ensablée. Ne pas se sentir belle dans le regard de l'autre, ne plus avoir d'importance à ses yeux, être absente de sa lumière est la plus certaine des fins. Peut-être dans un cri d'amour faut-il être deux à crier, et quand l'autre se tait, où en est-on ? J'ai beau me concentrer sur notre vie d'avant, essayer d'identifier ce qui a changé, je me dis : Avant ? avant quoi ? C'est comme si je n'avais pas en main tous les éléments. Est-ce que je suis la même ? Non, sans doute non. Mais une part de moi sait qu'un homme amoureux ne se comporte pas comme le fait Pablo. Tout semble si facile. Il ne suffit pas de dire «Je regrette, j'ai compris», dire «Je t'entends», dire «Je te fais de la peine». Dire… Mais pour l'instant, je ne vis que du silence… Un silence sans la qualité du silence. Un silence sans paix, un silence qui n'a jamais été choisi, juste subi.

"Parfois je me demande comment on peut écrire, tourner, concevoir un film, imaginer des images et mettre en mots une histoire, tout en laissant la sienne à l'abandon. N'est-ce pas soudain la tentation de transformer sa propre vie en une fiction plus facile ? Ou alors c'est un substitut d'histoire. Le scénario de notre vie à nous se règle dans son film. Ce serait d'autant plus facile qu'il s'agit de la fresque amoureuse d'un couple voué à se perdre. J'ai rencontré l'actrice du film, Aude. Elle est craquante, chaleureuse. Nous avons eu tout de suite l'une envers l'autre une sympathie naturelle. Une attirance qui a dû paraître suspecte à Pablo. J'ai eu l'impression que ça ne lui plaisait pas. Mais je m'en fichais. Ce soir-là, tout m'était égal. J'avais commencé à prendre des cours de théâtre dans la journée. Les miens ! Ceux que j'avais décidé de choisir, et non pas ceux que monsieur voulait me prescrire, parce qu'il sait tout des acteurs. Je crois qu'il ne peut plus se passer de s'approprier ma vie, comme si le monde que je créais lui faisait écran. Nous étions pourtant bien, chacun dans notre univers, avec nos rencontres, nos partages. Il se veut soudain responsable de moi, de mes attitudes, de mes réflexions. En public, je le vois lever un sourcil dès que j'ouvre la bouche, comme si j'allais dire un mot de travers… Et du coup, je le dis. J'exagère, j'en rajoute, je m'engueule, je trépigne, je sors du cadre. Eh oui, mon petit réalisateur, la vie ce n'est pas de la direction d'acteurs. Il y a le hors-cadre et le hors-champ, et contre ça, tu ne peux rien faire. Tout ne t'appartient pas. J'ai envie de lui crier que je suis libre, que rien ne m'attache à un couple «petit», à des sentiments étriqués, à sa gestion centralisée de deux personnes. Je suis un fantôme de prisonnière. Je m'évade de la vie de recluse qu'il me propose, je découvre les planches et c'est une formidable expérience. Je suis émerveillée par la douceur des comédiens avec lesquels je travaille. Ils sont plus en avance que moi, mais je sens une richesse humaine qui se dégage de nos fous rires, de nos jeux, de nos improvisations. Je n'en parle jamais à Pablo. Il est trop loin de moi, et j'ai peur qu'il gâche mon plaisir, puisque tout ce qui me concerne est méprisable. Dommage. Il y a une part de lui dans ce que je fais. Est-ce que je souffre ? Probablement, sans oser me le dire trop. Est-ce qu'il souffre ? Peut-être. Je ne pourrais pas l'affirmer. Son travail de création absorbe ce qui est trop difficile à vivre. Parfois je me demande même s'il se rend compte de ce que nous avons perdu."

Nous avons installé la table sous les arbres. Le ciel nous joue sa splendeur bleue de l'été. Le mistral des trois jours précédents a fait place nette. Une dizaine d'enfants se poursuivent dans le jardin. Deux ou trois hommes papotent. Il me semble, en passant, qu'il est question de cigares cubains ou dominicains. Quelques femmes se parlent de la cuisine à la table en pierre, dressée sous le grand pin comme pour une fête.

J'aperçois Pablo, une bouteille et un tire-bouchon à la main. Il croise mon regard, me sourit, il m'aime, les yeux dans les yeux. Est-il possible que nous nous soyons perdus de vue à ce point et que nous ayons aujourd'hui une magnifique complicité ? Et ce serait grâce à mon amnésie ? Je n'arrive pas à y croire. Il est vrai que je n'ai pas fini de lire le cahier. Ne rien omettre. La première impression de ma vie qu'en quelque sorte je me raconte doit être la bonne. Tout ce que je lis ne me rattache à rien de connu, et je continue d'être la spectatrice attentive, mais détachée, de ma propre vie. Je suis l'accompagnatrice de la vie de l'autre.

A l'heure du soleil couchant, Pablo a l'idée de mettre un concerto de Mozart. S'ensuivent des silences et une douceur de vivre où les couleurs du ciel font écho aux violons. Tout est musique dans ce moment-là. Je me laisse aller dans les bras de l'homme qui est toute ma vie alors que je le connais depuis seulement huit semaines. Si la réincarnation existe, c'est à cette aventure-là qu'elle doit ressembler. Avoir l'intuition de quelque chose, de quelqu'un… Juste l'intuition.

Je suis obligée de prendre garde et de lire discrètement le cahier. J'imagine qu'il serait pour Pablo la révélation de ces moments qui lui échappaient entre nous. Je ne désire pas raviver cette période. Je veux savoir pour ne plus reproduire et pour comprendre comment un cerveau arrive à décider de fermer ainsi les portes d'une vie à deux. De l'extérieur j'ai peu d'appels, et je peux oublier ma vie à Paris. De temps à autre, un petit message me parvient de François, d'Antoine ou des filles du théâtre. Pierre m'a remerciée des miens. Geneviève ne m'a toujours pas répondu. Catherine et Juliette sont parties en vacances. Les parents de Pablo doivent passer nous voir la semaine prochaine.

Nous finissons la journée autour de la piscine chez Jeanne et René. Les femmes sont belles en robe d'été, et les hommes si gais. L'insouciance ne nous a pas abandonnés une seconde. Pablo n'a pas perdu une occasion de me glisser des mots d'amour à l'oreille ou de me faire danser. Je suis comme lui, aimantée, amoureuse, tout en rires et en miel. Il me faut des forces pour lire la suite. Je me demande si j'aurais le courage d'affronter la tristesse qui s'égrène au fil des pages si je ne vivais pas ces moments de bonheur.

"Décembre. Nous sommes au cabanon pour Noël. Pablo est resté à Paris, il ne viendra qu'au dernier moment. Je le vois peu. Ça n'a pas l'air de le gêner. Il ne m'appelle plus jamais dans la journée, ou seulement pour les choses de l'intendance : des clés oubliées, un numéro de téléphone. Parfois, il a le réflexe de dire «Je t'aime» mécaniquement, comme pour donner le change. Quand j'essaye de lui en parler, il fuit et me signale qu'il en a marre de se prendre la tête avec des histoires. Il paraît que je suis lourde et pénible. Je le cite…

"Les seuls moments où j'oublie sont ceux que je passe au théâtre, protégée par l'amitié de mes partenaires. Pierre aussi est adorable. Souvent, il m'emmène déjeuner, il est attentif, presque amoureux. Je ne l'aime pas, mais ça me fait du bien. C'est pire. Je me dis que sa douceur ne me vient pas de la bonne personne.

"Il faut à cela rajouter que je doute de Pablo : j'ai trouvé des mots. Je ne cherchais rien. Je suis tombée des nues quand ils sont tombés de ses poches, comme s'il avait voulu que je les voie. Une écriture féminine, des cheveux blonds, un parfum étranger. Je n'ai jamais fouillé ses affaires et tout me saute au visage… Il dissimule et ment et je commence à me méfier… Je cache mes écrits comme s'ils étaient honteux. Rien de ce qui est couché là ne pourrait pourtant l'étonner.

"La dernière fois que nous étions ici, j'ai cru comprendre qu'il cherchait mon cahier. C'est tout de même curieux de chercher à lire ce qu'on ne veut pas entendre. En tout cas maintenant, je le range tout en ne sachant si c'est lui ou moi que je protège de sa lecture. J'ai besoin d'un espace où lâcher mes rêves déçus.

"Combler ses manques avec un autre ou une autre, c'est la mort de l'amour. Ce qui m'étonne, c'est la faculté qu'a soudain Pablo de vivre une situation dont je l'ai toujours vu se moquer. Il disait détester «l'hypocrisie des mecs qui ont des maîtresses dans le silence du mensonge». C'était sa formule. Alors, qui est ce Pablo que je ne connais pas ?

"Je me sens incapable pour ma part de jouer à séduire ou de consoler ma peine entre d'autres bras. Comble de malchance. Je suis entourée de sollicitations diverses. Les infirmiers potentiels sont là. Mais je n'ai aucun désir. J'ai beau me dire que ça me rendrait souriante de me trouver belle à nouveau dans les yeux d'un autre, je n'y arrive pas. Je suis seule dans ce que j'ai perdu. Pablo n'a pas l'air de regretter quoi que ce soit. Il est juste exaspéré quand nous communiquons mal. Il ne semble jamais peiné. C'est à cela que je mesure sa perte d'amour. Il ignore ce qu'il a perdu.

"Pablo est rentré de Paris. Il fuit mon regard. Il devait être avec la rivale. Sait-il que je sais ? Noël va venir. C'est la fête des enfants. Où est-ce que je trouve le courage de ne rien dire ? Je n'en sais rien. Le téléphone portable de Pablo sonne en ma présence. Il n'est pas dans la pièce. Je ne veux pas décrocher. Je n'ose même pas regarder l'écran de peur de découvrir un prénom. Je fais semblant de ne pas voir son regard contrarié quand il retrouve son téléphone oublié sur la table. Il a décidé de rentrer à Paris avant la fin des vacances. Il est très préoccupé par son film… Il me détaille ses soucis de réalisateur avec une application louche. Comme s'il ne voulait pas me parler d'autre chose. Je n'ai pas envie de rester seule ici, et je décide de rentrer aussi. Il ne fait pas beau, le vent est froid. Sans Pablo, le feu dans la cheminée est un feu de glace. A Paris, je sortirai, j'emmènerai les enfants au musée, au cinéma. J'étourdirai mon chagrin dans un programme. Ici, à la campagne, je deviens folle. Pablo pense que je devrais rester au cabanon. Je suis prête à exploser, il doit le sentir. Il ne fait plus de commentaire sur mon retour."

"Février. Pablo doit venir nous rejoindre. Il est parti depuis quatre semaines aux Etats-Unis. Notre vie me paraît toujours aussi médiocre et inintéressante. Nous avons régulièrement des crises qui n'aboutissent à rien et surtout pas à une vraie discussion. Je suis agressive, sans mystère, sans énergie. Je m'en veux pour les enfants mais plus rien ne m'intéresse. Je devrais peut-être arrêter de travailler. Pierre est toujours attentionné avec moi. Je suis sûre qu'il est amoureux. Nous sortons parfois le soir et je l'ai déjà repoussé gentiment. Je le tiens à distance dans une tendre amitié. Il devine la tempête, la lente noyade de mon couple mais comme je ne lui en dis jamais rien, il n'ose pas aborder le sujet. Et je n'en parle à personne, ni à lui ni aux autres. Je suis emmurée dans mon amour perdu. Je n'ai pas d'amie dans ma solitude. Je me tais, murée dans la tristesse.

"Mon seul vrai bonheur, c'est l'absence de Pablo, je me noie dans l'illusion d'un amour qui existerait encore. Je souffre d'un vrai vide. Je ne suis plus aux côtés d'un homme présent dont l'absence me pèse. Je sens que je retrouve un peu d'humour dans les messages que nous échangeons. Geneviève m'écrit beaucoup en ce moment. Elle est amoureuse. D'un homme marié. Ironie du destin sans doute. J'ai l'impression de vivre le même bonheur que toi quand tu as rencontré ton homme, m'écrit-elle. Aujourd'hui, je n'arrive pas à me réjouir de son histoire. Je ne peux m'empêcher d'avoir un petit serrement de cœur quand elle me parle de «l'officielle». Celle qui est dans l'ombre et fait écran à son amour magnifique, celle qui, dit-elle, a frustré, négligé l'homme qu'elle aime ! Est-ce que la créature, ma rivale, comment la nommer, celle que je devine au travers du parfum, des mots laissés, dit cela de moi aussi ?

"Ce que je redoute aujourd'hui, ce dont je suis jalouse sont ces moments donnés à une autre quand moi je ne les ai plus. Etre tenté, vouloir connaître, rencontrer, jouir de la vie, c'est humain et nécessaire. Ne plus partager avec celle qu'on aimait pour retrouver cette complicité avec une autre, c'est du désamour. C'est un motif suffisant de départ et de jalousie. La nuance est immense. Laisser l'autre libre, c'est l'aimer. Nous partagions cet avis-là, enfin il me semblait…

"L'actrice du film de Pablo voulait que nous parlions d'amour. Elle voulait parler avec une femme qui soit amoureuse depuis longtemps, et sans doute lui paraissait-il judicieux que cette femme-là soit celle du réalisateur. Elle travaillait déjà son personnage à travers les questions. Ce qu'elle me demandait ravivait ma peine.

"J'en veux à Pablo d'avoir rompu le serment. Il n'avait qu'un mot à dire : Je n'en veux plus… Je préfère avoir une maîtresse, faire comme les autres, mentir, tricher, être indifférent, rendre malheureux. J'aurais eu plus d'indulgence pour la vérité que pour un brusque retour à une vie médiocre sans avertissement. Je suis l'esclave de ma rancœur. Mais je continue à ne pas vouloir y croire. Pablo ne peut pas être ce type médiocre, mais où est-il ? Grâce à son voyage, j'ai un espoir : des retrouvailles après quelques jours d'absence. Au début j'ai pensé que Pablo partait avec la rivale. Mais le ton des messages qu'il m'a envoyés m'a persuadée du contraire. Notre séparation est la bienvenue. C'est peut-être un temps de réflexion, une communication par écrit qui n'est plus possible quand nous sommes ensemble. Souvent, je n'y crois pas, j'ai l'impression de me battre dans le noir. Je m'accroche à tout ce qui est beau, ce qui l'a été entre nous. Je sais ce que diraient les autres, les amies ! Parle, exige des explications ! Ce serait donner à son histoire trop de crédit. Ce qui me gêne, ce n'est pas la présence de la rivale, c'est l'absence de Nous. Si Pablo ne m'aime plus, si cet amour-là est mort, je ne suis qu'une petite chose inutile et recroquevillée. Pablo, je t'aime, réponds-moi, où es-tu ? Je commence à avoir envie d'une autre histoire.

"Les larmes coulent. J'ai peur d'exploser en pleurs ou en reproches si je parle. Combien de temps vais-je tenir ? Un gouffre immense s'ouvre devant moi. Je relis dans un cahier un extrait glané dans mes lectures. «La mélancolie et la tristesse sont déjà le commencement du doute ; le doute est le commencement du désespoir ; le désespoir est le commencement arrêté des différents degrés de la méchanceté.» J'adhère ! Perdons la méchanceté. Mais qui peut bien l'effacer ?

"Pablo est revenu, celui que j'aimais, celui que j'aime. Nous passons une merveilleuse semaine. Il me raconte : les Etats-Unis, son film... Hollywood. Il mime, il est drôle, presque reposant. Le corps est revenu, lui aussi. Ce sont de vraies retrouvailles. Nous parlons, nous nous rencontrons à nouveau. La musique, les acteurs. Il voudrait adapter Molière, mêler des préoccupations d'aujourd'hui qui ressemblent à celles de ces pièces d'hier. Il a des projets et des sourires. Parfois, l'agressivité refait surface, mais nous sentons venir le pire et nous nous arrêtons, au milieu d'une joute verbale, conscients d'être menacés par un danger dans un dialogue à peine renoué."

Que fais-tu, mon amour ? Je n'ai pas entendu Pablo rentrer. Je ferme précipitamment le cahier. Il éclate de rire. Ah ! Le fameux cahier secret ! Tu peux éviter de le cacher, je crois que je ne le lirai plus. Cette période idiote m'a passé. Viens, j'ai couché les enfants, ils étaient crevés, ils t'attendent pour un dernier baiser. Et moi je vais achever l'élaboration secrète de notre petit dîner. Je

réalise que ma lecture m'a complètement
absorbée, j'ai comme oublié le temps.

A peine notre dîner achevé, Pablo
prend un air de conspirateur pour mettre une vieille cassette que nous avions
enregistrée pendant un voyage. Il a l'air
fier de lui en m'expliquant qu'il l'a retrouvée ce matin en déplaçant un meu-
ble alors que je l'ai cherchée pendant
tout un été. Je voulais retrouver une cassette ? Pourquoi pas ! "… Mais la vie
sépare ceux qui s'aiment, tout doucement sans faire de bruit…" Ah c'est vrai
qu'il y avait cette chanson que tu aimais
tant, dit Pablo pensif. Pour lui, c'est un
détail oublié. Pour moi, c'est encore une
coïncidence. Il me prend dans ses bras
pour me faire danser. Il fredonne à mon
oreille : "Je voudrais tant que tu te sou-
viennes… Moi je t'aimais, toi tu m'aimais…" Maintenant que je sais le pire,
le meilleur me manque. La tendresse
de Pablo, les paroles de la chanson, le
vin, le champagne et une accumulation
d'émotions me soulèvent le cœur. Je ne
peux plus me taire. Les larmes se met-
tent à rouler sur mes joues sans que je
puisse les arrêter. Pablo me regarde, interdit. Ne t'inquiète pas, ce n'est rien, ça
va passer. Il faut juste que je te parle.

Pablo a écouté. Il est deux heures du matin quand je m'arrête. Il est silencieux, grave. J'ai peur, très peur d'avoir fait une erreur, mais avais-je le choix ? J'aurais dû attendre d'avoir fini de lire le cahier, mais tant pis. Il reste deux pages, peut-être trois, qui ne peuvent pas changer la situation. Et puis je sais déjà ce que je vais trouver : la perte de l'enfant, la fin du voyage amoureux, le sursis de février avant la mort d'avril.

Pablo, il faut que tu m'aides. Je ne veux pas que tu m'en veuilles d'être restée quelques semaines sans rien dire. Neuf semaines exactement. Il ne paraît pas m'entendre. Il semble suivre le chemin de sa surprise dans ces révélations. Mais tu n'as vraiment rien gardé ? Enfin je veux dire aucun souvenir ? Ce sont ses premières questions. Il n'y croit pas encore tout à fait. Je sais, tu me l'as dit, mais je suis… Il me faut le temps de comprendre. Car je n'ai rien omis. J'ai expliqué le théâtre, les cours, le stage, la scène enregistrée. J'ai juste passé l'épisode de ma nuit avec François. Cet aveu-là sera pour plus tard. J'ai décrit mes intuitions, mon refus de parler aux amis, ma solitude, et surtout le plaisir que j'ai eu à le rencontrer lui, Pablo. Je lui ai conté chaque minute de bonheur dans notre famille ou dans les moments que nous avons passés à deux, revus sous l'angle de mon amnésie. En lui décrivant les neuf semaines que je viens de passer, j'ai découvert les phrases intimes de la détresse d'une vie sans passé ni référence. A mots couverts je suggère que j'ai deviné la situation qui a été la nôtre. Les silences font place, ils arbitrent les secrets qui restent encore entre nous. Je respecte le désarroi de Pablo, qui fut aussi le mien. Il me regarde d'un air malheureux et j'ai l'impression d'être une étrangère qui vient le tourmenter avec des mensonges dans lesquels je lui raconte la perte d'un être cher. Je voudrais tendre la main, caresser sa joue, le prendre dans mes bras, mais je n'ose plus. Comme si lui avoir révélé que je le connais depuis si peu de temps effaçait pour lui aussi les douze ans que nous avons passés ensemble. Je n'ai plus accès à son corps depuis que je lui ai avoué l'étranger qu'il est pour moi. Je voudrais le tirer de sa torpeur. Pablo ? Je brûle. Que s'est-il passé la veille de mon amnésie ? Etions-nous ensemble ? Il faut que tu me dises, j'ai tellement attendu ce moment…

Pas au point de m'en parler tout de suite ! Il m'a coupée sèchement et je ne sais que répondre. Devant mon silence

embarrassé, il se reprend avec un soupir. Je suis venu te rejoindre dans ce restaurant, celui où nous nous sommes
connus. Il y avait une fête organisée
pour toi, pour ton départ de TV Locale
et Cie. C'était une idée de Pierre, je crois.
Tu étais déjà là quand je suis arrivé. Je
suis sorti de ma salle de montage assez
tard. Tu étais ivre. Je ne t'avais jamais
vue dans un état pareil. Marie, tu m'as
regardé comme… Je ne sais pas… C'était
plus encore que du mépris. J'ai essayé
de parler avec toi. Tu m'as dit que tu
m'avais vu avec elle, avec ma maîtresse.
Que jamais tu n'aurais cru une chose
pareille. Il s'arrête car si j'ai parlé du
cahier et de mon intuition, j'ai précisé
que je ne l'avais jamais suivi… Où vous
avais-je vus ? A l'aéroport, dit-il, en accompagnant quelqu'un. C'est ce que
j'ai cru comprendre. Après, la soirée
s'est précipitée. Mon frère a débarqué.
Je t'ai retrouvée dans ses bras dans une
arrière-salle du restaurant, tu te débattais, il essayait de te forcer… Il relevait
ta jupe, c'était… Je sens qu'il se débat
avec la vision de son souvenir et je comprends mieux son empressement pour
m'extraire des griffes d'Igor lors de la projection du film. Il soutenait que tu t'étais
jetée à son cou. Que tu étais consentante…
C'était un cauchemar. J'étais dépassé.

Je le prends dans mes bras, je le berce. Pablo, c'est la dernière fois qu'on parle de ce soir-là. Mais il faut que je sache. Je ne peux plus vivre dans le noir. Peut-être que je ne retrouverai jamais la mémoire. J'ai sacrifié inconsciemment douze ans de ma vie pour sauver quelque chose dont je ne sais rien ou m'enfuir d'une vie devenue trop insupportable, je ne sais mais j'essaie de démêler les fils et…

Il pose sa main sur ma bouche. Moi je sais, Marie. C'est nous que tu as voulu sauver. L'amour entre nous. Je ne comprends pas l'engrenage dans lequel je suis entré. Je n'aimais pas cette fille. Elle m'apportait quelque chose qui te ressemblait et que tu avais perdu. Au début, elle n'était qu'une… simple relation amicale. Elle s'intéressait à mon scénario. Plus l'histoire se dégradait entre nous, plus elle était présente, gentille, drôle. Après la semaine au cabanon en février… Ah mais c'est vrai, il faudrait que je te raconte…

Non, ce n'est pas la peine, j'ai lu mon journal. Je suis au courant.

Je me suis rendu compte que j'étais en train de vivre ce que j'avais toujours fui, dit Pablo. Je me suis éloigné d'elle. J'ai essayé, doucement. J'ai espacé nos entrevues. J'étais plus occupé, moins disponible. Mais elle avait été si présente quand je n'allais pas bien. Elle se comportait avec moi de façon adorable. Elle avait l'air très amoureuse. Je m'en voulais d'être soudain un salaud. Il s'arrête et me regarde. Je prends le cahier, j'arrache les pages que je n'ai pas encore lues et je lui tends le reste. C'est important que tu saches. Pour ma part, je ne sais rien de plus que ce que je t'ai raconté, rien de plus que ce qui est écrit dans les pages du cahier, cette histoire que je n'avais même pas fini de lire ce soir quand j'ai commencé à te parler. Lis-la toi aussi, et j'aurai l'impression que nous sommes à nouveau dans les mêmes souvenirs. Pendant qu'il lit, j'ai parcouru les dernières feuilles qu'il me restait à découvrir.

"Avril, mai. Je me suis échappée seule, personne ne sait que je suis là… Je suis un berceau vide… Un corps dévasté. Je sens que tout s'acharne contre moi et je ne tiens plus le choc. Vouloir le bonheur envers et contre tout ne suffit pas. Il faut être deux dans ce désir-là. Je relis les quelques notes prises récemment. Je comprends comment tout est arrivé. Je pourrais résumer mon vécu de façon lapidaire, comme la vie se déroule aujourd'hui. Février, amour. Tombe enceinte. Stop. Impossible normalement. Stop.

Contraceptif en place. Stop. La nature fait ce qu'elle veut. Ne rien dire avant de savoir si tout ira bien malgré les circonstances. Pablo est susceptible, inquiet. Il traîne derrière lui la culpabilité des hommes sans joie qui savent à l'avance qu'ils refuseront d'être responsables d'un échec. Je ne sais pas s'il voit la rivale, une fois de plus je me heurte au mot. Peut-on se trouver en rivalité avec l'inconnu ? Pourtant c'est la seule appellation qui me vient quand je retrouve une odeur bizarre sur ses vêtements. Je ne la cherche jamais. Elle me saute au visage. Je la prends comme une gifle. Et Pablo qui n'a l'air de rien et ajoute du silence au silence. Je le vois différemment. Il a perdu tout sens du précieux, il a négligé un trésor à préserver. Il perd le goût de la vie à deux, ce qui reste le plus important quand tout s'estompe. Est-ce ma faute ? Les autres sont un réconfort sans qu'ils le sachent mais ils ne pèsent pas assez lourd. Ils n'atteignent pas le poids de bonheur qu'il faudrait pour me consoler. C'est lui que j'aime et c'est de lui que dépend ce bonheur qui était mon élixir d'être. Il faut que je trouve des mots pour lui dire ce qui est arrivé. Profitant de l'accalmie, un petit être a pris possession de mon corps, un nouvel enfant s'annonce. Je mesure la distance entre cet enfant et le premier, mon vieux bébé de huit ans déjà. Youri qui était désiré, prévu, attendu. «Quoi ? Ça n'a pas marché cette fois ?» disait Pablo, vexé, au premier mois, comme si sa virilité était en cause. Je me moquais de lui. Et puis les deux autres, toujours rêvés à deux mais en dilettantes. Le plaisir d'abord. La porte ouverte à l'existence. Viens quand tu veux, on t'attend. Nos deux princesses incarnées comme une rafale de filles. Et celui-là, non programmé, passant les obstacles, rebelle déjà. Sexe inconnu mais déjà ouragan. Enfant annoncé à bâbord. J'aime assez l'idée. Je suis sûre que Pablo appréciera. Non. Je suis sûre que Pablo aurait apprécié. Car je ne sais plus rien de l'étranger qui me côtoie aujourd'hui."

"Et puis ce matin-là, une lettre, glissée sous ma porte, terrible. Une lettre d'elle, la rivale ayant pris la forme d'une expulsion, plus créature que jamais. Une lettre tranchante, claire, précise, tapée à l'ordinateur. Quelques mots incontournables : «Je suis la femme qu'aime Pablo. (Ah bon ?) Je suis sûre que vous ne savez pas que j'existe. (Mais si !) Je pense qu'il ne vous a pas parlé de moi. Il va vous quitter. Avec moi, il vivra une vie nouvelle. Il n'ose pas vous en parler à cause des enfants. Je pense que vous êtes une femme bien. (Merci.) Je préfère vous avertir, c'est mieux pour lui et pour vous. Et pour moi aussi : j'aime les situations claires. Cordialement. Son amour.» Les mots dansent devant mes yeux. Je ne savais pas que c'était possible d'écrire une lettre à la femme dont on veut la place. Je ne savais rien de la vie ni des êtres ni de la cruauté. J'étais une enfant mère qui croit à la beauté de l'amour et de la joie. J'étais une pauvre innocente stupide. La nausée me vient tout de suite. Je ne peux plus rien faire. Je suis chez moi, pour combien de temps encore ? Je saisis le téléphone pour dire que je n'irai pas à l'agence. Je pare à l'urgence. Mon ventre brûle. Il a la dureté d'une plaque de marbre. Le tombeau est là déjà. Une heure plus tard, je commence à saigner. J'appelle Dominique. Elle m'accueille chez elle. Terrible à vivre, cette impression de mourir. Tout m'étouffe. Je n'arrive même pas à lui parler. Elle veut que j'appelle Pablo. Pour quoi dire ? Que nous avons failli avoir un enfant d'un amour que je croyais encore vivant ? Mais tout est mort, sauf moi qui suis comme une survivante. Je m'accroche en combattant l'envie de me laisser glisser. Pas un instant je ne pense que je devrais lui montrer la lettre (qu'en ai-je fait, je ne sais même plus). Pourquoi lui dire tout ce que je sais ? Est-ce que j'ai perdu la confiance en lui à ce point-là ? Et pourquoi je parle à ce cahier ? Ça ne sert à personne. Même pas à moi ! Le silence a recouvert d'un manteau de mort toute ma vie.

"Je vais respirer dehors. Jeanne m'a porté un gâteau, des restes de hachis. Je ne peux rien avaler. Elle devine que je vais mal. René est venu me chercher à Avignon. Dans la voiture, j'ai fait semblant de dormir. Ils doivent sentir que tout va de travers mais ils ne posent aucune question. Bon sens de la campagne, sans doute. Pourquoi ne l'ai-je pas, moi, ce bon sens-là ? Ma grand-mère l'avait, elle. Pablo, au secours, je me sens seule sans toi, je ne sais plus où te rejoindre. Dans ma folie je continue d'appeler l'homme qui m'a trahie… Pourquoi est-ce moi qui le paye si cher ? A quoi sert une apparition d'enfant qui disparaît aussitôt ? Si tout a un sens, lequel ? Je regarde autour de moi comme pour accrocher cette pensée et m'en servir de bouée. Je finis par aller dans le sommeil à reculons, comme si j'avais peur d'y rester. Vraiment, la souffrance ne me sied pas. Je la regrette autant que je le peux. Elle dégrade l'être.

"Pablo m'avait laissé un message. Il partait quatre jours, il voulait savoir si je serais rentrée avant. Je ne l'avais pas rappelé. Je m'étais contentée de donner les informations à la nounou des enfants mais lui avait insisté, il voulait me parler directement. Devais-je taire les moments de haine qui me submergeaient ? Je voyais la rivale. Je l'entendais ricaner dans mes rêves qui n'étaient plus que des cauchemars. Je la voyais avec Pablo et je me débattais. Elle n'avait pas de visage. Comment lui en donner un ? Je voyais le plus sordide : des rires entre eux, la complicité, tout ce que je n'avais plus. La haine et le ressentiment grandissaient. Je devenais ce que j'avais fui toute ma vie. Et je ne pouvais l'ignorer : cette femme-là, effondrée, pleine de la haine farouche d'une propriétaire spoliée, c'était tout ce que j'avais toujours rejeté. Laissez-moi tranquille, hystériques pensées, laissez-moi digne, recroquevillée sur la souffrance. Laissez-moi le temps de me récupérer sans esprit de vengeance. Laissez-moi me draper pour le reste de ma vie dans mon amour perdu, que je m'en fasse une cuirasse pour continuer sur le chemin.

"Malgré moi, je voudrais savoir. Je désirerais la voir pour répondre à ces mauvaises questions que je sens illégitimes pour excuser son attitude ou la mienne. Je crois que je voudrais essayer de comprendre et je suis sûre que seule l'incompréhension est au bout de ma quête. Et puis je n'en serai jamais capable. Je ne sais même pas comment je vais en parler à Pablo. Déjà au téléphone, je ne sais quoi lui dire, j'attendais une explication mais rien ne s'est passé. Nous sommes juste convenus de nous retrouver à la soirée donnée par Pierre pour saluer amicalement mon départ dans cinq jours. Ce devait être une surprise, mais mon assistante a gaffé en me demandant l'adresse du restaurant où nous avions fait la fête, ce même restaurant où j'ai rencontré Pablo. Quelle ironie ! Ma mère souhaite que je l'accompagne à l'aéroport avec Jean, ils vont passer une semaine aux Antilles. Je me débrouillerai, j'aurai juste le temps de revenir de l'aéroport pour assister à la dernière séance d'improvisation du stage de théâtre. Je m'attache à décrire mon emploi du temps. Est-ce que ça veut dire que je ne veux pas mourir ?"

"Je me demande quoi faire des enfants. L'amour perdu m'a amputée de mes fonctions maternelles. Pourtant je les aime et ils sont encore la preuve vivante que je n'ai pas rêvé. Ma vie d'avant était une vie de bonheur avec ces êtres-là. Perdre ceux qui nous ont engendrés et donner naissance sont les deux éléments d'une vie qui nous font grandir. Je découvre que la perte de l'amour est une façon de rapetisser. Je n'écrirai plus jamais. Donner de soi dans une page devrait toujours s'apparenter à une envolée, même si personne ne lit. Quand j'attendais Youri, Lola ou Zoé, je ne regardais jamais le journal. Je me coupais volontairement des absurdités du monde. J'écrivais des poèmes, je prenais mon envol. J'écoutais de la musique, du jazz, du piano, du lyrique, des voix célestes. Je revoyais des vieux films drôles, je riais. Je regardais la nature pendant des heures. J'ai un enfant de printemps, un enfant d'été, un enfant d'automne… L'hiver n'a jamais été au programme. Mais si… L'hiver serait venu avec cet enfant-là. Mais l'hiver est mort. Encore les coïncidences. Je n'imagine plus d'autre ligne qu'une portée de musique harmonieuse. Je ne veux plus écrire. Je vais arrêter ce journal qui ne peut être à la hauteur du bonheur à vivre… Ou mieux, je le reprendrai quand il sera temps, quand l'oubli sera en marche, quand je serai une autre femme, quand j'aurai guéri d'avoir perdu l'amour, quand j'aimerai à nouveau, mais peut-on en aimer un autre encore quand on en a trop aimé un seul ?"

Absorbée par ma lecture, je n'ai pas vu que Pablo a saisi les pages détachées que j'ai déjà lues. En levant les yeux, je m'aperçois qu'il serre les dents. Il a l'air dur, une larme a coulé sur sa joue. Il se lève et colle son poing dans le mur. Il me fait peur. Pourquoi tout ce silence ? C'est quoi cette histoire de lettre que tu as reçue d'elle ? Il ne la nomme pas… Et ce bébé que tu as perdu ? Pourquoi je n'ai rien su de tout ça ? Hein, Marie ? Est-ce que tu te rends compte que tu es là, tranquille, calme, à me parler de cette autre femme, et moi, à cause de mes aveuglements, j'ai perdu l'amour, un bébé de toi et j'aurais pu m'en aller avec une dingue qui cachait bien son jeu ? Je ne dis pas ça pour excuser mon attitude de crétin mais… Cette lettre est incompréhensible ! Cet acte barbare de sabotage ne ressemble pas à cette fille-là, ou alors je suis fou et je n'ai rien compris.

Calme-toi, Pablo, essaie de vivre avec le présent. Ce que tu viens de lire, je l'ai découvert depuis deux jours. La seule Marie dont je puisse te parler, c'est celle que tu as à tes côtés aujourd'hui. Mais tu es incroyable, toi, proteste-t-il. J'ai besoin de comprendre, moi, j'ai besoin de savoir ! Je ris et lui dis que contrairement à moi il a toujours sa mémoire, que cette différence justifierait qu'il arrête de se plaindre ! Tu dois me détester, non ? Je sais que je dois être prudente. Peut-être notre avenir se joue-t-il là dans ce que je vais dire. Ecoute, Pablo, je vis avec toi depuis quelques semaines et ce que j'ai vécu a été plutôt agréable. Ce qu'on m'a raconté de notre vie commune ressemblait à du bonheur. C'était de l'or ce que nous vivions, car je l'ai redécouvert ; l'éternité se trouve dans chaque instant présent qui s'enfuit mais dont on pense qu'il contient cette éternité. Le plus terrible est écrit dans ce cahier et ne concerne pas que toi. Il me met en cause et implique cette autre femme aussi. On pourrait imaginer qu'elle est une sorte de mauvais génie, une allumette au moment où nous avions entreposé de la poudre entre nous. Il secoue ses boucles et je le trouve émouvant dans son refus. Je ne comprends pas ce que tu ressens. Moi à ta place, je me dirais : Finalement, pourquoi lui plutôt qu'un autre, puisque j'ai oublié les douze années que nous avons vécues ensemble et qui apparemment se sont mal terminées ? Je lui souris. Ce n'est pas idiot comme raisonnement ! Pablo ne perçoit rien de mon ton ironique et continue. A ta place… Tu n'es pas à ma place. Je sais mais c'est terrible ! Un amour de neuf semaines, c'est dérisoire. Ça n'a aucun sens ! Oui, on peut le voir sous cet angle. Mais il est probable que je n'ai pas éliminé cette vie qui est en moi et dont je n'ai pas le souvenir. Ce Pablo que j'ai aimé pendant douze ans est toujours là, derrière une porte fermée. Il fronce les sourcils. Je le sens désemparé. Tu as l'air si légère en disant ça, si… C'est une histoire injuste, épouvantable ! Ta perte de mémoire est pour moi aussi une disparition. J'ai perdu ma femme et tu es là avec cette facilité, tu en ris presque… Je sais… Ma situation a un côté révoltant. Mais essaie de te dire que de mon côté, depuis neuf semaines, je me creuse la tête, j'essaie de comprendre comment marche le souvenir dans un couple, comment se construit une histoire d'amour, comment elle se détruit. Tu comprends ? J'ai quelques jours d'avance sur toi. Il me demande si je l'aime parce que j'ai fait disparaître le sale type qui m'a trahie. Non, Pablo, non. Celui-là, je ne l'ai même pas connu. Il n'est nulle part, ce sale type, juste en toi. Et dans le cahier… Oublie-le. Ecoute-moi. Regarde-moi dans les yeux et puis dormons. Il me repousse. C'est un peu trop facile. Je suis sûr que je ne pourrai pas m'endormir aussi sereinement que toi. Tu comprends ? Mais oui chéri, j'ai perdu la mémoire, pas la compréhension ! Et je dirais que c'est une raison de plus pour faire dormir les choses. J'essaie juste de suivre ce conseil que donnait ma grand-mère : ne jamais s'endormir sans penser que demain tout ira mieux.

Pablo s'est levé. Il a mis un disque dans la chambre. Je suis curieuse, en attente : jazz, piano, mais à part ça… Qui est-ce ? Jacky Terrasson. Tu connais ? Non, je ne vois pas. Il soupire, déçu. Je voulais vérifier. Nous l'avons vu en concert, il y a cinq ans, et c'est toi qui me l'as fait connaître. Oui, c'est fou, je sais. Moi aussi j'ai essayé, je me suis dit que le déclic pouvait être une musique, un parfum, des livres… Mais ça ne marche pas. Parfois une odeur me communique une sorte d'émotion, je sens qu'il y a là un fil du macramé mais pour le souvenir de la pièce entière, c'est le néant. Est-ce pour cette raison que tu ne jouais plus de piano ? que tu ne parlais plus russe ? que tu ne savais plus danser le tango ? Et ton prof, Enrique ? Je l'ai rencontré cette semaine, il m'a dit qu'il avait tellement de concerts qu'il n'avait plus de temps pour ses élèves en ce moment. Il est ton complice, alors ? Je lui explique que c'est un des rares qui ont su, que j'ai été obligée de lui parler quand il est venu pour me donner un cours. Tu sais, je ne te disais rien mais je ne parlais pas non plus aux autres autour de moi.

Marie, je suis impressionné par ton calme. Il faut dire qu'avant, tu étais rarement aussi sereine. Moi je suis révolté par la situation, par ton silence, par ma bêtise. Je mesure l'étendue du chaos mais certaines choses m'échappent. Je voudrais bien oublier un peu, moi aussi, et j'ai envie de comprendre. Quelque chose ne colle pas dans ton histoire, et je ne sais pas encore quoi. Peut-être que je t'en veux mais je ne sais pas bien de quoi… Il rit parce que je ris. Le rire est mon allié depuis le début. Je ris jusqu'à en pleurer. Je ris en pensant à ma grand-mère qui me disait : "Les gens qui ne pleurent jamais sont pleins de larmes. Mais les gens qui ne rient jamais ne sont pas pleins de rires, ça se saurait !" Je voudrais tout effacer, Marie, mais je sais que ce n'est pas possible. Si tu veux savoir quelque chose, même sur la période difficile, sur ma liaison par exemple, il faut que tu m'en parles. Ça sonne comme un adieu. Non. Comment ça, non ? Non. Je ne veux rien savoir ni de la liaison ni de cette fille. Laisse-moi juste te raconter la fin de la soirée, la veille de ton… oubli. Tu comprendras mieux pourquoi ton attitude, même étrange par la suite, ne pouvait pas m'alerter. Laisse-moi te raconter notre pacte. Encore son histoire de pacte ! Cette fois je le laisse parler. Pablo fronce les sourcils et me sourit un peu tristement.

Après ton récit d'hier soir, j'ai revu le moment dans le restaurant où je t'ai retrouvée avec mon frère. Je t'ai arrachée à lui et emmenée dans la rue. Je ne savais pas où aller. Je t'entraînais au hasard. Je ne voulais pas que les autres se rendent compte de l'état dans lequel tu étais. Tu disais que tout était terminé, que je devais partir avec cette femme. Nous avons marché vers la Seine, nous sommes descendus sur les quais. Je ne sais plus exactement ce que je t'ai dit mais il me semble que j'ai essayé de t'expliquer que je t'aimais. Ce que tu avais vu à l'aéroport, c'était un adieu. Je ne voulais plus la voir. J'ignorais, bien sûr, l'existence de la lettre qu'elle t'avait envoyée et que je ne comprends toujours pas aujourd'hui. J'avais un carnet dans ma poche. Je t'ai proposé de noter nos erreurs, nos rancœurs, sur les feuilles de ce carnet, de les jeter dans la Seine et de les oublier au fur et à mesure. Je venais de monter la partie de mon film où tout est irréversible : le virage manqué dans l'amour, l'instant qui le tue pour toujours. Le vrai, le faux, ça devenait la fiction de ma vie. Je me croyais fou. Nous avons commencé à noter sur les bouts de papier ce que nous reprochions à l'autre. Sans les lire, nous jetions les feuilles griffonnées dans la Seine, nous les regardions voguer puis s'enfoncer dans l'eau noire. Tu notais frénétiquement des mots, des phrases. Moi aussi j'écrivais, je finissais par confondre ce que je voulais jeter et ce que je voulais garder. Nous nous promettions du bonheur, juste du bonheur. Nous parlions de nous avant, de ce qui avait pu basculer, comment, pourquoi. Nous sommes rentrés à pied. Nous avons marché comme des automates jusqu'à Montmartre. Une seule chose comptait pour moi : je t'aimais, il fallait que tu me croies. Mais je te sentais déjà partie. Je ne comprenais plus pourquoi j'avais eu besoin de te fuir, de te remplacer. Je prenais conscience que l'autre femme, c'était encore toi. Ce que j'avais aimé en elle, c'était toi. Les choses que tu disais avant, les rires que nous avions avant de nous perdre de vue. Nous sommes rentrés à quatre heures du matin. J'ai passé le reste de la nuit à te faire l'amour avec folie. Tu étais ivre morte, complètement envoûtante, une femelle amoureuse. Le lendemain le réveil a sonné et je suis parti comme un voleur. Je t'ai laissée accompagner les enfants et je me suis réfugié en montage. J'étais affolé de t'avoir tenue entre mes bras si vibrante. Je craignais de te retrouver le soir, réveillée, dégrisée, déterminée à partir ou peut-être déjà partie. Imagine ma surprise. J'avais devant moi une autre femme. Rien ne semblait avoir existé de la veille. Certes, c'était notre pacte, un serment fou échangé dans la nuit en jetant nos papiers et nos rancœurs dans la Seine. Mais comment le réaliser si vite ? Tu étais lisse, belle, souriante. C'était merveilleux. Je te redécouvrais. Tu étais drôle, vraiment une autre. Et celle que j'aimais quand même. Mon infidélité m'apparaissait encore plus idiote, plus inutile. Je la trouvais quelconque. Je ne prenais plus aucun appel venant de ma maîtresse. J'avais peur de rompre le charme. C'était comme si reparler avec elle, c'était se retourner, te perdre à jamais. Je repensais à l'eau noire, au pacte, aux papiers éparpillés et remplis d'horreurs et toi, Marie, paraissais absente.

Une question me brûle les lèvres… Est-ce que je la connaissais ? Je ne l'ai pas posée, mais il l'a entendue… Je ne sais pas. Tu n'avais aucune raison de la connaître, je l'avais rencontrée à l'étranger…

Elle est folle, cette matinée. En versant la poudre dans la cafetière italienne, je jette un coup d'œil au jardin. Du vent, beaucoup de vent. Les nuages courent dans le ciel… Peut-être de l'orage qui vient. C'est à la fois sombre et illuminé… On dirait un ciel d'explications, un ciel pour nous, d'ombre, de lumière, de mouvements… Tout est un… Nous sommes deux.

De la cuisine, je vois Pablo dans un fauteuil au coin de la cheminée sans feu. Il a mis un pull noir, un jean, il ressemble à l'homme que j'ai rencontré un soir de fête.

Je dépose le plateau devant lui et nous buvons une gorgée sans nous dire ce qui brûle nos lèvres. Dans un sourire intérieur, je pense à Lucas. On entend les silences entre les sons, c'est-à-dire les pensées. J'essaie de m'imaginer à ta place, dit Pablo. Sans mémoire de notre histoire. C'est bien ça, non ? C'est notre histoire que tu as fait disparaître. Oui, tu as raison, c'est notre histoire. Il continue, déroulant son monologue parallèle au mien. Un couple, avec les années, se construit sur le souvenir de son passé. Et le présent ? Quoi le présent ? Que faire des souvenirs magnifiques quand le présent est insignifiant ? Combien de temps peut-on faire face à une histoire d'amour faite du seul souvenir de sa splendeur ? Pablo sourit. Tu avais raison, tu as pris de l'avance. Mais ça ne me sert pas à grand-chose, je n'ai pas trouvé une seule solution qui me console de la situation. Je fais au jour le jour, avec des peurs, des doutes, et rarement des certitudes.

Marie, est-ce que ça te choquerait si je prenais quelques jours pour y réfléchir ? Quelques jours loin de toi et des enfants. Je voudrais être seul. Tout est difficile depuis que je sais. De nombreuses idées me perturbent et j'aimerais faire le point. Et j'ai encore une faveur à te demander : je voudrais que tu me confies tes écrits, je voudrais les relire quand je serai dans ma solitude choisie. Es-tu d'accord ? Je te sens inquiète. Tu as peur ?

Oui j'ai peur.

Nous passons dans la complicité les trois derniers jours avant ce que j'appelle la retraite de Pablo. Nos mystères et nos savoirs se mélangent. Pablo confond souvent ce que je sais encore et ce que je peux ignorer. Je suis parfois obligée de lui faire des signes pour l'inciter à plus de discrétion. Je ne veux pas que les enfants puissent découvrir l'amnésie de leur mère. Ils ont été suffisamment perspicaces jusqu'ici. J'ai repris mon cahier de notes rempli des événements ou des personnes qui ne me disaient rien. Pablo retrouve un certain nombre de pièces manquant à mon puzzle. Qui est Cacahuète ? Un moniteur de natation de Youri. Le tableau de Nicole ? Un vrai coup de foudre devant un pastel représentant des nuages un jour d'orage. Je l'ai acheté dans un magasin à Arles, il paraît que j'ai même déjeuné avec le peintre. Le mariage ? Ça, je l'ai noté en grand sur toute une page pour le jour où je parlerais à Pablo. Et ce jour est arrivé. Pourquoi avons-nous décidé de nous marier à Venise ? Qui était là ? Qui a choisi ma robe ? Quel a été le déroulement de la journée ? Pablo me donne des noms d'amis, là-bas : le palais de François, le palais Pisani pour la fête. Il m'éblouit d'une féerie de trois jours en costumes XVIIIe. Nous étions des mariés d'un autre siècle. Il raconte le deuxième soir, un bal masqué chez le comte Targheta… Et puis la brume, les cloches…

Venise, c'est encore une histoire d'amour entre nous, la folie d'un dîner au champagne. Un chauffeur de taxi que nous avons défié en rentrant passablement éméchés un soir : Allez, monsieur, à Venise ! Et qui a relevé ce défi : D'accord. Pour moi ce n'est pas un problème, je commence ma journée. On arrivera demain matin. Il l'a fait ! Nous sommes partis. Ni Pablo ni moi ne connaissions cette ville dans laquelle nous sommes arrivés au lever du soleil. Nous avons tellement ri avec notre chauffeur qu'il nous a fait un prix d'ami. Et nous avons passé notre première semaine à Venise, au printemps. Ce coup de foudre en a engendré un autre : la décision de nous marier entre terre et eau et pour ce carnaval privé d'embarquer ceux que nous aimions. Il termine son récit en me disant d'une petite voix que si je devais retrouver un jour une mémoire, il rêve que ce soit celle de ces trois jours-là, et de la naissance des enfants. Juste ces quatre événements, et il serait heureux. Son désir sonne à mes oreilles avec une certaine cruauté qu'il ne perçoit pas.

La veille de son départ, Pablo me fait remarquer que s'il continue à me raconter ainsi toute notre vie, ses souvenirs vont devenir les miens. Tu partageras les mêmes points de vue que moi sur les années que nous avons vécues. Je ris mais je ne suis pas d'accord. Si je fais les comptes, j'ai plus d'années de souvenirs que d'années d'oubli. Et pourtant, ces années-là, qui ont disparu, me semblent doublement perdues. Surtout quand elles me sont contées sous la forme d'une aventure qui n'a pas l'air d'être la mienne.

Les trois jours à récupérer mon passé avec Pablo sont plus épuisants que les semaines que j'ai traversées seule à me débattre dans mon gouffre sans mémoire. Je comprends son envie d'y voir un peu plus clair mais la semaine de solitude qu'il réclame m'effraie. J'ai peur de le perdre, peur de me retrouver seule dans la vie où je suis revenue, larguée au jour de notre rencontre. J'ai peur de devoir abandonner notre vie avec les enfants que j'ai l'impression d'avoir conquise. Et cette peur n'est-elle pas la preuve que mon esprit sans souvenirs a gardé la trace de notre vie heureuse ?

Pourtant Pablo est encore pour moi une sorte d'inconnu. Il a douze ans d'avance sur notre histoire, j'ai neuf semaines de plus que lui dans l'acceptation de l'oubli… Où se rejoindre ? Quand on ne sait plus ce qu'est devenu le temps, la perception de l'espace même est différente. Raconter, se souvenir… Voyager dans notre propre histoire… Tout m'est territoire interdit… Parfois, je suis même jalouse de l'autre dont il parle avec tant d'amour et d'émotion. Ce que je n'ai pas l'impression d'avoir vécu appartient à l'autre… Je commence à vivre depuis neuf semaines et elle, est morte en moi. J'écoute Pablo parler de notre passé, et c'est comme une sorte de deuil car il fait exister à nouveau une femme que j'ai tenté d'enterrer tout en recherchant les raisons de sa mort. C'est peut-être cette injuste perception qui le dérange. Réfléchir seul, c'est mettre à distance cette femme qui est la sienne *à nouveau*, et non pas *encore*…

Je croyais que ce serait facile de tout dire à Pablo une fois les cahiers découverts et je tremble au contraire de devoir rendre à l'autre une vie que je n'avais pas voulu lui voler. Se pourrait-il que les souvenirs de mon homme avec elle soient plus forts que notre vie sans eux ? Elle est mon double et ma rivale et je lui dois l'amour retrouvé grâce à son renoncement… J'ai bien peur de ne plus savoir qui je suis. Mais je pressens au moins une chose : maintenant c'est elle ou moi !

Ce matin-là, nous embrassons les enfants. Ils sont joyeux et plus préoccupés par leur tour de manège avec Babouchka que par l'absence de leurs parents. J'ai à peine regardé les yeux de Pablo en le quittant. Le train est un gouffre de sommeil qui m'aspire pour me faire oublier que je pars.

A Paris l'appartement me paraît terriblement vide et je suis prise d'une sorte de panique. J'ai si vite intégré cette famille que, seule, je ne me reconnais plus, et pourtant je devrais, je l'étais il y a si peu de temps. J'ai appris à emboîter mes deux vies l'une dans l'autre et elles finissent par ne plus se combattre hormis quand elles se partagent Pablo. Je suis à la fois la mère de trois enfants amoureusement mariée depuis douze ans et une célibataire ingénue qui découvre tout.

J'ai confié mon cahier à Pablo. J'y ai rajouté les feuilles déchirées. Je ne comprends pas ce qu'il veut en faire. J'ai une montagne de doutes à gravir. Je ne sais pas s'il est toujours en relation avec la rivale. Va-t-il l'appeler ? lui poser des questions sur la lettre que j'ai reçue ? Je chasse ces pensées. Ça ne me regarde pas. Ce qu'il fait de son histoire lui appartient. La mienne, c'est d'avoir confiance.

Me voilà célibataire, sans enfants comme je croyais l'être à mon réveil d'un certain matin encore récent. Presque célibataire. En attente de la réflexion d'un mari qui, à son tour, va choisir de continuer notre histoire ou de l'abandonner là. Je me refuse à y penser. Je marche pieds nus sur le parquet, je bois du rosé, je grignote des noix de cajou. Il est quatre heures de l'après-midi ? Et alors ? J'écoute Billie Holiday en rêvassant. Je range des livres, je relis des phrases choisies et je joue au livre oracle. Prendre un ouvrage les yeux fermés dans la bibliothèque, l'ouvrir n'importe où. Un livre saisi au hasard, c'est la vie qui parle. Le téléphone sonne. Je tends la main par réflexe… et puis non, j'attends le répondeur : Bonjour Marie, c'est Laurence. Je te dois encore une séance, tu n'as pas oublié ? Donc si tu peux venir demain avant de partir pour tes vacances, je te réserve une place à quinze heures… Je décroche. Laurence, je suis là.

J'avais peur que tu ne sois déjà partie. Laurence m'explique qu'elle a été très perturbée dans ses emplois du temps avec le déménagement du cabinet mais qu'il me reste encore un soin. Tu t'en souvenais ? Oui. Mentir, maintenant c'est presque une façon de vivre… Note la nouvelle adresse, tu verras, c'est superbe.

J'ai même une terrasse et de la lumière, ça me change du rez-de-chaussée. Le téléphone, tu l'avais déjà, non ? Laurence… Incroyable ! Je n'ai pas perdu cette relation que je n'aurais jamais eu l'idée de renouer. C'est une esthéticienne que j'ai connue presque à mon arrivée à Paris. En voilà une mémoire vivante à consulter ! Elle a toujours sa voix douce et son léger accent toulousain. Tu es contente ? Je me suis rapprochée de chez toi. Ça va être mieux maintenant. Je ne veux pas lui demander où était son cabinet avant, on verra demain.

Il fait beau, très beau, ce soir. J'ai dormi, rêvé, j'ai laissé courir la vie. Je ne regrette pas d'avoir quitté le Sud. Le cabanon sans Pablo m'aurait paru trop triste. La vie y a été si intense avec les enfants et lui ces derniers jours ! Paris a commencé à se vider. L'atmosphère est légère, comme si ceux qui restaient étaient eux aussi en vacances. Je me sens bien, seule. Je pourrais appeler François ou Juliette ou Catherine, je sais qu'ils sont là, mais je n'ai pas envie. Je vais flâner vers Saint-Germain, m'asseoir à une terrasse, deviner les visages, lire ce qu'ils ne voudraient pas y voir écrit. Espérer peut-être que ma mémoire me fasse un petit signe… Juste un petit encouragement.

Je m'offre le luxe d'un coucher du soleil sur le square des amoureux. J'ai remarqué cette statue en accompagnant les enfants à l'école et je n'ai jamais eu le loisir de m'en approcher. Ils sont enlacés et quel que soit l'endroit qu'on choisit pour les admirer, il se dégage de ces deux êtres immobiles une vie incroyable. Ils semblent s'aimer en silence et dans une permanence impossible à imaginer. Leur intimité est vertigineuse. Chaque point de vue est un secret partagé, un mystère de complicité. Je reste longtemps à les observer, il se dégage d'eux quelque chose qui appartient au mystère de ma vie et de mon aventure, et je ne sais pas encore quoi. Je suis livrée tout entière à leur sentiment, à son éternité. Que cherchent à me dire là ces amoureux de pierre que je ne sais pas entendre ?

Avant de sortir de l'appartement, j'ai pris un livre sans le regarder, en faisant confiance à la main. Je découvre son titre à la terrasse de mon café-restaurant italien préféré, celui d'avant. Renouer avec ma vie d'avant est ma seule réponse à l'absence de Pablo et de mes enfants. Enzo est toujours là… à peine vieilli. Il doit se teindre les cheveux. J'ai envie de rire. Je ne peux pas lui dire qu'il a pris douze ans sans sourciller, il est tellement *bello ragazzo...*

Le livre, c'est *Ferias*, de Federico García Lorca. Il doit avoir rejoint les étagères dans les années enfouies, à moins qu'il n'ait appartenu à Pablo. C'est un livre de poèmes en espagnol. Il n'a pas l'air très vieux. Offert ? Acheté récemment ?

Oh, ça fait longtemps, la *bellissima*, que tu n'es pas venue ! Comment va *tu amante* ? Et les *bambini* ? Je les ai donc initiés à l'Italie d'Enzo. Parfait, j'ai bien fait. Ils sont en vacances. Et tou es seule ? Et ça n'est pas proudent, ça. Tu n'as qu'à mettre un rideau, Enzo. Comme ça, je pourrai me régaler de tes *pasta* sans avoir l'air d'être une exhibitionniste du plaisir. Ah, tou ne changes jamais, toi. C'est toi la meilleure jougement sur ma cousine. Et maintenant, ce sera *rigatoni* ? *Pesto* ? *Valpolicella* ? Tout ça, oui. Un faux célibataire dont la femme est juillettiste tente une approche. Vous dînez seule ?

Je plisse un œil. Non, avec Federico, pourquoi ? Je suis seul aussi. Je pensais que peut-être... Je ne mets jamais deux poètes à la même table.

Je pense à Pablo dans sa retraite. Vieille maison ? Sûrement. Des pierres ? Sans doute. De la montagne ? Un peu. Des vignes… Soleil couché. Nuit encore, bleu clair. Il me manque. Etrange impression de douce absence. Pas de cruauté dans tout ça, juste de la distance. Est-ce ainsi qu'on aime au bout de dix semaines ? Je ne sais plus, je ne sais pas. Je n'ai jamais su aimer, je m'en aperçois. Aimer, c'est ne rien exiger. Est-ce parce que je ne pouvais plus le supporter, parce que je me sentais abandonnée que j'ai refusé d'aller plus loin ?

Mon absence de mémoire a créé une sorte de mémoire annexe, faite d'impressions, d'émotions affadies que me procurent les souvenirs des autres. Des souvenirs non vécus qui nous sont communs, paraît-il. Mais je n'ai pas la moindre envie d'avoir des souvenirs en commun. Le souvenir, c'est intime, ça ne se partage pas. Je suis temporairement disparue. Le temps est devenu une surface plane où poser le présent. Point. Même mon passé plus lointain est dans le présent, puisqu'il est pour moi tout proche. J'ai facilement dix ans, si je veux. Je n'ai plus peur, j'arrête le temps qui passe, c'est tout. Une feuille du cahier que j'ai déchiré pour Pablo s'est égarée dans mon sac à main comme un dernier message personnel que je me serais adressé. "J'aimerais être comme les enfants, effacer avec du présent le chagrin la peur la colère, être dans ce qui est là et c'est tout." Et là, j'ai trente-sept ans. Je ne sais plus rien de la dernière dizaine d'années écoulée entre mes doigts. Je suis comme un vieux personnage qui se contente d'imprimer ce dont sa mémoire est ignorante. On a peu l'occasion, dans la vie normale – je devrais dire dans la vie anormale d'aujourd'hui –, de s'offrir ce recul : je me prends dix ans sous le bras, je saute dans le futur et je pense léger comme si j'en avais vingt-six. J'aime avec passion, sans rancune et sans questions. Mais quand je m'observe dans la glace, c'est avec le souvenir de la femme qui a rencontré un homme et qui a encore vingt-cinq ans. Et je peux voir ce qui a changé avec plus d'acuité, comme si j'étais une autre que j'observerais sans indulgence.

Lire le cahier de mes souvenirs m'a réconciliée avec l'ombre de ma mémoire perdue. J'ai suivi ce chemin en sentant la morsure de chaque mot et j'ai charnellement deviné l'offense. J'ai été blessée, certes, haineuse aussi, mais lucide. Ma méchanceté est devenue identifiable. Plus je parle de ce ressentiment et plus je le distance. Je ne sais pourquoi ni comment elle est venue en moi, mais je regarde cette harpie avec horreur et je me demande comment inverser la vapeur. Je ne suis pas une victime et je ne veux pas l'être. Et pour ça, j'accepte de me quitter. J'ai envie d'écrire encore mais je ne veux pas de drame, pas de tragédie. Je veux du bonheur. Je n'écrirai plus de cahiers comme le furent ceux-là, taillés dans un bloc de souffrance. Je suis devenue l'autre, crédible parce que je lui fais confiance, et créditée de quelque chose qu'elle n'avait plus.

Une question fend le brouhaha de mes pensées. Un vieil homme seul à sa table et qui parlait à Enzo s'adresse soudain à moi.

— Et vous, madame, que faisiez-vous il y a cinq ans ?

— Je ne sais pas, monsieur, j'ai tué ma mémoire.

— Ah, vous voyez, Enzo ? Il y a des jeunes qui ont du flair. Vous avez bien fait, mon enfant, moi c'est mon passé qui me tue.

Je règle, je pars, je marche dans la nuit le long des quais… Quelque chose m'attire… La mémoire n'est pas seulement logée dans une tête. Mais dans tout le reste du corps. Je me sens mieux que je ne devrais être. Je sens des frissons, les seins qui se dressent, comme des parties de moi qui se souviennent. C'est beau. C'est mieux encore, c'est beaucoup plus fou que le souvenir qui reste toujours chevillé à une empreinte nostalgique. J'aimerais être avec Pablo, lui dire ce que je ressens, découvrir avec lui des rues, des places où nous nous sommes embrassés. Je lui raconterais l'instant et il me dirait ce que nous avons vécu là. Mais le souvenir serait-il à la hauteur de mon frisson ?

J'ai appelé Henri hier soir pour avoir quelques nouvelles et lui demander comment accéder à quelques informations sur Internet. Il m'a fait une curieuse remarque : Vous savez, Marie, mes copains informaticiens me disent : "Toi, tu as fait de la place sur le disque dur, tu es neuf pour mettre autre chose." Mais vous comme moi, Marie, nous savons bien que ce n'est pas cela. Nous avons perdu l'accès à certains fichiers, mais ils sont toujours là. Ils prennent de la place et ne sont pas remplaçables. Ce n'est pas moi, Henri, c'est mon personnage. Oui oui, bon… Enfin comme vous en parlez c'est un peu comme si c'était vous. J'ai ri. Oui, vous avez presque raison.

J'ai froid soudain. Envie de retrouver mon lit. Je prends un taxi.

Alors où va-t-on, ma petite dame ? Venise ou Gordes ? Montmartre, monsieur. Il ne l'a pas dit, j'ai dû rêver. Je n'ai qu'une minuscule pensée en m'endormant. Pablo me paraît tout proche. Je crois que si je tendais la main, je pourrais toucher son corps dans le lit.

— Marie, tu as une mine superbe ! Ça me fait tellement plaisir de te voir ! Et surtout, tu avais l'air si fatiguée la dernière fois.

— C'était quand déjà, la dernière fois ?

— Début mai, je pense. Comme je te faisais un soin du corps, nous avons peu parlé… J'ai respecté ton besoin de silence, mais je te sentais épuisée. Je la regarde à la dérobée. Elle s'est juste un peu enveloppée, elle a les cheveux remontés en chignon, et toujours sa douceur flottant autour d'elle comme une aura. Allonge-toi. On va commencer par une petite détente. J'aurais dû venir te voir avant. J'ai eu des soucis avec l'arrêt de mon travail, et beaucoup d'occupation avec les enfants. Bien sûr. Elle s'en est doutée. Comme tu ne m'appelais pas, j'ai donné ton option de rendez-vous à une urgence… Je ris. Tu as des urgences, toi ? Oui, en quelque sorte. Des hystériques qui se rendent compte qu'elles veulent un rendez-vous de dernière minute. Rien de grave. Ce ne sont pas les plus folles que j'aie ici. Tu sais, je me dis parfois que j'aurais dû faire esthétique option psy. A ce point ? Elle a cessé de rire et une ligne soucieuse s'est dessinée sur son front. La dernière, c'est je crois celle qui m'a le plus perturbée. J'ai fini par la mettre à la porte. Elle ? Je ne l'imagine pas mettant quelqu'un à la porte.

— C'est une histoire terrifiante. C'était une cliente de longue date. Elle était assez belle, intelligente, relativement sympathique, mais quelque chose en elle me dérangeait. C'était juste une perception personnelle. Bref, elle est partie travailler à l'étranger et je ne l'ai plus vue pendant longtemps. Elle revenait de temps en temps pour séjourner à Paris un mois ou deux, puis elle a habité aux Etats-Unis. Chaque fois qu'elle rentrait, elle reprenait un rendez-vous chez moi. Nous en sommes venues à parler de sa vie personnelle. Elle m'a expliqué son attirance incontrôlable pour les hommes mariés. Tomber amoureuse, c'était pour elle jeter son dévolu sur un homme autour duquel il fallait développer une "stratégie de guerre", c'était son expression. Elle avait pris dans sa toile un type marié depuis deux ans, qui bossait dans la même boîte qu'elle. Il était apparemment amoureux de sa femme et ne la regardait pas. C'était le cas le plus intéressant, selon elle. Elle a donc glissé des mots dans ses poches, mis des cheveux sur sa veste, du parfum… Bref, elle a tout fait pour que sa femme soupçonne quelque chose. Dans le même temps, avec une grande perversité, elle est devenue peu à peu la confidente de cet homme. Il était désolé, il lui disait : "Je ne comprends pas, ma femme croit que je la trompe." Plus il était désemparé, plus elle était gentille avec lui. Et attends, ce n'est rien. En me le racontant, elle était frénétique, comme si elle revivait les étapes successives de son plan. Comme l'homme ne craquait toujours pas, elle a téléphoné à sa femme pour lui expliquer qu'elle était la maîtresse de son mari et qu'il n'osait pas lui dire qu'il allait la quitter… Et la femme s'est suicidée.

— Quels remords elle a dû avoir !

— Pas du tout. Elle jubilait en me disant : "Rendez-vous compte, Laurence, j'ai gagné. Maintenant il est tout à moi. Je vais m'occuper de lui, le consoler." J'étais terrifiée. Je suis restée sans voix. Elle repartait le lendemain aux Etats-Unis. J'étais comme le spectateur involontaire d'une histoire qui me dépassait. J'avais honte. Je pensais que je ne la reverrais plus. Mais comme un fait exprès, quand elle a rappelé quelque temps plus tard, la ligne était mauvaise et je n'ai pas bien compris qui me demandait un rendez-vous. Elle m'a juste dit son prénom. Elle avait l'air de me connaître, j'ai donc noté l'heure et le genre des soins. Quand j'ai compris que c'était elle, je ne pouvais plus la refuser, elle était déjà dans la salle d'attente, à l'heure pour sa séance. Je l'ai donc allongée sur une table, ne lui disant presque rien. Et elle a recommencé à se confier comme si j'attendais la suite de ses aventures ! Vous souvenez-vous, Laurence, de ce que je vous ai raconté sur un homme marié, il y a quelques mois ? Elle n'avait l'air ni troublée, ni gênée. Comme je ne disais rien, elle a continué. Vous n'allez pas le croire, ma petite Laurence, quand je suis rentrée aux Etats-Unis, je me suis rendu compte qu'il ne m'intéressait plus du tout. Tout ce qui avait été si passionnant les derniers mois était mort. Mort avec sa femme, en quelque sorte. Alors pour comprendre ce qui m'intéressait dans les hommes déjà pris, j'ai rencontré un psy.

— Tu vois, ai-je dit à Laurence, elle a fini par se rendre compte.

— Mais pas du tout, attends ! Donc, me dit-elle, grâce à ce travail de psychanalyse, j'ai compris que les hommes mariés ne m'intéressaient pas vraiment. Celui que j'aimais à travers eux, c'était celui d'une amie d'enfance restée à Paris. Alors j'ai décidé d'écrire à cet homme *via* Internet, j'ai décidé de rentrer en France pour le rencontrer, pour lui faire doucement découvrir qu'il s'était trompé, que c'était moi qu'il aimait. Comme je n'ai jamais perdu le contact avec elle, c'était facile. Je savais beaucoup de choses sur lui, sur ses goûts, sur sa vision de l'amour, de la vie et du couple. Il m'a répondu, il avait de bonnes raisons professionnelles de me voir, et tout a commencé entre nous. C'était merveilleux, Laurence. Je vivais enfin l'amour vrai. Plus notre histoire grandissait, plus celle de mon amie s'étiolait. Je me disais qu'il était d'abord important de construire mon histoire, quitte à la consoler, elle, plus tard.

Laurence avance dans cette histoire et je me sens de plus en plus mal. Mon estomac me brûle, me pèse. Il y a des millions de femmes aux Etats-Unis, des Françaises…

Alors j'aurais tué la femme de Pablo pour ça ? Elle serait morte et se serait réveillée en étant redevenue la vague rencontre d'un soir… Au milieu de mon malaise j'éclate de rire. Un fou rire violent, nerveux, inextinguible, j'en pleure. Laurence ne sait quelle attitude adopter.

J'essaye de la rassurer à travers les hoquets. Je suis à moitié déshabillée sur sa table, couverte de crème, en nage, tout en rires et soudain… Il faut que je rentre.

De nouveau, une angoisse m'étreint le cœur mais ce n'est plus la même. Vite un coup d'œil au courrier reçu par mon ordinateur. Je sais ce que j'attends. Un message ! Pablo !

"Ma petite fée, mon grand amour, nous n'avons aucun besoin d'habiter dans notre passé… Cette obsession est d'une trop grande nostalgie pour nous satisfaire l'un et l'autre. L'immense passion dans laquelle tu m'as choisi à nouveau m'a montré que notre histoire existe au-delà d'un coup de foudre passager ! Tu as perdu ton passé à mes côtés, je te promets aujourd'hui un avenir dont tu te souviendras longtemps. Je t'embrasse jusqu'à la fin du jour et dans la nuit, demain, je serai près de toi. Pablo."

Je souris. Je crois que le départ de Pablo et sa retraite qui fut aussi la mienne ont bouleversé ma recherche du temps perdu.

Ce qui compte désormais, c'est le retour de Pablo. Et peut-être le livre que je vais écrire pour raconter mon aventure que personne ne croira, je le sais déjà, car ma grand-mère n'est plus là… Elle aurait compris cette histoire d'un autre temps. Perdre sa mémoire pour sauver une histoire d'amour n'est pas un acte raisonnable dans un monde où tout est interchangeable. Avant de commencer à écrire, je cherche mon livre oracle préféré : le dictionnaire… Et, juste pour mémoire, la définition d'un mot. Le mot "oubli" : "Perdre le souvenir de quelqu'un, de quelque chose, manquement aux règles, à des habitudes. Défaillance de la mémoire. Oublier, c'est aussi pardonner."

BABEL

Extrait du catalogue

837. GABRIEL CAMPS
Les Berbères

838. JAMES KNOWLSON
Beckett

839. ROBERT C. DAVIS
Esclaves chrétiens, maîtres musulmans

840. ANNE-MARIE GARAT
Dans la main du diable

841. NANCY HUSTON
Lignes de faille

842. LAURENT GAUDÉ
Eldorado

843. ALAA EL ASWANY
L'Immeuble Yacoubian

844. BAHIYYIH NAKHJAVANI
Les Cinq Rêves du scribe

845. FAROUK MARDAM-BEY
Etre arabe

846. NATHANIEL HAWTHORNE
Contes et récits

847. WILLIAM SHAKESPEARE
Sonnets

848. AKI SHIMAZAKI
Tsubame

849. SELMA LAGERLÖF
Le Livre de Noël

850. CHI LI
Pour qui te prends-tu ?

851. ANNA ENQUIST
La Blessure

852. AKIRA YOSHIMURA
La Guerre des jours lointains